DREAMBOOKS

DREAMBOOKS

항마신장

降魔神將

8

자우 신무협 장편소설
ORIENTAL FANTASYSTORY & ADVENTURE

dream books
드림북스

항마신장 (降魔神將) 8

초판 1쇄 인쇄 / 2015년 11월 24일
초판 1쇄 발행 / 2015년 12월 4일

지은이 / 자우

발행인 / 오영배
책임편집 / 편집부
펴낸 곳 / (주)삼양출판사 · 드림북스

주소 / 서울시 강북구 도봉로 173
대표 전화 / 02-980-2112 팩스 / 02-983-0660
편집부 전화 / 02-980-2116 팩스 / 02-983-8201
블로그 / blog.naver.com/dreambookss

등록번호 / 제9-00046호
등록일자 / 1999년 3월 11일

ⓒ 자우, 2015

값 8,000원

ISBN 978-89-542-4969-0 (04810) / 978-89-542-4413-8 (세트)

* 지은이와 협의하에 인지는 생략합니다.
* 잘못된 책은 구입한 곳에서 바꾸어 드립니다.

이 도서의 국립중앙도서관 출판시도서목록(CIP)은 서지정보유통지원시스홈페이지(http://
seoji.nl.go.kr)와 국가자료공동목록시스템(http://www.nl.go.kr/kolisnet)에서 이용하실 수
있습니다. (CIP제어번호: 2015031825)

降魔神將

항마신장

자우 신무협 장편소설

ORIENTAL FANTASY STORY & ADVENTURE

8

dream
books
드림북스

降魔神將

항마신장

목차

제1장
소천룡, 회

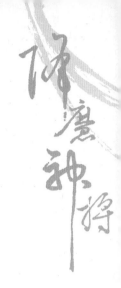

　바닷가의 짠 바람이 밀려왔다. 삼각의 길고 긴 깃발이 새삼 펄럭였다. 바람결을 타고 흐르는 듯했다.

　흔들리는 깃발은 검은 바탕에 칠성의 문양이 또렷했다.

　광동 육씨를 상징하는 칠성흑기, 그런데 지금 펄럭거리는 깃발은 다른 흑기와는 달랐다. 더욱 길었고, 테두리에 금색 수실이 화려했다.

　이는 칠성금흑기(七星金黑旗)라 하여서, 광동육가의 가주를 뜻하는 특별한 기였다. 칠성금흑기가 있는 곳에 가주가 있으며, 또한 광동육가 그 자체가 있다는 것이나 다름없었다. 그러한 금흑기가 춘양 고창문에 높이 섰다.

광동 무림에서 제법 이름을 알린 고창문이었으나, 한 자 길이에 이르는 칠성금흑기가 펄럭거리자, 마냥 초라하게만 보일 뿐이었다.

하늘은 유독 맑았고, 떨어지는 햇볕은 아직 뜨거웠다.

고창문 마당에 화려하지는 않았지만, 값비싼 천을 쓴 차양이 여럿 섰다. 그리고 차양마다 사람이 많았다.

광동 각지에서 찾아오는 무부들이었고, 여기 춘양의 사람들이었다. 실로 각양각색의, 온갖 군상이 모여 있었다. 특히나 많은 자리를 차지하고 있는 것은 거지들이었다.

평범한 거지가 아니라, 개방의 거지들이다.

그들은 여기저기 편히 앉아서는 잘도 먹고, 마셨으며, 무엇보다 시끄러웠다.

이렇게 복잡한 가운데, 바삐 움직이면서 사람들을 챙기고, 따로 수발을 드는 이들이 있었다. 황갈색의 옷을 입은 이들로, 그들은 춘양 사람도, 고창문 사람도 아니었다. 광동육가의 가인들이었다. 하나같이 편치 않은 얼굴이었으나, 사람들을 맞이하는 데 소홀함은 없었다. 이 자리가 마치 본가의 행사인 것처럼 철두철미했다.

그들은 그늘을 마련하고, 먹고 마실 것을 준비했다. 사람은 계속해서 늘어났지만, 육가에서는 그만큼 단단히 채비를 갖춘 모양이었다.

아무리 그래도 육가에서 직접 나선 모양새이니, 광동 사람이라면, 무부는 물론, 촌민들도 대부분 어려워 했다. 그러나 개방 거지들은 조금의 사양도, 겸양도 없이 잘도 받았다.

"여기 술, 술 떨어졌소!"

"밥도 모자라우!"

"에헤이, 고기 가져온다던 사람이 왜 이리 안 와! 어디서 키워 오나!"

목청 높이는 이를 돌아보면 죄 거지들이었다.

황갈색 옷의 육가 가인들은 선뜻 답하면서 이리저리 술과 음식을 날랐다.

"갑니다. 고기는 이쪽, 술은 저쪽으로."

"불산주가(佛山酒家)에서는 아직인가?"

"지금 막 춘양에 들어섰답니다!"

바깥에서는 술과 먹을거리를 가득 실은 짐마차가 계속해서 도착했다.

그런 한편, 정작 고창문의 주인이라 할 수 있는 고창문주는 구석진 곳에 힘없이 주저앉아 있었다. 예전의 모습은 찾아볼 수가 없었다.

불과 하루, 이틀 사이에 그는 폭삭 늙어 버렸다.

산발한 머리카락은 잿빛으로 물들었고, 딱 벌어진 거구는 앞으로 잔뜩 굽어 있었다. 무엇보다 흐릿한 눈동자는 색을 잃어서 어떤 빛도 품지 않았다.

고창문주는 넋을 놓은 채, 스쳐 지나는 사람들을 망연히 보고만 있을 뿐이었다.

여기서 그를 신경 쓰는 이는 아무도 없었다.

춘양 사람들도 더는 그를 거들떠보지 않았다. 한때에는 두려움에 가득한 눈초리로 그를 바라보았으나, 이제는 없는 사람 취급할 뿐이었다. 그에게 증오도, 두려움도, 원망도, 어느 것 하나 남지 않은 것이다.

춘양 사람들은 물론이거니와 육가의 그늘에 같이 있던 맹방 또한 본체만체였다.

대를 이어 온 가업이 송두리째 무너진 셈이었고, 있을 자리마저 잃고만 셈이었다. 그에게는 아무것도, 아무도 없었다. 일백을 헤아리던 제자들도 일이 돌아가는 꼴을 보고는 진즉 흩어져 버렸다. 기반도, 사람도, 명성도. 고창문주에게는 어느 것 하나 남지 않았다.

고창문주는 본래 자신의 터전이었던 왁자한 마당을 둘러보다가 문득 고개를 들었다. 높은 처마 녘에 닿을 듯이 펄럭이는 여러 깃발이 화려하다.

육가의 칠성금흑기를 비롯하여서, 광동남칠문, 그리고

가까이에 여러 무파의 깃발이 줄지어 있지만, 고창문의 기는 어디에도 없다.

"끝났구나. 다 끝나 버렸어."

고창문주는 새삼 힘없이 중얼거렸다.

그는 비척비척 몸을 일으켰다. 잿빛으로 물든 채, 고창문을 등졌다. 이곳 어디에도 그가 있을 자리는 없으니. 고창문주, 아니 한때 고창문주였던 사내는 고창문을 찾아오는 이들 사이를 거스르면서, 그저 터덜터덜 걸음을 옮겼다.

고창문의 중정, 햇볕이 들이치며 높은 들창은 긴 그림자를 드리웠다. 바깥의 소란스러움이 바람에 실려 들곤 했지만, 이곳은 마냥 조용했다.

사람이 없는 것이 아니었다. 발 디딜 틈이 없을 정도로 많은 이가 모여 있음에도, 다들 숨죽인 채였다.

중정에 자리한 이들은 다들 나이 지긋하여, 광동 무림에서 한자리를 차지하는 이들이었다. 이쪽에는 광동북팔문(廣東北八門)이라고 손꼽는 방파의 주인들이었고, 저쪽에는 광동남칠문(廣東南七門)의 문주들이었다. 그들은 특히나 죄인인 양, 푹 고개를 숙이고서 한숨만 거듭 삼켰다.

뒤로는 광동육가의 여러 장로, 당주들이었고, 또한 육가를 따르는 사대봉가의 주인들이었다. 하나같이 쟁쟁한 이들로, 그들은 서늘한 눈으로 마주하고 있는 여럿을 노려보고 있었다.

고요한 살기가 이와 같다. 그러나 정작 나서는 자는 아무도 없었다. 모두 긴장한 채 침묵했다. 심지어 육가의 소가주, 육기와 육가 총관 또한 어두운 얼굴로 조용했다.

왜 아닐까.

광동육가의 주인이 있는 자리였다.

육가와 광동 무인들 앞에 장년에 가까운 사내가 조용히 앉아 있었다. 그는 황갈색 비단 장삼을 걸쳤다. 다른 장식이나, 장신구는 없었지만, 맞잡은 검은 두 손은 흡사 바위처럼 단단해 보였다. 사내는 두 손에 턱을 괴고서, 두 눈을 감았다.

햇빛에 검게 탄 육가 특유의 검은 얼굴에는 주름이 깊었다.

광동육가의 가주, 육명.

약관의 나이에 남해 해적 일백을 단신으로 수장시키면서 남해신룡(南海新龍)이라는 무명을 떨쳤다. 그는 가문의 사정으로, 무가련의 다른 가문에 비하여서 이른 나이로 가주 자리에 올랐다. 처음엔 젊은 가주에 대한 우려가 없지 않았다.

남해의 젊은 용이라 불리는 만큼, 젊은 혈기에 자칫 대

사를 그르칠까 저어된 까닭이다. 그러나 육명은 결과로써
모든 우려를 불식시켰다.

신중하면서도 결정은 과감했다.

광동육가를 시험하려던 자들은 누구 하나 육명의 손을
피하지 못했다. 결과, 지금은 육가의 전성기를 다시 이루
어 냈다고까지 할 정도였다.

남해신룡은 이제 비바람을 부리는 응룡, 사해응룡(四海
應龍)이라 불렸다.

허나, 그것은 이제까지의 영명에 불과했다.

춘양의 일이 광동을 넘어서 온 강호에 퍼져 나갔다. 이
미 가문의 이름은 땅에 떨어졌다. 그가 알든 모르든, 그런
것은 상관이 없는 일이었다. 남은 것은 그나마 책임을 지
고, 사태를 수습하는 것뿐이다.

육명은 한숨짓고, 문득 고개를 들었다.

자리한 고창문의 중정은 참 높고도 화려하다. 이 정도라
면 본가의 여느 전각에 비할 만한 규모였다. 오면서 보았
던 춘양의 빈한함을 생각하면, 격차가 너무도 크다. 무슨
뜻이겠는가.

육명은 쓴웃음을 그리며 고개를 가로저었다. 그리고 자
신이 앉은 자리를 새삼 확인했다. 광동에서 육가의 주인
이, 다른 곳도 아닌 중정의 한가운데에 앉아 있었다. 그리

고 중정의 상석에는 엉뚱한 이들이 있었다.

적어도 광동의 무림인들이 보기에는 그러했다.

춘양의 일을 주도하였다는 외인이나, 개방이 아니었다.

그네들이라면 차라리 따져 물을 수도 있으련만, 상석에 앉아서 육 가주와 바로 마주하고 있는 이들은 여기 춘양의 촌로(村老)들이었다.

열래객잔의 주인, 황 노선생과 몇몇 촌로들이, 앙상한 얼굴로 조용한 육명을 마주 보았다. 불안한 기색이 역력했지만, 육명의 눈길을 피하지는 않았다. 애써 허리를 세우고, 앙상한 가슴을 펴고자 했다. 그리고 그들 바로 옆에서 계피학발에 더욱 앙상한 노인이 넝마를 걸친 채, 탁한 눈을 한껏 부라리고 있었다. 참 볼품없는 몰골이었지만, 노인이야말로 십만 개방도의 우두머리, 개방의 용두방주인 뇌공이다.

뇌공의 눈길이 따가울 지경이다.

육명은 그리고 뒤쪽을 보았다. 한 자루 섭선을 여유롭게 흔들고 있는 장년인과 서쪽 사람으로 보이는 낯선 이목구비의 젊은 검객이 있었다.

하북 정주 담가의 가주, 담일산과 천산파의 검객 장관풍이다. 그리고 한 걸음 옆에 제일 큰 문제의 사내가 있었다. 소림사의 용문제자.

육명의 눈매가 잠시 가늘어졌다. 한 사람이 빠져 있다.

서천의 또 다른 전설이라 하였던가.

화염산주의 모습이 없다. 잠시 의아했지만, 육명은 깊이 생각하지 않았다. 있다고 한들, 달라질 것이 무엇인가.

육명은 소리 없이 입매를 비틀었다.

지금 그의 뒤에는 가히 광동 무림의 절반이 있다고 해도 과언이 아니었다. 광동의 남북을 대표하는 각파의 주인들이 있고, 가문의 봉가를 비롯한 여러 당주가 있었다. 작정한다면야 무엇을 도모하지 못할까. 그러나 정작 중요한 한 가지가 없었다.

명분, 명분이 없었다.

황 노인과 춘양의 노인들은 여러 무림 명사의 눈치에 입 안이 바짝바짝 마르면서도 꿋꿋이 자리를 지켰다. 여기서 그들이 움츠러들 이유는 없었다.

"크흠, 크흠."

그래도 침묵은 버거워서 숨죽여 헛기침을 흘렸다. 그들은 전혀 알지 못했으나, 머리 위에서는 보이지 않는 기세가 다툼을 벌이고 있었다.

저쪽에서는 특히 육가의 여러 당주가 기세를 흘렸고, 이쪽에서는 개방 뇌공이 꿍하여서는 노기를 굳이 감추지 않고 드러내었다.

하나같이 경지에 이르지 않은 이가 없었으니, 딱히 의도가 없더라도 은연중에 드러내는 기세만으로도 촌로들에게는 위험이었다. 그런데 황 노인은 물론이고, 춘양의 촌로들은 누구도 다른 점을 느끼지 못했다. 그것은 용문제자가 나름 힘을 쓴 덕분이었다.

눈씨름, 기세 싸움이 소리 없이 치열한 사이, 육명의 눈길이 문득 한쪽으로 향했다. 담담하게 우두커니 서 있는 젊은 사내는, 소림사의 당대 용문제자라고 한다. 일을 벌인 것은 다른 이들이지만, 그가 있어서 모든 판이 어그러졌다.

육명의 눈길이 소림사 용문제자, 소명에게 향해 있다는 것을 알았는지. 문득 사대봉가의 주인 중 한 사람이 헛기침을 터뜨렸다.

"커흠, 커흠. 이때에 물을 일은 아니겠으나. 한 가지는 명확히 해야 하지 않겠습니까?"

입을 연 그에게로 모두의 눈이 향했다. 사대봉가 중 염가의 주인인 염철조였다.

"여기에 소림사의 용문제자께서 계시다고 하니 묻는 말입니다만, 이것을 소림사의 행사라고 봐도 되겠습니까?"

나름 머리를 쓴 셈이다.

이를테면 광동 무림에 하남의 소림사가 영향력을 행사하려 드는 것이냐 따지면서, 여기에서 벌어진 일을 광동 내의 일이 아니라 외부의 탓으로 돌릴 작정인 것이다. 그러나 소명은 당황하지도, 답하지도 않았다. 그저 쓴웃음만 머금었다.

군이 그가 나설 것도 없었다. 옆에서 퍼뜩 스산한 웃음이 흐르기 시작했다.

"흐, 흐흐흐흐. 흐흐흐."

뇌공이었다. 그렇지 않아도 못마땅한 와중인데 참으로 고맙게 나서 준 격이다. 웃음이 흐르면서 어디선가 우릉, 우르릉하는 마른 소리가 불안하게 울렸다.

"요놈들, 말 한번 잘했다. 이재의 탐욕에 눈이 멀어서, 민초의 삶을 해한 마당이다. 너희 도적놈의 새끼들이 무엇이 잘났다고 소림의 행사를 따진단 말이더냐."

뇌공의 성근 수염이 거꾸로 솟을 지경이었다.

더구나 마도를 핑계로 천하의 개방을 약빠르게 이용하려고 들었으니.

그 검은 속내에 어찌 노하지 않을 수가 있을까.

"바, 방주께서는 말씀이 과하십니다! 도, 도적이라니."

"과해! 과하다고!"

사대봉가와 여러 당주가 전부 불끈하여서 목소리를 높였다. 따져 물을 참에 뇌공이 일갈과 함께 냅다 발을 굴렀다.

꽝! 하더니 높은 전각이 다 들썩거렸다. 고인 흙먼지가 부스스 떨어졌다.

가관도 이런 가관이 없다.

막대한 금력으로 춘양의 외진 곳에 거리를 조성하더니만, 오가는 모든 경제 활동을 집중시키고도, 정작 춘양 사람들에게는 낟알 한 톨이 돌아가지 않으니. 그네들이야 크나큰 이문을 바랄 뿐이나, 여기 사람들에게는 삶의 터전을 잃은 것이나 다름없었다.

뇌공은 고개를 모로 돌리고서, 느릿하게 말했다.

"어디 한번 말해 보자. 너희 놈들도 눈이 있으니 봤겠지. 저기 있는 이들이 대관절 광동의 민초들이더냐, 아니면 천하의 거지들이더냐?"

"뇌공 어른, 말씀이 과하십니다. 그것은, 그것은."

"에라이! 벼룩의 간을 내어 먹을 것들아!"

육가 총관이 급히 나섰지만, 그것은 협의로 한평생을 살아온 노고수의 분노에 기름을 들이부은 격이었다. 뇌공은 벼락같이 노성을 터뜨리며 냅다 발을 굴렀다.

쩌엉!

바닥의 청석이 대뜸 갈라지면서 들보가 웅성거렸다. 진노함이 어떠한지 모를 사람이 없다. 당금의 천하고수라 하는 오대고수보다 윗줄로 손꼽히는 뇌공이었다. 신화적인 이름에 부족함은 없었다. 서서히 일어나는 기세가 일거에

폭발하여서, 멀리 성벽이 죄 들썩거릴 정도였다.

　육기는 눈을 치떴다. 맹렬하게 밀려오는 뇌공의 기파를 정면으로 마주한 탓이다. 육가의 공력이 이미 완성경에 이른 그 또한 여파에 주춤할 정도였다. 좌우에서 태연한 이는 누구 하나 없었다.

　경험이 오래된 사대봉가의 가주도 어깨를 들썩거렸고, 당주들은 주춤 물러나기까지 했다.

　그러나 몸 상태를 돌볼 여유는 조금도 없었다.

　광동육가는 이미 피할 수 없는 오명을 뒤집어썼다. 억울할 것도 없었다. 떳떳하지도 않았다. 십삼분가의 일이 어떻게 이루어지고 있는지, 그도 모르게 일어난 것이 아닌 까닭이다. 육기는 더운 숨을 흘리고서, 고요하게 서 있는 소명을 돌아보았다.

　'당대의 용문제자.'

　그 이름이 지닌 무게는 개방 뇌공에 못지않았다. 아니, 지금 광동에서는 오히려 더욱 큰 영향을 발휘했다. 육기가 준비했던 판이 용문제자의 이름 하나로 지리멸렬하고 말았으니. 육기는 차마 소명을 더 바라보지 못하고 질끈 눈을 감아 버렸다.

　용문제자의 일명에 무수한 소림과 무문이 알아서 물러나

는 모습이 지금에도 선명하다.

너무 놀라면 아무런 반응도 할 수가 없다던가. 육기의 일생에서 그렇게까지 무력함을 절감한 적은 딱 두 번째였다. 그것도 전부 비슷한 연배에게서 받은 무력함이니, 육기는 고개가 무거웠다.

뇌공의 위압감보다도 지금의 참담한 심정을 더욱 가눌 길이 없다. 불현듯 검은 손이 육기의 내려앉은 어깨를 가만히 다독였다. 육명이다. 그가 자리에서 일어나며, 갈의 장삼이 새삼 펄럭였다.

"방주 어른께서는 그만 기세를 거두시지요."

장대한 풍채에 장중한 목소리가 고요하게 울렸다. 육가의 가주가 드러내는 묵직함은 과연 가볍지 않았다. 그는 뇌공의 진노 앞에서 물러서지 않았다. 그렇다고 지금의 상황을 뒤집을 것 또한 아니었다.

"뭐라? 기세를 거두라?"

뇌공은 더욱 눈을 희번덕거렸다. 크게 일이 벌어질까 싶은데, 소명이 차분한 어조로 만류했다.

"진정하시지요. 뇌공 어른."

"요놈아, 지금이 진정할 때이더냐?"

"여기 노인분들 숨넘어가겠습니다. 그쯤 해 두세요."

"으잉? 그, 그렇구먼. 쩝!"

뇌공은 소명의 말에 곁눈질로 다른 노인들 안색을 살폈다. 바짝 얼어서는 새파랗게 질린 낯으로 눈치를 보고 있었다. 작정하고 노발대발했다가는 아닌 게 아니라 사람 잡게 생겼으니.

뇌공은 기세를 누그러뜨렸다.

폭풍처럼 일었던 기세가 사그라지자, 그는 한세월로 잔뜩 삭은 왜소한 노인의 모습으로 돌아가서 입매를 우물거렸다. 그렇게 뇌공이 진정하자, 중정은 새삼 조용해졌다.

다만 여기저기서 한숨 소리가 남모르게 새었다. 퍼뜩 한 구석에서 볼멘소리가 나왔다.

"그, 그렇다고 하여도, 거리를 모두 불태운 것은 너무 과한 처사가 아닙니까!"

잔뜩 주눅이 들었지만, 그래도 육가의 사람들은 소리를 내었다. 십삼분가의 거리가 전소한 피해는 실로 어마어마했기 때문이었다.

겉으로 드러난 피해만 헤아려도 못해 수천 금일 터.

아무리 끝없는 부를 쌓았다고 하는 광동육가라도 간단하게 생각할 수 없는 피해였다.

뇌공은 이내 눈을 가늘게 떴다.

소명의 만류로 버럭 화를 내지는 않았지만, 교묘한 기세가 모여든 육가의 가인들을 엄습했다.

"끌끌, 이런 모자란 것들아. 너희 놈들은 화염산주에게 고두구배를 하여도 부족하지 않아."

"그것은 어인 말씀인지?"

혀를 차던 뇌공은 새삼 엄숙하게 얼굴을 다잡았다. 꾸짖 거나, 빈정거리는 기색이 아니었다.

"힘 있는 문파의 담합으로 인해서, 광동이 얼마나 소란 한지 몰라서 하는 말이더냐? 민초들이 헐벗고 있다. 이네 들이 지금 부글부글 끓고 있단 말이다. 그네들이 어디 속 이 없어서 얌전한 줄 아느냐?"

"뇌공, 그것은 과한 말씀이."

"허, 과하다니. 그럼 너는 내 아무 생각도 없어서, 개방 정예를 죄 끌고 내려왔을 성싶더냐? 마도재래가 어찌 무서 운가. 그것은 마도가 설치는 곳에 꼭 아무것도 모르는 민 초들이 휩쓸리기 때문이다. 지금 광동은 마도재래와 비교 하여도 부족하지 않을 것이 돌아다니고 있다!"

마도와 비교해도 부족하지 않을 것, 그리 무시무시한 것 이 어찌 또 있을 수 있을까. 그런데 뇌공은 단호하게 말했 다. 자리한 모든 이가 조용했다. 머리 좋다 하는 이들이지 만, 선뜻 짐작하지 못했다. 와중에 소명은 쓴웃음을 그린 채, 고개를 흔들었다.

마도의 두려움, 하기야 겪어 본 자만이 알 수 있는 일이다.

육가와 광동의 무인들은 자기들끼리 웅성거리면서도 더는 나서지 못했다.

　육명은 길고 긴 숨을 흘렸다. 그는 뒤쪽을 향해서 가볍게 손을 내저었다. 그러자 웅성거림이 뚝 끊겼다. 모두가 입을 다물고서 육명을 보았다.

　이제 육 가주가 나설 참이다.

　육명은 가만히 고개를 끄덕이며 말했다.

　"노방주의 말씀이 틀리지 않습니다."

　"흥, 당연하지."

　우스운 일이지만, 뇌공은 보란 듯이 앙상한 턱 끝을 치켜들었다. 육명은 가만히 웃고는 이내 고개를 끄덕였다. 부정할 것도, 마다할 것도 없다.

　"가외(家外)의 재산을 모두 정리하여서 춘양을 비롯한 광동 민초들에게 돌리도록 하겠습니다."

　"그 정도로 되겠더냐?"

　"하하, 그 정도라면 십삼분가의 일로 피해를 본 민초들을 구휼하는 데에 부족함이 없을 것입니다. 그리고 십 년 동안 육가의 깃발을 모두 거두도록 하겠습니다."

　"흐음."

　육명은 차분하게 말했다. 어조에 노여움이나, 모멸감 따위는 전혀 없었다. 뇌공은 더 말하지 않았다.

"가, 가주!"

"가주님!"

가인들은 물론, 좌우에서 광동의 무인들이 놀라 외쳤다. 그러나 육명은 돌아보지 않았다.

십 년 동안 육가의 깃발을 모두 거두도록 하겠다니.

그만한 세월이라면 제아무리 날고 기는 재주가 있다고 하여도 다시 쇠락을 면하기 어려울 터였다. 그러나 이미 뱉은 말이다.

육명은 조용한 뇌공을 보고, 눈만 끔뻑거리는 춘양의 촌로들을 보았다. 노인들은 어찌할 줄을 몰라서 안절부절못했다. 그리고 노인들 뒤에 있는 외인들, 담씨 부부와 천산파 검객 장관풍은 입을 굳게 다물고는 육명을 빤히 보고 있었다. 그들도 놀라기는 매한가지였다. 지금의 광경이 도무지 믿기지를 않았다.

'허어, 육 가주는 이미 각오를 하였구나.'

담일산 역시 일문을 이끌어 가는 처지로서, 지금 육 가주의 한 마디가 얼마나 고심 끝에 나온 것일지 짐작할 수 있었다.

육명은 그저 쓴웃음만 머금었다. 그 모습에 육기는 고개가 하염없이 무거웠다. 그때에 소명이 앞으로 나섰다.

"잠시만, 말학 후배가 감히 한 말씀 올리겠습니다."

말학 후배라고 스스로 칭하나, 나선 무게감은 뇌공에 버금간다. 이미 용문제자의 무위를 온 광동 무림에 떨친 마당이었다. 육가의 소가주 또한 그의 상대가 되지 않았으며, 지금 이 자리에서도 육가의 가인들이 드러내는 무수한 기세를 홀로 감당해 내었음을 보아 알았다.

육명은 고요한 눈으로 소명을 바라보았다. 검게 탄 육씨의 얼굴에 다른 표정은 없었다. 말해 보라는 뜻이다.

소명은 한 조각 미소를 머금고서 차분히 말했다.

"육가의 깃발을 거둘 것이 아니라, 더욱 넓혀서 잘못된 바를 고루 살피고, 고치셔야 마땅할 것입니다."

"음? 그것은 어인 말씀이신가, 용문제자."

육명은 의아해 되물었다.

선뜻 받아들이기 어려운 말이었다. 육기와 총관도 퍼뜩 고개를 치켜들었다.

소명의 지금 말은 분명 뜻밖이었다.

육가의 모든 것을 내려놓고 자중하겠다는데, 오히려 문호를 넓히라고 말하고 있다.

이전에 논의된 바가 달리 없는지, 자리에 있는 뇌공은 물론이거니와 담 가주, 그리고 천산 검객도 퍼뜩 소명을 바라보았다. 특히 뇌공의 탁한 눈가에는 흐릿한 광망마저 엿보였다.

무림 중의 큰 다툼은 보통 한쪽이 스스로 문을 닫는 것으로 끝나기 마련이었다. 더구나 문외의 모든 자산을 포기하고 문을 닫아걸어서 봉문이라 하는 것이다.

때에 따라서 다르지만, 불과 한두 해에 지나지 않더라도, 봉문을 당한 쪽은 씻을 수 없는 치욕을 당한 셈이었고, 아울러 그만큼 평판을 잃는다. 그리고 쇠락으로 이어지는 셈이었다.

"오욕(汚辱)이 싫다고 깃발을 거두고, 문을 닫아걸 때가 아니라는 말씀입니다."

소명은 뚫어질 듯한 눈초리로 침묵하는 육명의 눈가를 바라보았다. 육명은 섣불리 답하지 않았다. 그는 소명의 진실한 속내를 파헤치고자 더욱 집중했다. 그러나 소명에게 다른 기색은 찾아볼 수 없었다.

"하, 당대의 용문제자는 무서운 사람이군."

끝에 육명은 실소를 머금으며 말했다. 웃음도 잠시, 그는 이내 무거운 눈초리로 소명을 쏘아보았다. 달리 기세가 실린 것은 아니나, 쏘아보는 안광은 제법 매섭다.

"육가의 바닥을 보이라는 말씀이시구려."

"그 정도로 어디 바닥을 보일 육가이겠습니까."

육가의 곳간이 어느 정도인지 알 수야 없겠으나, 소명은 육가에서 직접 광동 무림의 폐해를 모두 살피라 요구하는 셈이었다.

아닌 게 아니라, 광동 무림뿐만 아니라, 광동의 민초들도 육가에 얽히지 않은 곳이 없을 정도였다.

육가가 일제히 문을 닫아걸어 버린다면, 또 다른 춘양이 계속해서 나올 뿐이다. 소명은 오히려 책임을 지고 광동인을 돌보라고 말하는 것이다.

다른 것이 끼어들 여지가 없다.

"호오."

뇌공이 흐린 눈동자를 굴리다가 고개를 끄덕였다. 막연히 육가에게 본때를 보여 줘야겠다고만 생각하던 차라, 지금 소명의 발언이 흡사 육가의 사정을 보아주는 것으로 보여서 불끈했던 터였다. 그러나 지금 다시 들어 보니 육가는 이름만큼의 책임을 지라는 것이다.

그 책임이 과연 어느 정도일지.

하나 확실한 것은 여기 춘양을 돌보는 선에서 끝나지 않으리라는 것이다.

"허, 허허."

육명도 흐리게 웃었다.

분명 잘못된 길을 선택했고, 결과로 불명예를 짊어졌다.

아마도 여기 이 자리에 있는 것이 개방 뇌공이 아니라면, 소림사의 용문제자가 아니라면, 모든 것은 시작도 전에 끝나 버렸을 것이다.

육가가 아니라, 육가의 이름에 의탁한 누군가에 의해서.

용문제자는 그 무게를 육가 혼자 감당하라고 말했다. 병주고, 약 주고.

육명은 고개를 끄덕였다. 그가 한 걸음 나서자, 흡사 산이 움직이듯 거대한 그림자가 좌중을 압박했다. 황 노인과 여러 촌로는 눈을 끔뻑거렸다. 숨이 탁 하고 막혔다. 그런데 육명이 그들 앞에 두 손을 맞잡으며 깊이 허리를 숙였다.

"가, 가주!"

"가주!"

육가의 가인들뿐만이 아니라, 광동 남북무림의 주인들도 당혹감을 감추지 못했다. 강호의 노선배도 아닌, 춘양의 촌로에게 스스로 허리를 굽히다니. 이것은 분명 누구라도 쉽게 할 수 있는 일이 아닐 것이다.

그러나 육명은 거리낌이 없었다.

사해응룡이라고 하는 그 자신이다. 잘잘못이 명확하다. 사죄라는 것은 마땅한 때에 하지 않으면 아무런 의미도 없는 것.

"마다할 것도 없이, 모두가 본가의 불찰입니다. 가문의 주인으로 자세히 살피지 못하였으니, 이 또한 불찰입니다. 삼가 여기 어른들에게 먼저 사죄를 올립니다."

또박또박 한 마디도 흘리지 않고, 육명은 사죄했다. 이 순간에 좌중을 짓누르던 압박은 사그라지고, 잘못을 시인하는 중년 남성의 모습이 드러났다.

"허, 허허. 아니, 허어, 이것 참."

노인들은 어찌할 줄을 몰라서 서로 돌아보기에 바빴다.

여기 노인들이라고 광동육가를 모를 것이며, 사해응룡을 모를 것인가.

광동 땅에서 광동육가는 단지 무림중(武林衆)의 이름이 아닌 까닭이다. 실질적으로 광동 땅을 아우르는 또 다른 세상이니. 황 노인도 아연한 채 고개 숙인 육명을 바라만 보았다. 한편 개방 방주는 눈매를 모은 채, 무엇인가 아쉬워서 콧등만 연신 찡긋거렸다.

'쯧, 더 들들 볶아 댈 것을.'

이래서야 더 꼬투리 잡기도 껄끄럽다.

그런데 와중에 바깥이 소란스럽다. 웅성거림이 점차 다가오고 있다. 무언가를 연호하는 소리가 들려왔다.

퍼뜩 들려온 외침에 육기가 누구보다 먼저 반응했다. 흠칫 어깨를 들썩이며 새삼 매서운 눈으로 밖을 노려보았다.

"지금 소천룡이라고?"

잘못 들어서 묻는 것이 아니다. 육기만큼이나 총관을 비롯해 이곳의 모든 무림 인사들도 당혹감을 감추지 못했다. 바깥에서 사람들이 소천룡을 연호하고 있었다.

*　　　*　　　*

고창문의 높은 담 곳곳에 칠성금흑기가 펄럭거린다. 그 아래에 하얀 인영이 다가섰다. 단정한 차림의 젊은 사내였다. 머리에 두른 백건에는 다른 장식이 없었고, 걸친 하얀 장삼도 상당한 고급의 비단을 쓴 모양이지만, 과하지 않았다. 그는 요란한 고창문 앞에서 문득 고개를 들었다.

짙은 눈썹 아래의 맑은 눈동자가 펄럭거리는 삼각의 금흑기를 올려다보았다.

"칠성금흑기라. 어떻게 늦지 않게 도착한 모양이군."

그는 가만한 웃음을 머금었다.

광동육가의 칠성금흑기는 마치 검은 용처럼 힘차게 펄럭거렸다. 그는 이내 고창문 마당으로 눈을 돌렸다. 광동의 무인들이 자리에 모여서 바글바글했다.

안으로 들어서는 것은 그리 어려운 일이 아니었다.

원체 많은 이들이 모여 있을 뿐만 아니라, 무인 아닌 자들도 부지기수였으니. 그는 묵묵히 주변을 둘러보며 계속

걸음 했다. 이쪽에서는 빈한 자들이 모여서 먹거나, 몸을
쉬고 있고, 저쪽에서는 개방 거지들이 와자지껄 떠들어 대
고 있었다. 여타 다른 광동의 무림인들도 여기저기 흩어져
서 모여 있었는데, 그들은 낯빛이 좋지 않았다.

　백의 사내는 곧 마당을 가로질러서, 안쪽으로 향했다.
그러자 그쪽에 모여 있던 광동 각 파의 무림인들이 새삼 험
악한 얼굴로 앞을 막아섰다.

　스치듯 보아도 백의 사내는 광동인으로 보이지 않았기
때문이었다.

　강한 햇빛에도 하얀 얼굴 하며, 더욱이 여기서 무슨 일
이 벌어지고 있는지 알 텐데도 한 조각 여유를 품고 있는
모습이라니.

　그가 다가서자 광동 무인들이 퍼뜩 눈을 날카롭게 하며
경계했다. 지금 이 자리는 어쩌면 광동 무림에 다시없을
치욕의 날일지도 몰랐다. 그런 곳에 외인(外人)이 들어선
다는 것은 쉽사리 용납할 수 없는 일이었다. 광동인의 검
붉은 얼굴이 한껏 일그러졌다.

　"누구시오. 광동 사람은 아닌 듯한데."

　"이 너머는 외인이 들어설 수 있는 자리가 아니오. 썩 물
러가시오."

다그치는 목소리에는 적의가 짙었다. 다른 눈이 없었다면 흉한 짓이라도 저지를 기세였다. 그러나 사내는 미소를 잃지 않았다. 그는 험악한 이들에게 다가서며 나직이 자신을 밝혔다.

백의 사내는 외인이나, 또한 외인이 아니기도 했다.

소천룡이다!

놀란 한마디가 거칠게 터져 나왔다. 마치 비명과도 같은 외침은 누구의 입에서 비롯한 것인지 알 수가 없었다. 고창문의 바깥에서 안쪽에 이르기까지, 소천룡을 연호하는 목소리가 땅을 들썩였다.

"소천룡! 소천룡!"

"천룡구주진천(天龍九州振天)!"

"천룡구주진천!"

달리 수행하는 자도 없이 홀로 나타난 소천룡이다. 그러나 감히 의심하는 자는 없었다. 슬쩍 드러낸 기세만으로도 충분했다.

고요한 가운데에 묵직한 위엄이 모두에게 전해졌다.

사내는 한 조각 미소를 머금고 차분하게 걸음을 옮길 뿐이었지만, 무인들은 황급히 좌우로 물러났다. 태생의 위엄이란 이러한 것인지도 모르겠다.

고창문 중정에 이르기까지 감히 소천룡을 막아서는 자는 없었다. 오히려 호위하듯 뒤를 따르고, 길을 열었다.

중정에 모인 모든 이들의 눈길이 백의 사내에게로 향했다.

"소……천룡?"

육기는 소천룡의 모습에 퍼뜩 몸을 긴장했다.

지금 이 자리에서 소천룡을 직접 마주한 유일한 사람이라면, 그뿐이었다. 그는 크게 눈을 치뜨고서, 한 걸음, 한 걸음을 옮기는 소천룡을 뚫어질 듯 바라보았다.

그런데 그 모습이 아니다.

'이럴 수가!'

낙양회합에서 마주하였던 소천룡이 아니다. 그러나 가짜라고는 할 수 없었다. 그때의 소천룡과 흡사한 위압감을 드러내고 있었다.

아니, 무게는 더하면 더했지, 부족하지 않았다.

"확실히 소천룡이군."

낮은 목소리가 뒤에서 들렸다. 퍼뜩 고개를 돌리자 육명이 차분한 눈으로 소천룡을 보고 있었다. 들어선 소천룡은 자연스럽게 그와 눈길을 마주쳤다.

"육 가주시로군요."

"그렇소, 소천룡. 이런 자리에서 마주하게 될 줄은 미처 몰랐소이다."

육명의 말에는 뼈가 있었으나, 소천룡은 흐릿한 웃음만 지어 보였다. 그리고 이 자리의 가장 어른인 뇌공에게 예의를 갖추었다.

소천룡은 공손하게 두 손을 맞잡았다.

"뇌공 노방주. 천룡가의 회(晦)라고 합니다."

"허어, 천룡가의 회라. 그리 칭하니 참 신비하게 보이기는 하는구먼."

노걸개는 푸근한 기색으로 비꼬았다. 제 이름 하나 제대로 밝히지 못하는 소천룡이 우스울 따름이다. 회라고 자신을 밝힌 소천룡은 나직이 웃었다. 세간에 알려진 바가 극히 적은 천룡세가였다. 가문의 법도가 어떠함을 알 수가 없으니. 그는 다시금 뇌공에게 고개를 숙이고, 천천히 소명을 향해서 고개를 돌렸다. 그의 눈가에서 희뿌연 광휘가 어려 갔다. 입가에는 묘한 웃음이 맺혔다.

"그대가 당대의 용문제자이시구려."

사뭇 친근한 투였다. 그러나 마주한 소명은 말이 없었다. 흐트러진 머리카락 사이로 언뜻 싸늘한 한광(寒光)이 일렁였다. 적의라고 할 수는 없었지만, 호의가 아님은 분명했다. 그럼에도 소천룡 회는 가만히 미소만 보였다.

미소의 저의가 심히 의심스럽다. 뇌공은 미간에 주름을 깊게 잡고서, 넌지시 물었다.

"그래, 소천룡께서는 무슨 용무로 오셨나? 같은 무가련이라도 살피려고 하는 겐가?"

소천룡 회는 잠시 어색한 미소를 보였다.

"노방주께서 오해를 하셨군요. 어디 그럴 수야 있겠습니까. 여기 광동은 엄연히 육가의 영역인 것을요. 또한, 제가 무가련에 어떤 영향을 행사할 수 있는 사람도 아닙니다."

"으응? 천룡세가에서 무가련의 어린 것들을 모아다 놓고 한탕 소란을 부린 것을 다 아는 데에. 지금 소천룡은 이 늙은이를 너무 업수이 보는 것 아닌가?"

"제가 어찌 감히."

소천룡은 잠시 두 손을 맞잡으며 슬쩍 고개를 숙였다. 한 걸음 물러나는 모양새에, 뇌공은 주름 가득한 얼굴을 더욱 찌푸렸다.

"그렇다면, 소천룡께서는 무슨 용무가 있어서 이곳까지 걸음 하시었는가."

새삼 무거운 목소리가 울린다. 소천룡은 흘깃 고개를 돌렸다. 육명이 그를 지그시 보고 있었다. 검은 얼굴에 하얀 안광이 머물렀다.

감춘 경계심이 언뜻 드러났다.

소천룡의 걸음이 가벼울 리가 없으니. 그러자 소천룡 회는 환히 웃었다.

그는 바로 고개를 돌렸다. 은근슬쩍 뒤로 물러나 있던 소명을 딱 바라보았다. 그 눈길이 심상치 않다.

"소천룡 회가, 용문제자께 한 수 가르침을 청하고자 합니다."

회는 소명을 향해서 두 손을 맞잡아 보였다. 곧은 눈길로 소명을 보았다. 사심 없는 눈빛이었다.

광동의 일이 아니라, 소림사의 용문제자와 겨루어 보고자 찾아왔다는 것이다. 육명, 육기는 물론이고, 개방 뇌공을 비롯한 자리의 모두가 당혹감을 감추지 못했다.

마주하는 소명은 그저 입매를 잔뜩 찌푸릴 뿐, 뭐라 답을 하지 않았다.

천룡이라는 것들은 도대체가 뭐 이리 당당들 한 것인지.

예의를 차리면서도 하는 양은 시비나 다름없다. 소명은 고개를 비스듬하게 기울인 채, 웃는 회의 모습을 바라보았다. 치렁한 머리카락이 앞을 가렸지만, 눈매가 곱지 않다는 것은 어렵지 않게 짐작할 수 있었다. 소천룡 회는 쓴웃음을 감추지 않았다. 이렇게까지 노골적으로 불편한 모습을 보이기도 쉽지 않을 터였다.

자리를 파했다.

소천룡의 등장으로 잠시 주춤하였지만, 이미 얘기는 다

한 상황이었다. 육명은 그대로 따르겠다 하였고, 춘양 사람들은 더는 불만을 갖지 않았다. 덧붙인 것은 개방에서 어찌 잘 돌아가는지 지켜보겠다고 하는 정도였다.

자칫 육가의 자존심을 건드리는 일이었다. 이렇게까지 하는 데에도 육가를 믿지 못한다고 볼 수도 있지 않은가. 사대봉가와 여러 당주가 발끈하였지만, 육명은 이 또한 받아들였다. 기왕에 가문의 곳간을 털어 내는 일이었다. 하나 숨길 것 없이 일을 처리하는 편이 좋았다. 그러는 편이 더욱 빠르게 광동 무림을 진정시킬 수 있는 방편이리라.

육명은 더 지체할 것도 없어서, 바로 고창문을 나섰다.

그 뒤를 따라서 여러 무림인들이 줄지어 나섰다. 육가에 속한 자들만도 기백을 헤아린다.

육명은 문득 정문 앞에서 잠시 걸음을 멈췄다. 그러자 뒤따르던 모두가 일제히 굳어서 그의 뒷모습을 빤히 보았다. 육명은 고개를 돌렸다. 높이 세운 금흑기를 거두며, 연이어 다른 문파도 깃발을 거두어들이고 있었다.

"기야."

"예."

육명의 부름에, 육기는 한달음에 앞으로 나섰다. 드디어 올 것이 왔는가. 그는 한숨을 삼키고, 두 눈을 질끈 감았다. 감은 눈꺼풀 아래로 눈동자가 불안하게 흔들렸다.

무정장안이라고 하는 육기였으나, 지금에는 다른 도리
가 없었다. 단지 일을 그르친 것이 문제가 아니었다. 자신
의 후계가 어쩌고 하는 것 또한 문제가 아니었다.

육가의 치욕이었고, 그것을 가주가 온전히 감내했다.

무슨 면목이 있을 수 있을까. 그러나 육명은 육기를 탓
하지 않았다.

"기야, 여기 춘양의 일은 너에게 일임하마."

"예?"

"여기 사람들을 잘 다독이고, 고창문의 빈자리를 채우도
록 하여라."

육기는 퍼뜩 눈을 치떴다. 진정 생각하지도 못한 일이었
다. 유폐나 폐관을 각오하고 있던 터이건만, 육명은 그에
게 어찌 보면 가장 큰일이랄 수 있는 춘양을 맡아 수습하라
하는 것이다.

"가, 가주. 저는."

"오늘의 일을 어찌 치욕이라고 할 수 있겠느냐. 이 일로
무가련에서는 제법 눈치가 보이겠으나, 나중에는 육가의
이름만이 온전할 것이다. 앞으로가 중요한 일이니."

육명은 묵직한 손으로 육기의 어깨를 다독였다. 더 말하
지 않았지만, 눈빛으로 충분했다. '믿는다.' 그 한마디가
뚜렷하다.

육기는 질끈 입술을 깨물었다. 총관이 어두운 얼굴로 있다가 조심스럽게 말문을 열었다. 십삼분가의 피해는 온전히 육가만의 것이 아니다. 무가련의 다른 가문, 특히 오대세가에서 깊숙하게 얽혀 있었다.

"가주, 십삼분가의 손해는."

"하하, 다른 가문에서 소리가 나온다면, 어디 재주껏 해보라고 하지."

육명은 추호도 흔들림이 없었다. 그는 바로 낯빛을 굳혔다. 굳은 눈매에 하얀 안광이 맴돌았다.

십삼분가를 비롯한 여타 분가에서 다른 세가가 무슨 분탕질을 치고 있는지 모르지 않았다. 여기 고창문 또한 육가의 깃발 아래에 있으면서도, 다른 세가와 뒷거래가 오갔음을 잘 알고 있었다.

다만, 그것이 민초의 삶에 얼마나 큰 악영향을 미칠지 생각하지 못했다는 것이 육가의 잘못이고, 자신의 책임이다. 기세를 일으키는 것은 찰나에 불과했다.

육명은 이내 미소 지었다.

"그들은 감히 따져 물을 수 없을 것이오."

"허나, 가주. 뒤에서 손을 쓸 수도 있을 것입니다."

"걱정하지 마시게. 개방의 정예가 곳곳에서 도끼눈으로 지켜보고 있을 터. 그들도 섣부른 수를 쓸 수 없을 것일세."

개방이 지켜보겠다고 하는 것을 선뜻 받아들인 이유가 있는 셈이었다. 개방을 통해서 광동육가의 당당함을 보이는 동시에, 다른 세가들을 견제할 수 있는 일이다. 그러자 가인들은 묵묵히 고개를 끄덕였다.

육명은 다시 한 번, 육기의 어깨를 다독였다.

"힘을 다하겠습니다."

"그래, 기억하거라. 기아야. 오늘이 육가가 다시 도약하는 날일 것이다."

육기는 어깨가 하염없이 무거웠다.

일천, 아니, 족히 일만 근에 달하는 무게를 올린 듯하다. 전에 없는 부담이었다. 그러나 육기는 버거워하기보다는 더욱 마음을 다잡았다.

그는 지그시 입술을 깨물고서 육명에게 고개를 숙였다. 맞잡은 두 손이 부르르 떨렸다.

두 부자(父子)에게 말은 필요치 않았다.

육 가주를 비롯해 육가의 중진들이 떠나면서 금흑기를 내렸지만, 고창문 마당은 아직도 시끌시끌했다. 천룡세가의 소천룡이 왔다는 소식에 사람이 더욱 몰릴 듯했다.

고창문의 심처(深處)는, 바깥의 소리가 닿지 않을 만큼 깊은 곳이다. 그곳에는 꽤 공을 들여서 조성한 정원이 있었다. 규모만큼이나 화려하였으려나, 달포 남짓 동안 돌보는 사람이 없어서, 지금은 시든 잡초만 무성했다.

소명은 그 자리에 영 껄끄러운 심정으로 있었다.

정원 복판에 있는 팔각의 정자였다. 다른 이는 없었다. 소명과 소천룡이 마주하고 있을 뿐이다. 그들 사이에는 자연석을 끌어다 놓아 마련한 다탁이 있었다. 여러 다구(茶具)가 모락모락 김을 올렸다. 소천룡은 능숙하게 다구를 다루었다.

한 잔의 찻물을 우려내기 위해서, 한참이 걸렸다. 소명은 앉은 채 말이 없었다. 그저 혼자 분주한 소천룡의 모습을 지켜볼 뿐이었다. 무슨 말을 하려고 이렇게까지 시간을 끄는 것인지 모르겠다. 한참 만에야 소천룡은 잔을 권하며 말했다.

"차가 어떨지 모르겠습니다."

"이 사람 또한 차에 그렇게 조예가 있는 편은 아닌지라."

소명은 잔을 들었다. 솔직하게 말하자면 조예를 운운하기에도 부족했지만, 적어도 지금 소천룡이 권한 한 잔의 차가 귀한 찻잎이라는 것 정도는 헤아릴 수 있었다. 한 모금에 온기와 더불어서 청량함이 가득했다.

"잘은 모르지만, 좋은 차군요."

"광동 사람들이 흔하게 마시는 오룡이라고 하지요."

"오룡."

소천룡이 오룡이라는 차를 권한다라. 소명은 입매를 잠시 비틀고서, 잔을 다시 내려놓았다. 그러고는 새삼 소천룡 회의 얼굴을 직시했다.

여기에 자리를 마련하는 것도 쉬운 일이 아니었다. 떼를 쓰는 누구를 떼어 놓는다고 한참 씨름한 참이었다. 소천룡을 마주하기도 전에 힘을 빼놓은 격이다.

소명은 퉁명스러운 어조로 말했다.

"꼭 해야겠소?"

소천룡은 멈칫했지만, 고요한 낯으로 자신의 찻잔을 감싸 쥐었다. 소명은 부담스럽다든가, 불쾌하다든가 하는 것이 아니라, 진정으로 귀찮아하고 있었다.

천룡세가가 조용한 지, 십수 년이라고 하지만 그래도 천하를 흔드는 이름 중 하나인 소천룡이건만, 설마 귀찮아할 줄이야.

입가에 쓴웃음이 머물렀지만, 회는 되레 예의를 갖추어서 말했다.

"소림사에서 신권을 되찾았다는 풍문이 강호무림에 자자합니다. 육가의 신기당도 호된 꼴을 당했다지요. 소생, 전설로까지 일컬어지는 백보신권의 위력을 경험할 수 있다면, 삼생의 영광이겠습니다. 소천룡 회의 이름으로 감히 부탁드립니다."

천룡세가의 소천룡이라는 자가 이렇게까지 자신을 낮추면서 청하다니. 소생은 또 무어고, 삼생의 영광 운운은 또 무어란 말인가.

소명은 턱에 불끈 힘이 들어갔다.

'이건 또 무슨 개 같은 소리야.'

솔직한 속내가 울컥 튀어나오려다가 겨우 끊어 냈다.

소천룡이라는 이름 뒤에 굳이 회라고 붙이는 이유를 소명은 알지 못했다. 아니, 정확하게는 관심조차 두지 않는다는 말이 정확했다. 그는 말없이 고개를 흔들었다.

"아무래도 사양하겠소."

"허어, 소림사의 용문제자라는 분이 이렇게까지 마다하시다니요."

"이 사람이 소림사의 용문제자이기도 하나, 권야라 불리기도 하오."

잔잔한 미소를 머금고서 슬쩍 붙잡는 말 한마디는 소명의 심사를 자극할 요량이었겠지만, 소명은 하나 흔들림 없이 대꾸했다. 굳이 고민할 일도 아니라는 식이었다.

용문제자이기도 하나, 권야이기도 하다. 무슨 뜻인가. 소천룡은 오래 고민하지 않았다. 그는 하, 짧은 웃음을 흘리면서 고개를 흔들었다. 말인즉, 소천룡이라는 이름 하나로 상대하기에는 격이 맞지 않다는 뜻이다.

회는 잠시 고민할 수밖에 없었다. 천룡이 너무 오래도록 잠든 탓일까, 아니면 눈앞의 용문제자가 실로 걸물인 것일까. 어느 쪽이든 그리 싫은 심정은 아니었다.

"소생이 무례했군요. 서장의 전설을 앞에 두고서 오만하였군요."

"얼씨구."

소명은 퍼뜩 허리를 세우며 뒤로 물러났다. 그야말로 기가 찰 일이다. 이렇게까지 나올 줄이야. 더욱 이맛살을 찌푸리고서 소천룡 회를 빤히 보았다.

소명은 그러다가 피식 헛웃음을 흘렸다.

"옳아, 이제 알겠군."

"무엇을 말씀이신지요?"

"무턱대고 한 수가 어떻고, 신권이 어떻고 하더니. 말짱 헛소리였구려."

소천룡 회의 얼굴에 다른 변화는 없었지만, 말 또한 없었다. 흐트러진 앞 머리카락 사이로 소명의 눈매가 새삼 서늘하게 빛났다.

"얼마 전 일이기는 하나, 뭐라는 놈들인지 대뜸 길을 막아서고, 소림 속가 문파에까지 쳐들어와서는 난장을 놓더구려."

"예, 들어 알고 있습니다."

"그럼, 여기까지 찾아온 귀하를 내가 어찌 여겨야겠소?"

회의 입가에 쓴웃음이 맺혔다.

"솔직히 말씀하시구려. 대체 무슨 용건인데, 이리 사람을 못살게 구시오?"

"우선 죄송합니다. 권야 공. 그러나 소림의 신권을 받아 보고 싶다는 것은 진심입니다. 가히 무림의 전설이라고 하여도 부족함이 없는 것이 신권이 아니겠습니까."

백보신권, 소림사를 대표하는 권법임에도 모습을 감춘 세월이 무려 일백여 년이다. 무인으로서 그러한 전설을 견식할 수 있는 기회가 어디 흔하겠는가.

그렇다고 계속해서 고집할 일은 아니었다. 소명이 지적한 대로, 가문의 중대사가 달린 일이다.

소천룡 회는 잠시 숨을 돌렸다.

"말씀하신 대로, 공노와 한 차례 교분이 있으셨다지요?"

"공노?"

소명은 피식 헛웃음을 흘렸다. 공노라는 이름을 떠올리지 못한 것이 아니다. 그것을 두고 굳이 교분이라고 칭할 수 있는가 싶다. 아닌 말로, 행패나 다름없는 일이었다. 웃기는 소리. 소명은 피식 코웃음을 치고는 고개를 들었다.

"앞뒤 없이 손을 쓰는 늙은이를 말하는 것이라면, 그래 한 차례 마주하기는 하였더랬지. 허나, 딱히 교분이라 할 만한 일은 없었소이다만."

"공노는 본가의 장로 중 한 분이십니다만, 당년의 혈기
가 여전하시지요."

회는 공손하게 말했다. 공노의 평소 성정을 모르는 바가
아니었다. 노인의 괴팍함이 상대를 따로 가리지는 않았을
터이니, 소명의 삐딱한 태도는 물론이거니와 시큰둥한 어조
에 무슨 일이 있었을지 훤히 보였다. 하기야, 그렇기에 회
가 혼자 몸으로 부랴부랴 광동으로 내려온 것이기도 했다.

회는 자리에서 벌떡 일어났다.

이미 무례는 범한 상황이다. 다른 무엇으로도 권야의 마
음을 돌릴 수는 없을 터였다. 솔직하게 말하는 것이 최선
이다. 그는 대뜸 두 손을 맞잡으며 고개를 숙였다.

"권야 공, 도와 주십시오."

"도와 달라? 그 대단하다는 천룡세가에서 나 같은 범부
에게 대체 무슨 도움을 바란다는 게요?"

소명은 불쾌하다기보다는 실로 의아하여서 고개 숙인 소
천룡 회를 바라보았다.

도대체가 모를 일이었다.

회의 모습은 한없이 진지했고, 추호도 물러서지 않겠다
는 각오마저 엿보였다. 비무를 청할 때와는 전혀 다른 태
도였다. 소명은 고개를 갸웃했다. 잘못 본 것인가, 어딘지

절박하기까지 하다.

이래서야 마냥 외면하기도 어렵다. 소명은 물끄러미 보다가, 절레절레 고개를 흔들었다.

한숨이 길게 흘렀다.

"일단, 들어나 봅시다."

햇발이 서서히 기울어 갔다.

더운 바람에 무성한 잡초가 들썩거렸다. 풀벌레가 찌륵거리며 돌아다녔다.

정원 정자에서 두 사람은 조용했다.

앞에 놓인 두 잔의 찻잔은 식은 지 오래였다.

소명은 짐짓 지루한 표정으로 기우는 햇빛을 물끄러미 보았다. 한숨이 푹푹 흘렀다. 마주한 소천룡은 잠시 생각을 정리했다. 그는 조심스러워서, 섣불리 입을 열 수가 없었다. 어찌 보면 이제야 첫 단추를 끼운 셈이다. 한참 만에 소명은 입매를 찌푸리며 말했다.

"언제까지 그리 있을 셈이오?"

"하하, 죄송합니다. 생각이 많았군요. 앞서 한 가지만 말씀드리겠습니다."

소천룡은 소명의 느릿한 재촉에 쓴웃음을 지었다. 아직 생각을 다 정리하지는 못했지만, 그렇다고 더 지체할 수도 없는 노릇이다.

"지금부터 말씀드릴 것은 천룡세가에서도 극히 일부만이 아는 일입니다. 본가의 명운이 걸린 것이나 다름없지요."

"그리 대단한 일이라면, 굳이 외인인 이 사람에게 털어놓으면서까지 도와 달라 할 것 있겠소."

대뜸 정색하면서 무게를 잡으니, 소명은 부담스럽다는 기색을 솔직하게 드러냈다. 그러나 소천룡은 고개를 가로저었다.

"방법이 없기 때문입니다."

대단하다는 천룡세가에서 방법이 없다고 자인할 정도의 일이라니. 소명은 결국 숨을 삼키고서 고개를 끄덕였다. 어디 말해 보라는 뜻이다.

소천룡은 눈길을 떨어뜨렸다. 그래도 막상 말을 꺼내려니, 가슴이 떨렸다. 그는 눈을 내리깔고서 입을 열었다.

"수년 전 일입니다. 본가의 가주이신 천룡대야께서 연공 중에 화를 당하셨지요."

어렵게 꺼낼 만한 말이다. 큰 관심이 없어, 그저 찻잔을 만지작거리던 소명의 손끝이 멈칫했다. 가문의 수장이 화를 당했다는 소리를 듣게 될 줄이야.

소명은 불길한 기분이 들어 소천룡 회를 바라보았다. 그는 소명의 놀람이야 어떻든 간에 말을 계속했다.

"당시, 가주께서는 본가의 양대신공을 완성하고자 폐관에 들었지요. 당초 삼백 일을 말씀하셨으나 가주께서는 백일 만에 폐관을 깨고 나오셨습니다. 그때에 가주는 평소의 모습이 아니셨지요."

소천룡은 여기서 자세한 상황을 말하지는 않았다. 그러나 어두운 얼굴이나, 말끝을 흐리는 모습에서 어렴풋이나마 헤아릴 수 있었다.

분명 안타까운 일이고, 또한 가문 외의 사람에게 할 만한 소리도 아니었다. 가문의 명운을 운운하기에 일말의 과장도 없었다. 요컨대, 천룡세가의 가주가 수년 전에 이미 주화입마에 들었다는 것인데.

소명은 가슴 깊은 곳에서부터 묵직한 한숨이 절로 솟아오르는 것을 간신히 짓눌렀다. 도대체 자신이 이런 말을 들어야 할 것은 또 무어란 말인가. 그런 속을 아는지, 모르는지 소천룡은 어려운 말을 다 하고서 고개를 푹 숙이고 있었다. 한없이 침울하여, 군웅 앞에 당당히 모습을 드러냈을 때와는 전혀 다른 사람처럼 보였다.

소명은 일단 부글거리며 끓는 속을 차분하게 가라앉히고서 말문을 열었다.

"우선 사정은 알겠소. 알겠는데, 그런 일이라면 내가 도울 수 있는 일이 아닌 듯하오만. 의성(醫聖)이니, 신의(神

醫)니 하는 분을 찾아야 하지 않겠소."

그러자 소천룡은 퍼뜩 고개를 치켜들었다. 언제 움츠러들었느냐는 듯이 바로 뜬 두 눈에 안광이 강렬하다.

"어찌 그런 분을 모시지 않았겠습니까. 그러나 어느 고인이라 하여도 달리 손쓸 도리가 없다고 하더군요."

"크흠."

하기야, 천하제일가라고 하는 곳에서 어디 그런 능력이 없을까. 소명은 쏘는 듯한 소천룡의 눈빛이 아무래도 부담스러웠다.

슬쩍 고개를 돌리는데, 소천룡은 결연한 어조로 말했다.

"공노께서 말씀하시기를. 공께서 손을 쓰신 시신에 남은 흔적이 가주의 상태와 흡사하였다고 합니다."

"엑?"

소명은 이건 또 무슨 말인가 싶어서 괴이한 소리를 흘렸다. 머리카락 너머에서 눈동자가 흔들렸다. 소천룡은 부랴부랴 덧붙였다. 소명을 의심한다는 것이 아니다. 낙양의 살수문주, 그에게서 발견한 흔적이 천룡대야의 주화입마와 흡사한 상태라는 것뿐이다.

소명은 묘하니 입매를 찌푸리면서 고개를 끄덕였다.

"낙양, 낙양의 살수문주라."

낙양에서 워낙에 많은 살수를 상대하지 않았던가. 나중

에 듣기로는 낙양뿐만이 아니라, 하남 전역에 있는 자객살수의 씨가 말랐다고 하니.

딱히 누구를 말하는 것인지 바로 떠오르지 않았다.

"아, 그러고 보니."

가만히 생각하다가, 소명은 퍼뜩 고개를 들었다. 낙양 남궁세가의 안가에서 끝장을 보던 차에 한 명이 용케 몸을 피했다. 궁 서생인지 뭔지 하는 자였는데.

소명은 그의 죽음을 의심하지 않았다. 그에게 어찌 손을 썼더라.

"탄지신통이기는 했는데."

수법은 그러하나, 실린 진력은 분명.

"크흠!"

소명은 괜히 헛기침을 쥐어짰다. 듣지 않느니만 못한 일이다. 소천룡은 아직 할 말이 더 남은 모양이었지만, 소명은 그저 일이 고약하게 꼬였다는 생각만 들었다.

"이런."

소명은 낭패라는 듯이 한숨과 함께 중얼거렸다.

광동 땅에는 개방의 오교룡이 남아서 일을 돌보기로 하였다. 그렇게 한곳에 죽치고 있기를 죽기보다 싫어하는 오교룡이었지만, 어찌 된 영문인지 더욱 적극적으로 사방팔

방을 뛰어다니면서 일이 돌아가는 양을 보살폈다.

이것도 다 뇌공의 심모원려함이다. 부족한 녀석을 방주 자리에 앉히고 말겠다고 외쳤기 때문이었다.

귀찮은 방주를 아니 하려거든, 당장의 수고로움쯤이야 얼마든지 감수할 수 있다는 것이니. 그것도 참 대단한 인사들인 셈이다. 그에 더하여서 광동에 산재한 소림파 또한 나설 수밖에 없었다.

다른 누구도 아닌 용문제자가 직접 나섰다. 더구나 당대의 용문제자는 그 무게가 전혀 달랐다. 본산에서 천하무림에 알리기를, 무슨 일이든 용문제자의 뒤에 본산이 있다고 공언하였으니.

어찌 용문제자의 행사를 거스를 수가 있을까. 이것은 연배나, 배분을 따질 일이 전혀 아니었고, 다른 사정이나 핑계를 댈 수도 없었다. 광동은 물론, 인접한 소림의 속가라고 하면 앞다투어 손을 도왔다. 그렇게 광동의 크나큰 일은 일단락한 셈이었다. 하지만 정작 소명의 속내는 마냥 편할 수가 없었다.

"아아, 산 넘어 산이야."

불만을 솔직하게 담아서 내뱉은 말이었다.

서천 화염산의 안위를 위해서라도 화염산주의 행방은 꼭 찾아야 하는 것이었고, 그 뒤를 쫓다 보니, 마도 운운하는 일에 휘말려서 느닷없이 개방과 마주했다. 다행히도 일이 어찌 수습은 되었는데.

어이구, 일은 거듭 몰려온다. 이게 무슨 사나운 팔자인지. 소명은 더는 원망할 기운도 없었다. 그저 앉은 자리에 한껏 웅크리고서는 하염없이 툴툴거렸다. 뜻한 바와는 전혀 다르게 일이 돌아가고 있었지만, 그렇다고 맞닥뜨린 일을 모른 척 외면할 정도로 얼굴이 두껍지는 않았다.

그가 몸을 맡긴 자리는 달리는 마차 안이었다. 내부에 금침 보료를 깔아서 푹신하고, 채광이 워낙에 좋아서, 따로 창을 내지 않아도 마른 볕이 솔솔 스며들었으며, 달리는 바람이 거세지 않았다. 더구나 마차가 힘차게 굴러가는데, 들썩임이 거의 없다시피 했다.

호사스럽다 할 정도로 좋은 자리였지만, 가는 길이 마땅한 일이 아닌지라. 한숨만 거듭이었다. 그의 앞에서는 소천룡 회가 영 불편한 낯으로 앉아 있었다. 아무래도 아쉬운 처지는 소천룡이었으니. 그는 공연히 헛기침을 흘리면서 햇빛 스며드는 창가로 고개를 기울였다.

"후우."

그의 일생에 이렇게까지 불편한 자리는 없었다. 하기야 소천룡이 어디 누구의 눈치를 볼까. 그런데 소명이 다시 퉁명스레 물었다.

"이것 참, 그래서 어디로 가는 거요?"

"낙양입니다. 권야 공."

"낙양이라? 결국, 다시 하남이군."

쓴웃음이 흘렀다. 미세하게 흔들리는 마차 안에서 소명은 고개를 흔들었다. 가까이 있는 창을 걷자, 주변 풍경이 빠르게 흘러갔다.

소명은 턱을 괸 채, 마차 밖 풍경을 바라만 보았다.

그러다가 퍽! 소리에 어깨가 흔들렸다. 묵직한 것이 소명의 어깨에 떨어졌다. 소명은 입매를 비틀고서 고개를 돌렸다. 어깨 위로 검은 머리카락이 스르륵 흩어졌다. 아래에 백옥처럼 하얀 얼굴이 곤히 잠들었다. 무구한 모습이다.

화염산주 아함.

굳이 끼어든 그녀는 아무런 걱정도, 상념도 없이 졸음에 깊이 빠져들었다. 하얀 얼굴이 햇빛을 받아서 반짝였다. 흘깃 보는 소명의 표정이 아무래도 좋지 않았다.

마주 앉은 소천룡이 되레 긴장하여서는 그의 눈치를 살폈다. 험하게 꾸짖지나 않을지. 그러나 소명은 쯧, 한 번 혀만 찰 뿐이었다. 그는 다시 턱을 괴고서 바깥 풍경으로 눈을 돌렸다.

제2장
불운한 서장제일도

  천룡세가, 가문의 중대사라고 하는 것이 괜한 말은 아닌 모양이었다. 소천룡은 처음 등장했을 때와는 전혀 달랐다. 그는 소명이 마지못해 응하기가 무섭게 길을 나서고자 했다. 그리고 고창문을 떠나, 얼마 지나지 않아서 자그마치 여덟 마리의 준마가 끄는 큼직한 마차와 마주했다. 춘양에서 약간 떨어진 곳으로, 처음부터 기다리고 있었던 것이다.

  소명이 소천룡과 함께 모습을 드러내자, 마차에서 두 사내가 냉큼 내려섰다. 그들은 서둘러 달려와 꾸벅 허리를 숙였다.

"수행원이 아주 없었던 건 아니네."

소명은 물끄러미 보다가, 나직이 중얼거렸다. 마차를 몰고 온 둘은 영 모르는 얼굴이 아니었다.

흑백 뭐라는 양당의 당주라는 것들이다.

소명은 둘을 기억했다. 산서 땅에서 공연히 길을 막았었고, 백학당에서는 위지백에게 한바탕 혼쭐이 났던 자들이다. 또 여기까지 오다니. 정말 어지간히 질긴 인사들이다. 새어 나오려는 한숨을 잇새로 끊어 냈다.

두 사람은 소천룡에 이어서 소명에게 꾸벅 고개를 숙였다.

"권야 공."

무참히 나가떨어진 모습을 직접 본 소명이다. 아무래도 마주하기에 불편한 처지였지만, 지금 자리는 소천룡을 호위, 보필하는 자리이다. 껄끄럽고, 어렵다고 해서 내색할 수는 없었다.

"소천룡, 채비는 모두 갖추었습니다."

"음, 고생했네. 그리고 미안하군. 두 사람은 내게 속한 사람들도 아닌데."

"어디 그런 말씀을."

두 당주는 소천룡의 말에 급히 고개를 내저었다. 감히

받기 어려운 말이었다. 후계 문제야 어떻든, 오늘 일은 가문의 대사임에 분명했다.

어찌 마다할 수 있을까.

한결 묵직한 모습으로 고개를 숙였다. 소천룡은 더 말하지 않았다. 그는 곧 소명을 그리고 소명의 뒤를 번갈아 보았다. 아무래도 어색한 표정이었다. 무슨 뜻인지. 소명은 잘 알았다. 그는 다시금 한숨을 길게도 푹 내뱉었다.

"그래, 이쪽 일은 그렇다고 하고. 넌 또 왜?"

사뭇 묵직한 분위기를 집어치우고서, 소명이 확 고개를 돌리며 퉁명스럽게 말했다. 돌아보자 화염산주 아함이 배시시 웃었다.

이제는 어린 시절의 옷차림을 관두고, 제 나이에 맞는 여인의 차림을 하고 있었다. 남색 유군(襦裙)을 맵시 있게 늘어뜨리고 곱게 빗어 내린 검은 머리카락이 저기 있는 햇빛을 받아서 반짝였고, 수줍게 미소 짓는 얼굴은 백옥처럼 반짝였다.

"헤헤헤."

어물쩍거리면서 고창문을 나설 때에 끼어들더니, 여기까지 같이 왔다. 아함만 있는 것이 아니었다. 그녀 뒤에는 담 가주 내외와 장관풍이 서 있었다.

애당초 소명을 찾겠다는 그 하나만으로 소림사를 찾으

려던 아함이었다. 그녀가 소명을 만난 마당이니, 소림사로 굳이 갈 것 없었고, 장관풍도 덩달아서 그녀의 수발을 들 뿐이었다. 그리고 담씨 내외 또한 엉겁결에 갈 곳을 잃고 서, 화염산주의 뒤를 따르게 되었다. 무엇보다 천룡세가의 가인을 마주할 기회는 흔치 않았다. 이만한 일을 어찌 그 냥 넘길 수 있을까.

소명은 고개를 내저었다. 여기서 무슨 말을 하든 씨알도 먹히지 않을 것이다. 아함의 눈동자가 과하게 깜빡거렸다. 두고 갔다가는 또 무슨 일이 생길지 알 수가 없는 일이다.

'그래, 차라리 직접 데리고 선자에게 인도하는 편이 백 배 낫겠다.'

소명은 곧 이쪽 눈치를 보고 있는 소천룡에게 물었다.

"마차에 자리는 충분하겠나?"

어디 충분하기만 할까.

사마청과 이충도는 아예 마차 두 대를 따로 끌고 왔다. 똑같은 모습에, 못지않은 마차였다. 혹시 모를 일에 대비 한 것이다. 못해 다섯 사람이 들어가 앉아도 자리가 남을 만큼이나 큼직하고 편한 마차였다. 바깥에는 흑단목을 쓰 고, 철로 보강까지 하여서 얼마나 공을 들였는지 알 만했 다. 그렇게 마차는 달려서 광동을 벗어났다.

광동에서 하남으로 이르는 길이 그렇게 평탄하다고 할 수는 없었지만, 천룡세가의 수완인지, 어느 길이고 빠르게 달렸다.

"이 길이 이렇게 편했던가?"

큼직한 마차에 편히 앉은 담일산은 멋쩍음에 중얼거렸다. 그의 옆에 앉은 담씨 부인이 살포시 웃음 지었다. 앉은 자리부터가 확실히 달랐다. 부인은 이내 눈을 돌렸다. 천산파의 장관풍이 여전히 긴장한 얼굴로 앉아 있었다. 계속해서 불안하여서 눈동자를 이리저리 굴리고 있었다. 여기에 없는 다른 사람, 화염산주 아함 때문이었다.

"장 검객, 그렇게 마음 졸일 것 없지 않아요?"

"아, 그, 그래도. 산주께서 또 무슨 일을 저지르실지 알 수가 없으니."

"허허, 소명 공이라면 얼마든지 산주의 기행을 단속할 수 있을 터이니, 그리 걱정할 것 없소."

담일산이 가만히 웃으며 손을 내저었다. 장관풍은 그러자 어색하게라도 슬며시 입매를 끌어 올렸다.

"헤, 헤헤. 아무래도 그렇겠지요?"

서장뿐만이 아니라, 서천 일대를 죄 아우르고 있는 권야였다. 화염산주의 변덕으로 불을 잔뜩 일으켜도, 그라면 어찌 수습할 수 있을 터였다. 장관풍은 결국 한숨을 푹 내쉬었다.

"후우, 이것 참. 아무래도 진정이 되지 않으니. 이것도 병인 모양입니다."

장관풍은 울상을 짓고는 하소연하듯 말했다. 풀 죽은 모습에 담씨 내외는 묘한 미소를 지었다. 안쓰럽기도 하였거니와, 장관풍의 처지가 어느 정도 읽히는 까닭이다.

화염산주에게 오죽 시달렸으면.

담일산은 곧 달리는 마차의 창을 슬쩍 열었다. 주변 풍경이 빠르게 지나면서 바람도 제법 세차게 파고들었다.

"허허. 벌써 성의 경계를 지나는 모양이구려."

바람의 냄새, 무게 등이 전혀 달랐다.

광동에서 다른 지역으로 나서는 길은 그리 평탄하다고 할 수는 없었다. 천룡세가의 이름을 드러내지는 않았지만, 이들의 수완은 과연 상당하여서, 어느 길이고 지체 없이 지나갔다. 마차는 처음부터 내내 속도를 유지했다.

십여 년 세월 동안 조용히 웅크리고 있었다고 해도, 그것은 어디까지나 강호무림에서의 입장일 뿐이었다. 그러나 뜻밖의 상황이라는 것은 언제, 어디서나 일어날 수 있는 일이다.

힘차게 달리던 준마가 급하게 멈춰 섰다.

닦아 놓은 길이래도 제법 경사가 급한 곳이어서 자칫 위태할 법했지만, 마부를 맡은 이가 백검, 흑권의 두 당주였다. 두 사람은 큰 어려움 없이 마차를 세웠지만, 그렇다고 마냥 태평한 것은 아니었다.

"이런! 이게 무슨 짓이오!"

버럭 큰 소리가 터졌다. 그러나 불쑥 튀어나와서 길을 막아 세운 몇몇 도인들은 미안한 기색이라고는 추호도 없었다. 오히려 당당한 모습으로 다가섰다.

"이곳은 지나갈 수 없으니. 길을 돌리시오."

"지나갈 수 없다니? 그게 무슨 소리란 말이오?"

"어허, 긴말할 것 없소. 어서 길을 돌리시오."

젊은 도사들은 막무가내였다. 창천백일하에 이런 무도한 일이라니.

앞서서 마차를 몰던 이충도의 검은 얼굴이 더욱 새카맣게 물들었다. 성질대로라면 당장 폭발해도 이상할 것이 없었지만, 마차에 모신 분이 다른 누구도 아닌 소천룡이었다. 차마 가볍게 움직일 수도 없는 노릇이었다.

기밀을 요하는 일만 아니었어도, 어디 당주씩이나 되는 사람이 직접 마부를 자처하여 마차를 몰았을까. 움찔거리는 손에 잔뜩 힘을 주어서 참는 새, 뒤쪽에서 말을 몰았던 사마청이 급히 다가왔다.

"충도, 무슨 일인가?"

"보는 바와 같네."

이충도는 짐짓 쌀쌀맞게 대꾸했다. 사마청은 앞을 막아
선 도사들을 새삼 보았다. 태극건을 쓰고, 남색 도포 자락
을 길게 늘어뜨렸다. 손에는 불진을 어깨 뒤로 삐죽 솟은
검자루에는 수실이 길었다.

차림새로 보건대 도문의 제자임이 분명하니.

사마청은 어렵지 않게 이들의 출신을 짐작할 수 있었다.

"보아하니, 호남의 명문이라고 하는 남악도문의 제자분
들 같은데. 어찌 공로를 막고서, 막무가내로 길을 돌리라
하시오?"

"흠! 본문을 알고 계시다니. 더 말할 것 없겠지요. 여하
튼 이 길은 당분간 지날 수 없소."

싸늘하게 내뱉는 말투가 상당히 거슬렸다. 이충도의 굵
은 눈썹이 꿈틀했다. 오만불손도 정도가 있는 일이다. 사
마청은 그런 기색을 먼저 알고는 슬쩍 고개를 내저었다.

앞서 소천룡이 당부하지 않았던가.

갈 길이 다급하니, 공연한 다툼에 휘말리지 말라 하였
다. 애당초 위세를 부릴 것이었으면, 백영문을 굳이 감추
었겠는가.

"크흠!"

이충도는 짜증을 삼키며 헛기침을 터뜨렸다. 난처하기

는 사마청도 매한가지. 그는 지그시 입술을 깨물었다. 그 때, 뒤쪽 마차에서 조용한 목소리가 울렸다.

"사마 당주, 무슨 일인가?"

"예, 공자. 저들이 길을 막고 돌아가라 하고 있습니다."

"돌아가라? 어찌하여?"

"그것이."

사마청은 곁눈질로 당당한 도사들을 보았다. 그네들은 턱까지 치켜들고 오연한 태도로 있었다.

소천룡은 고개를 내밀어서 그들의 모습을 잠시 살폈다.

남악도문 제자들이라는 것은 들어 알았다.

앞을 막아선 그들을 찬찬히 살폈다. 이제 갓 약관이나 되었을까 싶은 어린 모습이었다.

이내 소천룡의 입가에 미소가 머물렀다. 그는 곧 마차 밖으로 나섰다. 그가 모습을 드러내자, 남악도문 제자들은 잠시 당황했다.

준마의 마차도 범상치 않건만, 백의 자락을 펄럭이면서 나타난 소천룡의 모습이 또한 남다르기 때문이었다. 괜히 길을 막았나 하는 생각이 퍼뜩 지나쳤다.

"남악도문의 분들이라 들었소. 남악도문이라고 하면 호남의 오랜 명문일진대."

"어흠!"

소천룡의 차분한 말투에 연배 있는 도사는 헛기침을 흘렸다. 그는 이내 고개를 들고서 말했다.

"이는 본파의 중대한 일이니, 공자께서는 본파의 얼굴을 살펴 주시지요."

남악도문 제자는 두 손을 맞잡으면서 제법 예의를 갖추어 말했다. 그러나 불편하기는 다르지 않았다. 마지못해 두 손을 맞잡았을 뿐이고, 치뜬 눈가에는 사뭇 위압적인 안광이 어렸다.

남악도문이라면 호남 일대에서는 전통 있는 무문이었다. 그러나 천룡세가에 비할 수 있으랴. 회는 내심 불편했지만, 더 캐묻지는 않았다.

백영문도 감춘 마당이다. 이들과 공연히 드잡이질할 바에야 서둘러 다른 길을 찾는 편이 더 나을 터였다.

"사마 당주, 말을 돌리게. 저렇게까지 단호하니, 굳이 고집할 것 없겠지."

"허나, 공자."

이충도가 그만 불끈하여서 자리에서 일어났으나, 더 말하지는 못했다. 회의 손이 그를 제지했다. 자칫 천룡의 이름을 꺼낼까 싶었다.

이충도는 애써 분을 삼켰다.

나름 은밀하게 움직이고 있는 참이었다. 솔직히 신분을 드러낸 광동에서야 상관이 없었지만, 그곳으로 향하는 길에 군이 행적을 드러낼 이유는 없었다. 조금이라도 조심해야 하는 상황이다.

머뭇거리는 판국에, 소명이 마차 문 밖으로 불쑥 고개를 내밀었다.

"무슨 소란이요?"

"아, 소명 공. 별일 아닙니다. 그저 길을 조금 돌아가면 될 뿐이지요."

"아니, 훤한 길을 냅두고 뭘 군이."

소명은 솔직하게 귀찮아하면서 말했다. 천룡세가 운운하는 자들과 한시라도 빨리 일을 마무리하고 싶은 것이 그의 속내였다. 번잡한 일에 발목 잡히는 꼴을 또 보고 싶지는 않았다.

더욱이 문파의 일을 운운하면서 길을 막아서는 꼬락서니도 그냥 보아 넘길 만한 일이 아니었다.

딱 보기에도 으리으리한 천룡세가의 마차도 세우는 마당이니. 다른 이들에게는 오죽하겠는가. 소명은 마차 문을 벌컥 열고 느릿느릿 밖으로 나섰다. 뒤쪽 마차에서 장관풍이 불쑥 고개를 내밀었다가, 부랴부랴 뒤를 따랐다.

소명은 장관풍을 뒤에 두고 어슬렁 앞으로 나섰다. 그러고는 오만상을 쓰면서 버럭 외쳤다.

"거기. 뭔데, 길은 막고 난리요?"

"아니, 이런."

대뜸 외쳐 묻는 말투에는 격의가 없으니, 도문 제자들은 퍼뜩 눈살을 찌푸렸다. 그들은 잔뜩 이를 드러냈다. 한쪽 손이 불안하게 흔들렸다. 검을 뽑을지 말지를 고민하는 모양새였다.

일견하기에도 호화로운 마차가 둘이었다. 비록 호기롭게 길은 막아 세웠지만, 손을 쓰는 것은 또 다른 문제였다. 더욱이 수행하는 사람으로 보이는 몇몇의 면모가 범상치 않았다.

도문 제자는 헛기침을 거듭하더니, 사뭇 위협적으로 말했다.

"감히, 본문의 행사에 훼방이라도 놓겠다는 것이요?"

"무슨 감히 씩이나."

소명은 귀찮아, 손을 휘휘 내저었다. 그는 찌푸린 눈으로 흐린 하늘을 올려다보았다. 산세에 면한 까닭에 구름이 한층 낮았다. 바로 산 고개를 넘어야 어디서 쉬어 가기라도 할 터였다. 여기서 말 머리를 돌리기에는 길이 멀다. 소명은 험한 젊은 도사들의 기색을 전혀 살피지 않았다.

철없는 것들을 뭐하러 상대하겠는가. 일단은 책임 있는

사람부터 찾고 볼 일이다.

그는 두리번거리더니, 대뜸 힘주어 외쳤다.

"남악도문의 고인은 어디에 계시오. 소림 제자, 소명이 자리를 청하오!"

그리 목청을 높인 것도 아니건만, 당장에 땅거죽이 들썩이고 가까이 수풀이 마른 가지를 바르르 떨어 댔다.

잔뜩 흥분했던 남악도문 제자들 얼굴이 창백하게 질려 버렸다. 이런 일성이라니. 그들은 아무 소리도 못 하고 잔뜩 웅크린 채, 얼어 버렸다. 지금 누구 앞에서 고개를 치켜들고 뻗대었던 건지, 이제야 깨달은 셈이었다.

젊은 도사들은 숨소리도 제대로 내지 못하고 눈치만 볼 참이었다. 회는 그 모습에 쓴웃음을 머금고 고개를 내저었다. 이렇게 바로 나설 줄이야. 그는 한 걸음 뒤에서 새삼 태연한 소명의 모습을 유심히 바라보았다. 소명이 문득 혀 차는 소리를 흘렸다.

"쯧."

짧은 소리였지만, 그 하나에 도사들은 어찌할 바를 몰라서, 얼굴색이 창백하다 못해 거뭇하게 물들었다. 그때에 힘찬 목소리가 터졌다.

"잠시 기다리시오! 남악도문 장문인, 백진자(白振子)라 하외다!"

묵직한 일성이 쩌렁 울리고는, 다급한 인영이 나뭇가지를 박차고 날아들었다. 그리고 허공에서 몸을 뒤집더니, 사뿐하게 내려섰다. 지켜보는 회의 눈가에 이채가 흘렀다.

'백원비영(白猿飛影), 남악도문이 당대에 위세를 떨친다고 하더니. 과연.'

급하게 나타난 백진자는 언뜻 기이한 모습이었다. 흑백의 음양도관에 좌우가 흑백인 음양포를 걸쳤다. 뒤에 삐죽 솟은 고검의 자루에는 비단 수실이 길게 늘어졌다.

그의 이목구비는 이제 중년에 이른 듯하나, 관 아래의 귀밑머리가 하얗게 세었고, 수염도 잿빛으로 물들어 있었다. 언뜻 연배를 헤아리기가 쉽지 않았다. 소명은 알지 못했으나, 소천룡 회는 그의 외견에서 짧게나마 탄성을 흘렸다.

백원비영의 보신경을 알아본 것처럼, 회는 백진자의 외견이 뜻하는 바를 바로 알아보았다.

남악에서 전하는 노원대괘공(老猿大卦功)이 경지에 이르면 저와 같이 백염, 백발에 이른다고 했다. 귀밑머리는 하얗고, 수염이 잿빛으로 물든 것으로 보건대, 백진자는 못해도 구성 이상의 성취를 이루었다. 노원대괘공은 과거 남악도문의 시조인 건원존자(乾元尊者) 이후로는 팔성을 넘긴 이가 드물다고 들었다.

귀밑머리가 하얀 남악의 도사는 조심하라 하였는데, 지금 백진자는 수염도 보다 하얀색에 가까운 잿빛이었다.

일문의 장문인으로 자처함에 부족함이 없다. 그러나 등장한 백진자는 고개 든 소명의 모습에 되레 움츠러들었다. 소명이 내처 떨친 일성의 공력이 자신 못지않음을 똑똑히 깨달았기 때문이었다. 아니, 어쩌면 그 이상일지도 몰랐다.

애써 태연하려고 하였으나, 백원비영을 펼치는 와중 한껏 일성을 떨친 까닭에 가슴 아래에서 숨이 차오르고 있었다. 그렇다고 제자들과 외인 앞에서 약한 모습을 보일 수는 없는 노릇이라. 백진자는 평소 성정은 잠시 젖혀 두고 소명과 소천룡을 향해 사뭇 공손하게 두 손을 맞잡았다.

"다시 인사 올리겠소. 빈도는 남악도문 장문인으로 백진자라 하외다."

"오호, 장문인께서 직접 모습을 드러내실 줄은 몰랐습니다. 소림 속가로 소명이라는 범부입니다."

"아하, 소림의 속가이시라."

주저 없이 밝힌 소림 속가라는 말에, 백진자는 잠시 어색한 표정을 지었다. 언뜻 보기에도 젊은 소명이었고, 소천룡이었다. 그런 이들이 일문의 주인을 앞에 두고도 당당함을 잃지 않으니. 평범한 속가 제자라고는 볼 수 없는 노릇이었다. 더욱이 내지른 일성은 산세를 흔들 정도였다.

백진자 자신도 쉽게 장담할 수가 없는 공력이다. 그는
이내 얼굴을 쓸어내리며 헛웃음을 흘렸다.

"하, 하하. 그래, 소림의 속가께서 어인 영문으로."

"다름이 아니라."

"여기 길목을 귀파의 제자가 떡하니 막고는, 무턱대고
돌아가라 하더군요. 아무래도 그렇게까지 할 수는 없는 노
릇이라, 존장을 청하였습니다."

"으음, 그런 일이."

좋게 말하려는 소천룡을 막아서며 소명이 툭 던지듯이
말했다. 백진자는 두 사람을 번갈아 보고, 다시 자신의 뒤
에 엉거주춤하게 서 있는 다섯 제자를 돌아보았다. 그들은
그래도 백진자가 등장하여서 숨이나마 겨우 돌린 참이었
다. 그러고는 돌아보는 눈빛에 화들짝 고개를 숙였다.

"여기 소협의 말이 맞느냐?"

"제, 제자들은 그저 명을 이행하고자 하였을 뿐입니다.
그런데 저분들이 양보할 수 없다고 고집을 피우는 통에."

은근슬쩍 말끝을 흐렸다. 백진자의 잿빛 눈썹이 퍼뜩 치
솟았기 때문이었다. 당장 불호령이라도 떨어질 듯하나, 백
진자는 곧 고개를 내저었다. 오가는 길을 막으라고 명한
것은 자신이니. 여기 녀석들을 탓할 것은 없겠으나, 사뭇

고압적으로 윽박질렀을 것이 뻔했다.

백진자는 헛기침을 흘리면서 소명, 회에게 다시 두 손을 맞잡았다.

"불편함을 끼치게 되었으니, 참으로 미안하게 되었소. 하나, 지금 산중에는 단지 본파뿐만이 아니라, 호남 무림의 큰일이 벌어지는 중이라오. 이는 외인께 보일 만한 모습은 아니니, 그만 발걸음을 돌려 주시오."

"큰일? 호남 무림의 큰일이란 말입니까?"

"그러하외다."

이래저래 똑같은 말이다.

결국, 할 말도 없고, 길을 내어 줄 수도 없다는 것이니. 소명은 허어, 웃으며 고개를 가로저었다. 그것도 잠시, 소명의 입매에 흐린 미소가 떠올랐다.

호남 무림의 큰일이라.

하기야, 어지간한 일이라면 이렇게 막아서는 일도 없을 것이고, 일문의 장문인이 직접 나서지도 않을 것이다. 그러나 앞뒤 없이 길을 막아서는 것은 아무래도 그냥 넘기기가 어렵다.

"장문인께서는 참으로 억지를 부리시는군요."

"크흠."

"억지라니! 감히!"

백진자는 불편함에 헛기침을 흘렸다. 뒤에서 제자들이 거듭 발끈했다. 공력이 드높은 고수라는 것은 알았지만, 무람없는 태도에 나서지 않을 도리가 없었다. 그러나 소명은 고개를 내저었다.

"아무래도 장문인께서는 지금 누구 앞에 서 계신지 모르셔서 그런 것 같습니다."

"응? 그것은 또 무슨 말인가?"

백진자의 잿빛 눈썹이 곱지 못하게 치솟았다.

아무리 양보를 청했다고 해도, 소림의 속가가 위명으로 자신을 겁박하려 드는 것인가. 그는 불편한 기색을 드러내며 일부러 도포 소매를 떨쳤다. 무형의 경기가 일어 바닥의 흙모래를 휩쓸었다. 어디 한번 말해 보라는 뜻이다.

소천룡 회는 돌아가는 상황에 잠시 당황하여서 급히 소명에게 다가섰다.

"소명 공, 이만하고 발길을 돌리지요. 조금 서두르면 해질 무렵에는 민가에 닿을 수 있을 겁니다."

여기서 용문제자의 이름이 드러나는 것은 소천룡이 바라는 바가 아니었다. 그러자 소명은 싱긋 웃으며 고개를 끄덕였다.

"내 공자의 마음을 모르지 않소. 그러나 따질 것은 따지고, 양보할 것은 양보해야지요. 그게 세상 이치 아니겠소.

걱정하지 마시오. 내 그렇게 눈치가 없는 사람은 아니오."

"예?"

뜬금없이 세상 이치 운운이라니. 위로라고 하는 말인지, 소천룡은 퍼뜩 의아하여서 주저했다. 소명은 그렇게 소천룡을 달래고는 한 걸음 나섰다. 그는 힘주어 말했다.

소천룡이 걱정하는 것처럼 소림사 용문제자의 이름은 나오지 않았다. 그러나 뜻밖의 이름이 불쑥 튀어나왔다. 자리는 한순간에 얼어붙어서 누구랄 것 없이 입을 쩍 벌린 채 소명을 빤히 보았다. 심지어 장관풍도 놀란 눈이었다.

소명 혼자 당당했다.

"뭐, 지금 뭐라고?"

"아니, 그런!"

백진자는 겨우 목소리를 쥐어짰다. 뒤에 있는 남악도문 제자들도 눈을 동그랗게 뜬 채, 급한 숨을 집어삼켰다. 그들만이 아니었다. 소천룡 회도 어떻게 반응하지 못했다. 넋이 나가서 느릿느릿 눈을 깜빡거렸다. 그는 놀란 백진자의 얼굴을 보고서, 다시 소명에게로 눈을 돌렸다. 그의 하얀 얼굴에는 당황한 기색이 참으로 솔직했다. 그러자 소명은 무슨 뜻인지, 슬쩍 턱짓하며 히죽 웃었다.

"아니, 소, 소명 공. 대체 왜?"

"뭐가 말이오?"

"아니, 왜 저를."

소천룡 회는 더듬거리며 말했다. 황망하기 이를 데가 없었다. 기껏 모습을 감추고 암행하는 참이었다. 그런데 소명이 한순간에 소천룡의 정체를, 천룡세가의 행사를 고스란히 밝혀 버린 것이다.

소명은 당황하는 소천룡을 빤히 보면서 태연히 말했다.

"무슨 문제라도 있소? 어쨌든 내 얘기는 안 했잖소."

뭘 그리 놀라느냐는 투였다.

소천룡 회는 더 말하지 못했다. 고개를 돌리자, 후다닥 물러선 백진자가 소천룡의 위아래를 연신 훑어보고 있었다. 살피는 눈길에 불신이 가득했다. 그렇다고 백진자는 마냥 헛소리로 여길 수도 없었다. 앞에 서 있는 회의 차분한 모습이 범상치 않을뿐더러, 천룡세가의 문이 다시 열렸다는 것은 이미 강호무림에 널리 알려진 판이었다. 소천룡이 앞서 오대세가의 소주를 굴복시켰다는 소문도 적잖이 들려왔다.

그것을 마냥 소문으로 치부할 수 없는 것이. 실제로 소가주 회합에서 돌아온 여러 소가주가 지체 없이 폐문에 들거나, 잠적했다는 것이 사실이기 때문이었다.

이곳 호남의 오랜 종주인 황보세가의 소주도 갑작스럽게

폐관에 들어간 마당이다.

백진자는 한 걸음 물러서며 잠시 주저했다. 눈앞의 귀공자가 진정으로 소천룡이란 말인가.

소천룡은 고개를 내저었다. 구차하게 부정할 수도 없는 노릇이다. 짧게나마 한숨을 흘리고 뒤에서 눈치를 보고 있는 두 당주에게 눈짓했다.

"예, 공자!"

두 당주는 부랴부랴 정신을 차렸다. 그들도 워낙 당황한 까닭이다. 그들은 냉큼 두 마차의 좌우에 소기(少旗)를 세웠다. 나풀거리는 하얀 깃발에 천룡의 상징인 천룡백영문이 또렷하게 새겨져 있다. 이 앞에서 과연 누가 문파의 사정을 운운하면서 길을 막을 수 있을까.

더구나, 여기 너머에서 일어나고 있는 일은 마냥 관련 없는 일이라고 할 수도 없었다.

"참으로 소천룡이시란 말이오?"

"그것이……. 예, 그렇습니다. 장문인께 다시 인사드립니다."

소천룡 회는 바로 낯빛을 수습하고 가벼운 웃음을 머금었다. 차분히 두 손을 맞잡았다.

공손하면서도 과하지 않다. 정체를 드러내지 않았을 적에는 미처 몰랐지만, 새삼 마주하자 담담한 눈빛이 품은 정광을 엿볼 수 있었다. 백진자는 가만히 고개를 끄덕였다.

"장문인께서는 이 사람에게 따로 용무가 있으신지요?"

소천룡은 조심스럽게 물었다. 마음으로는 바로 길을 비켜 주었으면 하나, 백진자의 낯빛이 남달랐다. 백진자는 서둘러서 두 손을 맞잡았다.

"아니, 장문인."

"남악도문의 일이 아니라, 호남 무림의 하나로서 삼가 소천룡을 청하고자 하오."

정중하게 자신을 낮춘 백진자는 불편한 기색이라고는 조금도 없었다. 대체 무슨 큰일이기에 일문의 주인이 자존심을 모두 접어 두고 고개를 숙인다는 말인가.

이 또한 뜻밖의 일. 소천룡은 난처한 눈으로 소명을 보았지만, 그는 크게 신경 쓰는 기색이 아니었다. 어쨌든 큰 말썽 없이 여기 산길은 지나게 되지 않았는가.

나머지는 소천룡이 알아서 할 일이다.

"자, 그럼. 뒷일은 소천룡께서."

소명은 그러고는 냉큼 마차로 돌아가 버렸다.

"허어, 이런."

남은 소천룡은 다른 도리가 없었다. 그는 지그시 어금니를 힘주어 물고는 어색한 웃음을 애써 지었다.

우여곡절 끝에 두 대의 마차는 다시 나아갔다. 해 저물기 전에 적어도 산그늘에서는 벗어날 듯했다.

쇠로 테를 두른 마차 바퀴가 드르륵 굴렀다. 완만한 경사를 이룬 길은 무시로 나 있어 마차 등이 오르내리는 모양이었다. 각기 여덟 마리나 되는 준마였다. 큰 마차라도 어렵지 않게 경사를 올랐다.

고개를 넘자, 깊은 분지가 모습을 드러냈다. 그 자리에는 수많은 깃발이 높게 펄럭거리고 있었다. 흡사 일군을 이룬 듯한 모습은 한눈에도 심상치 않았다. 광경이 눈에 들어오기가 무섭게, 소천룡은 미간을 깊이 찌푸렸다.

"이런."

낭패한 심정이 입 안에서 맴돌았다. 광동에서처럼 이곳에서도 무언가 사달이 일어난 것이 틀림없었다. 아직 거리가 상당했지만, 소천룡은 마차 안에서 펄럭거리는 깃발 하나를 알아보았다. 가장 거대하고 화려한 깃발이었다.

백진자의 말대로 여기서 일어나는 일은 천룡과 무관하지 않을 듯했다. 광동육가에는 칠성흑기가 있는 것처럼, 저기 금빛 번쩍이는 거대한 깃발은 호남황보의 것이었다.

금령묵장기(金令墨長旗).

깃발의 이름이었다.

황보세가의 묵색 포삼을 휘감은 그는 흡사 철탑 하나가 우뚝 서 있는 것처럼 보였다. 제법 규모가 있는 천막에 혼자 있는데도, 자리가 꽉 차 있는 듯했다. 대대로 강골이고, 건장한 황보세가였으나, 유독 덩치가 좋았다.

황보영운, 그는 눈매를 한껏 일그러뜨렸다. 선 굵은 턱에 힘이 잔뜩 들어갔다. 일그러진 눈매에 분노가 이글거렸다.

일이 뜻대로 돌아가지 않고 있었다. 그는 팔짱을 낀 채, 한쪽에 걸어 놓은 지도를 무서운 눈으로 노려보았다. 남악 형산의 산줄기가 그려진 지도였다. 그중 한 곳에 따로 표시가 되어 있고, 아래에는 지금 자신이 있는 위치를 표시했다.

불과 한두 시진이면 닿을 만한 거리였다. 그렇건만 아무런 손도 쓰지 못하고서 여기 모여만 있다. 황보영운은 그것이 못마땅했다.

"황보 공자!"

당황한 목소리가 들렸다. 황보영운은 퍼뜩 고개를 들었다. 굵은 눈썹이 번뜩 치솟았다. 이때에 다급하게 그를 찾는다는 것은 대치 중인 상황에 변화가 있다는 것. 어느 쪽이든 좋을 것은 없었다. 황보영운은 천천히 몸을 돌렸다.

천장 높은 막사에 한 여인이 서둘러 들어섰다.

연배가 어찌 되는지, 여인은 한참 작고 어린 모습이었다. 황보영운의 가슴 아래에 겨우 닿을 듯했다. 아무리 그가 거인이라 하여도 격차가 과하다. 두 사람은 눈을 마주하기 위해서 여인은 빳빳하게 고개를 들었고, 황보영운은 푹 고개를 숙여야 했다.

"백 소저. 그들이 움직인 게요?"

"아니, 아닙니다."

"허면?"

"남악도문 장문인께서 오셨는데, 함께 온 분들이."

"응? 백진자께서 외인을 데리고 왔단 말이오?"

황보영운은 다 듣기도 전에, 불쾌하여서 선 굵은 얼굴을 대뜸 일그러뜨렸다. 그는 백씨 여인을 두고서 성큼성큼 밖으로 나섰다. 무슨 일인지 직접 봐야 할 것이다. 여인은 생각과 다른 반응에 당황한 눈으로 그를 돌아보았다. 그러다가 퍼뜩 정신을 차리고, 뒤를 쫓았다.

"황보 공자!"

황보영운은 굳은 낯으로 군막을 나섰다. 머리 위에서 마른 볕이 쏟아지고 있었다. 좌우에는 각색의 무인들이 줄지어 있다가, 나서는 그의 모습에 묵묵히 고개를 숙였다.

"황보 공자."

웅성거리는 무인들의 면면에는 못내 불안한 기색이 역력했다. 황보영운은 그것이 못마땅했지만, 굳이 드러내지는 않으려 했다.

'제길, 본가가 못 미덥다는 것이냐? 아니면 방계인 내가 못 미덥다는 것이냐?'

어느 쪽이든 복장이 터질 일이다. 그는 짐짓 힘주어서 두 주먹을 움켜쥐었다. 남악도문의 일 때문에 동맹이 모인 자리였다. 그리고 자리의 주체가 되는 것은 당연하게도 황보세가였다.

황보세가에서는 호남을 넷으로 구분하여서, 각기 외당을 두고 관리하게 했다. 강(江), 산(山), 풍(風), 운(雲)의 외문사당(外門四堂). 황보영운은 외운당(外雲堂)을 책임지고 있었다. 당주 중에서는 세가의 내외를 떠나서 최연소였다. 그만큼 인정받는 인재라는 뜻이겠으나, 황보영운이 바라는 바는 아니었다.

그는 차라리 같은 연배의 다른 이들처럼 본가에 남기를 원했다. 젊은 나이에 외당주라는 것은 곧 더 오를 곳이 없다는 뜻으로, 다시 말하면 본가에서는 그가 있을 자리가 없는 셈이었다. 이것이 모두 방계라는 출신 때문인 듯했다.

속이 편치 않건만, 와중에 주변에서 아무래도 뜨뜻미지근한 반응을 보이고 있으니.

"후우."

황보영운은 공연히 더운 숨을 토했다. 그때였다. 저기서 두 대의 마차가 달려오는 모습이 보였다.

"저것인가. 백진자가 직접 청하였다는 외인들이."

굳센 턱에 힘이 잔뜩 들어갔다.

먼지를 일으키며 달리던 마차가 점차 가까워져 왔다. 여덟이나 되는 준마가 끄는 마차라니. 황보 본가에서도 좀체 보기 어려운 모습이다. 그러나 말이 몇 마리이고, 마차가 얼마나 견고하고 화려한지는 아무래도 상관이 없었다.

마차의 좌우에 꽂은 소기가 여기 모든 이의 눈을 붙잡았고, 입을 다물게 했다.

천룡백영문이다.

한순간 앉은 침묵이 무겁다. 불쑥 나섰던 황보영운은 한참 만에야 입술을 떼었다.

"천룡세가?"

황보영운의 큰 눈동자에 짙은 의혹이 일었다. 낙양에서의 일은 그도 익히 아는 바였다. 그때의 일로 가문의 소주인, 황보순이 돌아오기가 무섭게 인연 없다고 여긴 폐문을 자처하지 않았던가.

당금 강호에서, 천룡백영문을 걸 수 있는 것은 오직 소천룡뿐일 터.

대체 소천룡이 무슨 영문으로 호남황보를, 아니 이곳을 찾은 것인지. 황보영운은 어지러운 속내를 굳센 오기로 내리눌렀다.

'큭! 약한 모습을 보일 수는 없지.'

종형이 되는 황보순을 스스로 폐관하게 만들 정도라면, 분명 녹록지 않은 인물일 터. 그렇다고 직접 마주하기도 전에 움츠러들 수야 없는 노릇이다.

황보영운은 한껏 숨을 들이쉬며 가슴을 폈다. 철탑 같은 어깨를 감싼 묵색 포삼이 당장 터질 것처럼 부풀어 올랐다.

"황보 공자."

"음, 백 소저. 말씀하시려던 것이 저것이로구려."

급히 뒤따라온 백씨 여인은 말없이 고개만 끄덕였다.

그리고 마차가 그들 앞에 섰다. 마부석에 앉은 흑의 사내는 능숙하게 여덟 마리 말을 달랬다. 말들이 가볍게 발을 굴렀지만, 흙먼지는 크게 일지 않았다. 그는 가볍게 내려서 마차 문을 열었다.

황보영운은 열리는 문을 지그시 바라보며 성큼 앞으로

나섰다. 나이 고하를 떠나 여기 이 자리에서 좌장을 맡은 것은 황보세가의 사람일 수밖에 없는 까닭이었다. 그런데 마차 문에서 작은 발이 불쑥 튀어나왔다.

여인이 신는 붉은 비단신이다. 그러고는 화려한 금색 수실로 꽃을 새긴 검은 치맛단이 펼쳐졌다. 사뿐사뿐 밟아서 내려오는 여인의 모습에, 사내라고 하는 자들은 모두 숨을 멈추었고, 몇몇 여인은 눈을 크게 치떴다.

인세의 아름다움인가.

남녀노소를 불문하고 마차에서 내린 여인에게 눈을 떼지 못했다. 황보영운도 주춤 어깨를 들썩였다. 일순이나마 눈길을 빼앗기고 말았다.

여인은 길고 긴 머리카락을 쓸어 넘기고 파란 하늘을 올려다보았다. 그러고는 눈살을 찌푸리며 주변을 두리번거렸다.

"뭐야, 여기가 어디야?"

"형산이랍니다, 산주."

"형산?"

뒤따라서 냉큼 내려선 장관풍이 공손하게 답했다. 화염산주, 아함은 영 시큰둥한 얼굴이었다. 그녀는 두 손을 맞잡고서 엉거주춤한 황보영운을 힐끔 보고서는 홱 고개를 돌렸다. 아무런 관심도 없다. 이 상황에 당황한 것은 황보영운과 자리에 있는 호남 무인들이었다. 소천룡이 여인이라는 이야기는 아무도 들은 바가 없었다.

"아니, 이것이 무슨?"

"황보 공자이시구려."

당황할 새, 마차에서 내린 다른 사내가 정중하게 말을 건네었다. 백의 자락이 펄럭이고, 차분한 가운데에 묘한 기품이 있다. 황보영운은 멍한 얼굴을 바로 정돈하지 못하고서, 사내를 빤히 바라보았다.

하얀 얼굴의 사내는 고즈넉한 미소를 머금고서, 황보영운을 향해 두 손을 맞잡았다. 전과 다른 정중함에 황보영운은 퍼뜩 정신을 수습했다.

"황보가의 영운이오. 공자께서는?"

"천룡가의 사람이오."

천룡가의 사람. 다른 이름을 밝히지 않는다. 그럼에도 불쾌하게 생각할 이유는 전혀 없었다. 황보영운은 애써 당당하고자 한껏 뱃심에 숨을 불어넣었지만, 저도 모르게 어깨가 아래로 내려갔다.

"소천룡이시군요."

"오는 중, 백진자께서 약간이나마 설명해 주셨습니다. 황보 공자, 심려가 크시겠습니다."

"크흠, 시, 심려라니요."

황보영운은 헛기침을 흘렸다. 그러고는 계속해서 저도 모르게 움츠러드는 자신을 빠르게 다잡았다. 아니, 다잡으려 애를 썼다. 제아무리 소천룡이라 하지만, 그 또한 호남 황보가의 일인이건만, 어찌 이리 맥을 못 추는 것인지. 공연히 헛기침만 계속 쥐어짰다. 그때에 백씨 성의 여인이 냉큼 나섰다.

"하온데, 소천룡께서는 어찌 이곳에 계시는지요? 혹여, 천룡세가에서 호남 무림을……."

여인은 일부러 말끝을 흐렸다. 소천룡 회는 잠시 의아한 눈으로 나선 여인을 돌아보았다. 자칫 예민할 수도 있는 일을 대뜸 파고들다니. 첫인사 때에 선수를 잡겠다는 의도가 빤하였으나, 탓하기도 어렵다. 그러나 회는 불쾌해하기 보다는 다시금 미소를 지었다.

"호남의 재녀라 하는, 백소설, 백 소저이시군요."

"미천한 것의 이름을 알아주시다니."

스스로 미천하다고 말하지만, 과한 겸손이다. 소천룡 회는 묘한 눈으로 고개 숙인 백소설을 보았다.

지낭(智囊) 백소설, 호남의 명문 중 하나이자, 황보세가 와는 오랜 맹우인 안록백가의 출신으로. 그녀가 출사한 이 후에 호남에서 황보세가의 위용은 한층 견고해졌다.

그녀의 계책으로 황보세가를 적대하던 황가련이 크게 위

축되었기 때문이다. 황가련에서는 꼬리 아홉 달린 요호나 다름없다고 하여, 그녀를 두고 구미요호(九尾妖狐)라고 했다.

그녀는 한껏 자신을 낮추었지만, 소천룡은 그녀를 가볍게 보지 않았다. 짐작건대 슬쩍 운을 띄우면서 다른 의도를 파악하려는 듯했다.

소천룡은 헛기침을 흘렸다.

"백 소저께서 의심하는 바를 모르지 않으나, 그렇지 않습니다. 그저 걸음을 서두르는 터에 형산을 지나게 되었을 뿐입니다."

"의심이라니요. 소천룡께 어찌 감히. 저는 다만."

"백 소저, 미안하오. 소천룡을 굳이 청한 것은 본 장문인이니."

웃으며 하는 말에는 뼈가 있다. 어지간한 사람이라면 당황할 일이지만, 백소설은 눈썹 하나 까딱하지 않았다. 도리어 한층 깊은 눈으로 소천룡을 보았다.

더 의중을 떠보려는 차에, 백진자가 선뜻 나섰다. 그리고 황보영운의 굳은 눈을 직시했다.

"외운당주, 미안하게 되었소."

"크흠."

분명 백진자를 탓할 일은 아니겠으나, 황보영운은 안색

이 굳어지는 것을 미처 다잡을 수가 없었다. 여기에 소천룡이 오다니, 흡사 호남황보의 무력함을 드러내는 꼴이지 않은가.

백소설은 황보영운의 앞을 슬쩍 가로막았다. 더 있다가는 아무래도 불편한 일이 생길 듯했다.

"그런 일이 있었군요. 공연한 의심에 죄송합니다. 소천룡."

"저는 크게 신경 쓰지 마십시오. 황보 공자, 백 소저."

소천룡 회는 한결 가벼운 마음으로 고개를 돌렸다.

여기 포진하다시피 한 이들은 야트막한 구릉을 가운데에 두고서 저 너머를 경계하고 있었다.

이것이 무슨 기묘한 일인지.

"저곳입니까? 황가라는 무리들이 있는 곳이?"

"예, 그렇습니다. 그리고 참담하게도 본파의 본궁이기도 하지요."

백진자는 한층 어두운 낯으로 말했다. 급작스럽게 몰려온 황가련의 패당에게 본산을 빼앗기는 수모 아닌 수모를 당한 처지였다. 그렇다고 이 모든 일이 남악도문만의 문제는 아니었다. 여기 모인 호남 각파의 무림인들 또한 무관하지 않았다.

소명은 마차 안에서 고대로 자리를 지켰다. 마차는 넓고 쾌적하여서 드러눕기에 좋았다. 더구나 내내 옆에 들러붙어 있던 아함도 밖으로 나간 터라. 자리가 더 넓다.

그는 두 팔을 한껏 펼치고서, 길게 하품을 흘렸다.

두런두런 들려오는 소리를 듣자니, 처음 생각했던 것보다 귀찮은 일인 모양이다. 그러나 소명은 아무럼 어떠냐는 심정이었다.

솔직한 말로, 여기서 바쁠 사람은 천룡세가를 대표하는 소천룡이지, 자신이 아니다. 그러나 마냥 태평한 것도 잠시.

소명은 고개를 뒤로 젖히고서, 푸욱 한숨을 내뱉었다.

"천룡대야라."

말이 좋아 수년이지. 주화입마에 빠지고 오랜 시간이 흐른 터였다. 그런 이에게 인제와 무엇을 할 수 있다고 자신을 찾은 것인지.

공전무용이 남긴 흔적과 흡사하다는 몸 상태도 의아한 일이다. 공전무용은 소명에게는 또 다른 스승이라고 할 수 있는 여공이 남긴 가르침 중 하나이다. 스승 공천이 몸을 버려가면서 복원한 옛적 선인의 가르침, 그 파괴적인 힘은 자신도 잘 알았다.

만에 하나, 천룡대야에게 있는 흔적이 공전무용의 기운

이라고 한다면 몸뚱이를 건사하는 것조차 불가능한 일이
다.

소명은 고개를 절레절레 흔들었다.

"대체 뭘 어쩌자는 거야?"

여하간에 번잡하기는 매한가지일 터였다. 소명은 더 생
각하기를 그만두었다. 새삼 축 늘어졌다. 마차 밖에서 두
런두런 소란스러웠지만, 소명은 크게 신경 쓰지 않았다.
무슨 일이든, 소천룡이나 되는 이라면 알아서 처리할 터였
다. 그런데 세상일이라는 것이 그렇게 속 편한 대로 이루
어지는 것이 없고, 소명의 다사다난한 팔자를 생각하면,
아무리 사소한 일이래도 결국 그를 끌어들이고 말았다.

마냥 나른하여서, 졸음에 빠져들듯 머리를 기대었던 소
명은 퍼뜩 고개를 치켜들었다. 밖에서 들려온 어느 인사의
이름 석 자 덕분이었다. 그는 대뜸 마차 문을 박차고서 고
개를 내밀었다.

"지금 뭐라고!"

황보영운은 민망함에 귀가 시뻘겋게 달아올랐다. 이런
이야기까지 꺼내야 하는 것인가 싶었으나. 이미 백진자가
말문을 연 터라, 굳이 숨기기도 모양새가 우스웠다.

"허어, 황보가의 영애께서 지금 적도 무리와 함께 있으

시단 말씀이시군요."

"예. 연전 무가련에 불만을 가진 이들로 저들끼리는 황가련이라 칭한 자들이온데. 호남 일대를 근근이 소란케 하던 중에 기어코 이런 일을 벌이고 말았습니다."

백소설은 차분하게 상황을 설명했다. 장황한 말투는 아니었으나, 상황을 알리면서도 감출 것은 잘도 감추었다. 황가련이라는 자들이 어찌 이루어졌을까마는, 소천룡 회도 굳이 캐묻지는 않았다. 그러나 의아한 것은 따로 있었다.

아무리 무가련에 불만을 가진 이들이라 하여도, 남악도문의 본산을 차지할 정도란 말인가. 또한 여기 모인 전력을 생각하였을 적에 길게 대치하고 있는 처지를 이해하기 어려웠다. 소천룡은 묘한 눈길로 황보영운과 백소설을 번갈아 보았다.

"그것이, 뜻밖에도 대단한 고수를 방수(幫手)로 삼은 까닭에."

"대단한 고수라? 아니, 어느 정도이기에?"

전황(戰況)을 좌지우지할 정도의 고수가 그리 흔할 리가 없다. 황보영운은 퍼뜩 헛기침을 터뜨렸다. 큼직한 눈동자가 잠시 흔들렸다. 소천룡 회는 그의 내심을 어렵지 않게 헤아릴 수 있었다.

'황보 공자도 당했군.'

머뭇거리는 기색에 백소설이 대신 나섰다.

"스스로 밝히기를 위지백이라 하더군요."

"위지백?"

소천룡 회는 잠시 머뭇거렸다. 들은 바가 있는 이름이나, 퍼뜩 떠오르지 않았다. 그때에 쾅! 하고 시끄러운 소리가 터졌다. 마차에서 소명이 불쑥 고개를 내밀었다.

"지금 뭐라고!"

흠칫한 호남 무림인들은 소명을 보았다가, 다시 소천룡을 돌아보았다. 이번에는 이들이 의아한 눈초리였다. 그 눈길에 소천룡 회는 그만 입매를 일그러뜨렸다.

'이런!'

용문제자의 정체를 밝히고 싶지 않은 것이 솔직한 심정이었고, 또한 소명이 저리 발끈하여 나선 것도 헤아릴 수가 있었다. 위지백, 그 이름을 듣고 왜 대번에 떠오르지 못했을까.

'서장제일도.'

소천룡 회의 눈이 절로 말고삐를 쥐고 있는 양 당주에게로 향했다. 두 사람이 하남에서 호된 꼴을 당한 상대가 바로 그 이름이지 않았던가.

낭패도 이만한 낭패가 없으련만, 소명이 새삼 험악한 얼굴로 마차에서 나왔다. 그는 말 꺼낸 백소설을 대뜸 노려보았다.

"지금 어디의 누구라고 했나?"

치렁한 머리카락 사이로 엿보이는 안광이 무시무시하여서, 백소설은 저도 모르게 어깨를 들썩였다. 목이 메어서 누구냐 묻는 말도 나오지 않았다. 한 걸음 뒤에 있던 황보영운이 오만상을 쓴 채 퍼뜩 나섰다. 그는 백소설의 앞을 막아서면서 소명을 노려보았다.

"귀하는 누구시오!"

"뭐? 귀하?"

호기롭게 나선 것은 좋았으나, 소명의 고개가 천천히 한쪽으로 기울면서 흐린 안광을 발하자, 그만 가슴 한쪽이 덜컥 내려앉고 말았다. 뭔가 잘못 돌아가고 있다. 괜한 상대가 아닌 것이 분명하다.

황보가의 큰 덩치가 한 번 들썩이니, 더욱 눈에 띌 수밖에 없는 노릇이다.

백소설은 황보영운의 동요를 보고서, 놀란 가슴을 억지로 다잡았다. 황보영운의 망신을 바로 수습해야 했다.

"화, 황가련의 방수를 묻는 것이라면, 분명 위지백이라는 이름의 절정도객입니다."

목소리가 절로 떨렸다. 백소설답지 않은 일이지만, 영문을 따질 겨를이 없었다. 소명의 고개가 그녀에게로 향했다.

"위지백이라, 지금 그 말이 틀림없겠지."

"그, 그렇습니다."

"아오, 이 인간이 정말."

소명은 빠득 이를 악물고는 휙 고개를 돌렸다. 황보영운이건, 백소설이건, 실로 눈에 두지 않는 모양새였다. 발끈하는 것이 당연한 일이다. 그러나 황보영운은 입매를 굳게 다문 채, 돌아서는 소명을 뚫어질 듯 바라보기만 했다.

'이게 대체.'

그보다 머리 하나는 더 작았고, 달리 위압감을 느낄 것도 없었다. 보이는 것이라고는 언뜻 드러나는 흐린 안광뿐이건만, 황보영운은 분명 압도당하고 말았다. 그것도 일순 숨이 흐트러질 정도의 위압감이었다.

아무리 생각해도 이해할 수 없는 일이나. 그렇다고 따져 묻겠답시고 뒤돌아선 소명을 붙잡을 엄두조차 나지 않으니, 황보영운은 문득 지끈거리는 통증에 두 손을 펼쳤다.

"흡!"

언제에 이리 힘주어 주먹을 쥐었던가. 큼직한 두 손은 식은땀으로 흠뻑 젖어 있었고, 네 손톱이 한껏 파고들어서 피가 배어 나올 듯이 붉은 자국이 또렷했다.

황보영운은 급히 두 손을 아래로 감추었다. 여기서 더

약한 모습을 드러내고 싶지 않았다. 다행인지, 소천룡을 포함한 다른 이들도 돌아선 소명의 뒷모습을 바라보고만 있었다. 무어라 제지를 가하거나, 달리 말을 걸어 보기에 소명은 기이할 정도로 어려운 모습이었다.

주저하고 있는데, 소천룡 회는 '허어' 한숨을 흘리며 고개를 내저었다. 아무래도 처음 생각한 것처럼 일이 돌아가지는 않을 모양이다.

*   *   *

남악이라고 하는 형산에는 하얀 구름이 흐르고 흘렀다.

천하에 손꼽히는 명산, 칠십이 봉의 웅장한 산세를 휘감은 운무는 드넓어서 하늘 아래에 깊은 산세를 꼭꼭 감추었다.

형산의 산허리에는 옛적의 도궁이 자리 잡고 있었다. 남악이라고 하는 만큼, 불가(佛家)에서도, 도가(道家)에서도 성지로 삼는 형산이었다. 산세 곳곳에 불도(佛道)의 궁관사찰(宮官寺刹)이 참으로 많이 자리하고 있었지만, 이곳 도궁은 남다른 곳이었다.

구름을 밀고, 당기는 서늘한 바람에 점차 빛바래어 가는 잎사귀가 드문드문 흩어지곤 했다. 나풀거리는 잎사귀가 포석(鋪石) 위를 스치고 삐쭉 자란 잡초 위에 앉았다. 잡초가 무성한 자리에는 크기도, 색도 제각기 다른 자연석으로 사방을 덮어 놓았다.

백 년 세월이 고스란히 기와에는 파릇파릇한 잡초가 앉았다. 처마 끝에 매단 풍경은 바람에 덩그렁, 뎅그렁 소리를 울렸다. 맑은 소리가 고즈넉한 산사의 고졸함에 깊이를 더했다.

남조궁(南祖宮), 한조(漢朝) 때에 등선하였다고 전해지는 형산노조의 신위를 모신 사당이다. 역사는 참으로 오래여서 무려 삼백여 년에 가까운 세월이었다.

한때에는 남악 형산을 전부 아우르기도 하였던 형산파의 근거지였으나, 지금에는 남악도문의 본산으로 명맥을 유지하고 있었다. 대문을 활짝 열어 놓아서, 바깥에서도 남조당의 모습이 훤히 보였다.

남조당 좌우에는 수백에 이르는 비단천이 벽면 가득히 매달려 있었다. 비단 한 폭마다 도가 경전의 문구가 빼곡했다. 그리고 웃는 얼굴에 한 자루 불진(拂塵)을 늘어뜨린 형산노조의 신상이 있었다. 그 앞에는 붉은 주단을 깔아 놓았다. 복판에는 큼직한 향로가 있어서, 굵직굵직한 향이 여럿 꽂혀 있었다.

때가 되면, 도동이 향을 살피고, 향연이 끊이지 않게 하였으나, 지금에 돌볼 사람이라고는 없으니. 향연은 진즉 다하여서 잔불이나 몇 개 드문드문 남았고, 재만 수북하게 쌓여 있었다.

활짝 열어 놓은 남조당의 앞, 서넛의 돌계단에 한 사내가 머리를 괴고서 편히 드러누워 있었다. 얇은 홑옷 자락이 부는 산바람에 펄럭였다. 그는 영 나른한 얼굴이었다. 문제의 위지백이었다.

광동 간다던 이가 여기 호남의 그것도 산중 도관에서 턱하니 자리를 잡고 있으니. 어찌 된 영문인지. 그리고 다른 쪽에서는 황보가의 영애, 황보도옥과 청사도주 강량이 어찌 어려운 얼굴로 위지백의 눈치를 보았다.

흐르는 뱃전에서 살기 넘치던 모습이 아니었다. 둘은 어려움을 같이한 사람처럼 묘한 기색으로 어깨를 나란히 하고 있었다. 위지백은 편히 누웠고, 둘은 긴장하여서 그의 눈치만 보고 있으니, 아무래도 주객(主客)이 뒤바뀌어도 아주 단단히 뒤바뀐 모양새였다.

황보도옥은 슬그머니 아랫입술을 질끈 깨물었다. 곁눈질로 강량을 살피는데, 그 또한 슬쩍 어깨를 움츠렸다.

"아무래도 어렵겠지요, 강 노사."

"그게, 그렇구려. 황보 소저. 아아, 일이 어쩌다가 이리 되었는지. 그것참."

강량은 선선히 고개를 끄덕였다. 다시 복잡한 눈으로 저기 태평한 위지백을 힐끔 보았다. 그는 새삼 한탄하며 중얼거렸다.

"그때에 철없는 남악도문 제자들만 아니었어도. 일이 이렇게까지는 돌아가지 않았을 것인데."

강량은 골이 다 지끈거렸다. 공감하여서, 황보도옥도 절로 고개를 끄덕였다.

설마 일이 이렇게 돌아갈 줄은 추호도 몰랐다.

시작은 정말 사소한 시비에서 비롯했다. 뭍에 닿은 황보가의 배였다. 위지백은 그 자리에서 바로 광동으로 떠날 참이었다.

그런데 황보도옥과 황가련의 사람을 알아보는 자들이 있었다. 여기 남악도문의 제자들이다. 형산을 끼고 돌아서 흐르는 상강(湘江)은 그들의 영역이나 다름없어서, 이해 못 할 일은 아니다.

문제는 그들이 무턱대고 칼을 뽑아 들고서 황가련 무인들을 붙잡으려 들었다는 것이다. 대체 무슨 생각이었던 건지, 주변 민초들은 전혀 생각지도 않았다.

막무가내도 그런 막무가내가 없을 것이다.

위지백은 처음에 큰 관심을 보이지 않았다. 호남 무림의 일이다. 굳이 그가 나설 것은 없었다. 더구나 아무리 명문의 제자라고 해도, 어린 녀석들이었다.

강량이나, 황가련의 젊은 도객 몇몇이면 상처 없이 제압할 수 있었다. 그런데 개중에 몇이 전혀 뜻밖의 수법을 펼쳤다. 마치 급작스럽게 공력이 급증한 것 같은 모양새였다.

장담하건대 방심은 없었다.

오히려 남악도문과 아주 등 돌리지 않기 위해서라도, 제자들 몸을 상하게 할 수 없었기에 더욱 조심하던 차였다. 그런데 천만뜻밖에도 밀리는 것은 황가련의 도객들이었다. 강량은 질끈 입술을 깨물었다.

남악도문에서 다른 공력이라도 찾아냈다던가.

강량은 청사도를 불끈 잡았는데, 그보다 먼저 한 자루의 도광이 번쩍였다.

서장제일도, 무광도가 하늘을 먼저 가른 것이다.

놀라서 만류하고 자시고가 없었다. 위지백은 대뜸 칼을 던져서는 쓰러진 황가련 도객의 목을 찌르려는 도문 제자의 팔을 잘라 버렸다.

무광도는 하얀빛을 찬연히 뿌리면서 다시 위지백의 손으로 돌아갔다. 뱃전에서 저벅저벅 내려오면서 날아드는 무광도를 다시 움켜쥐던 모습은 지금 생각해도 숨이 막힐 지경이었다. 실로 천하고수의 풍모가 아니었던가.

그런데 딱 거기서 끝났으면 좋았으련만.

위지백은 불문곡직, 묻지도 따지지도 않고, 유독 두각을 드러내었던 도문 제자 셋의 한쪽 팔도 죄 끊어 버렸다. 그러고 나서야 어디 놈들이냐 다그쳤다.

새파랗게 질렸지만, 그래도 호남 땅에서 명문이라고 자부하는 남악도문이다. 더구나 남악 형산이 바로 뒤였으니. 그들은 바락바락 악을 써 댔다.

본산이 저기다. 이제 본산 어른들이 달려올 것이다.

그러자 위지백은 선뜻 고개를 끄덕였다.

"좋아!"

그 한 마디가 대체 무슨 뜻인가 싶었는데, 위지백은 한달음에 형산을 치달려 올라갔다. 황가련은 물론, 황보도옥도 얼결에 뒤를 따랐다.

위지백은 남악도문의 본산 정문을 발길질 한 방으로 깨부수며 뛰어들었다. 그는 앞뒤 가릴 것 없이 미친 호랑이처럼 좌충우돌하였다.

본산에는 여러 어른과 고수들이 있었지만, 성난 위지백을 어찌 막아 내지는 못했다. 대관절 무슨 일인지, 위지백은 나오는 족족 때려눕혔다.

장문인을 비롯한 남악도문의 이름난 고수들은 때마침 외유 중이라서 화를 피한 셈이었다. 그 밖에 남악도문의 도포를 입은 자들이라면 죄 드러누워서 뒤쪽 요사(寮舍)에 갇혀 있었다. 다만, 이때에는 크게 피를 보는 일은 없었다. 그저 꼴이 엉망이 되었을 뿐이었다.

그렇게 일을 저지른 위지백은 저리 콧노래를 흥얼거리면서 다음 일이 벌어질 적까지 기다리고 또 기다렸다.

"산 건너에 황보가와 여러 무문의 고수들이 몰려오고 한참인데, 과연 괜찮을지."

"하아, 강 노사. 저는 이제 고민하기를 포기했습니다. 어느 것 하나 예측할 수가 없으니. 그저 흘러가는 대로 두는 수밖에요."

"그건 그렇군요."

황보도옥은 한숨을 흘리며 말했다. 그녀의 말대로였다. 강량도 도리 없이 고개를 끄덕였다. 그는 한숨 삼키고서 고개를 돌렸다.

남악도문에는 삼전오당(三殿五堂)이 있는데, 그중 제자들이 연무를 행하는 수신당이 눈에 들어왔다. 일 장 높이의 담을 둘러친 곳에서 힘쓰는 소리가 울렸다.

"흐압! 하압!"

"하앗! 히얍!"

강량과 함께 온 황가련 무인들이었다. 홀로 보인 위지백의 신위에 크게 자극을 받아서는 저렇게들 난리였다. 강량은 후, 한숨을 흘리면서 고개를 흔들었다.

무인이 자기 수련에 집중한다는 것은 분명 좋은 일이다. 그러나 과연 정말 좋은 일일까. 강량은 돌아앉으며 눈매를 찌푸렸다.

위지백이 보인 일도(一刀), 아직도 선명하다.

남악도문도 그렇지만, 이후의 일이 더 문제였다. 채 하루 반나절이 지나기도 전에 황보세가에서 세를 수습하여서는 남악도문의 본산을 되찾고자 달려왔다. 하지만 황가련이 나설 것도 없고, 황보도옥이 나설 것도 없이, 위지백이 단신으로 내쫓아 버렸다.

달려드는 그들에게 위지백은 마찬가지로 길게 말할 것도 없이 신위를 보였다. 앞장선 황보세가의 무사들을 다 때려 누이고는 보란 듯이 일도를 휘둘렀다.

산, 바위를 깊이 갈라 버린 일도는 마치 단칼에 산봉우리라도 뎅겅 베어 버릴 듯했다.

압도적인 무력과 더불어서 거침없는 과단성이라니. 절정도를 완성한 강량이라도 감히 흉내 낼 일이 아니다.

황보도옥은 한숨짓는 강량을 안쓰러운 눈으로 보았다. 우스운 일이지만, 지금 이 자리에서 그의 심정을 헤아릴 수 있는 사람은 그녀뿐이었다.

위지백이 보인 신위와 그가 단번에 벌여 놓은 일에 그녀도 허탈하기는 마찬가지였다. 미처 말리고 말 것도 없었다. 쫓아 올라갔을 때에는 이미 태반이 끝난 상황이었고, 이후의 일도 마찬가지였다.

말 그대로 일사천리(一瀉千里)였다.

"하아."

"후우."

누가 먼저랄 것도 없이, 두 사람의 입에서 한숨이 동시에 튀어나왔다.

저기 뒤쪽에서 거듭하는 시름을 아는지 모르는지, 위지백은 댓돌을 베고 누워서는 흐르는 구름 결을 물끄러미 보았다.

"날씨가 참 좋구나."

"저어, 대협. 이리 있어도 될까요?"

위지백의 옆에서 누군가가 조심스럽게 물었다. 그러자 위지백은 슬쩍 실눈을 뜨고서 옆을 흘겨보았다. 그 자리에는 바랜 천으로 얼굴을 꽁꽁 감싼 사내가 있었다.

그는 본래 은밀하게 소명과 위지백을 뒤따르라는 명을 받은 몸이었으나, 채 임무를 수행해 보기도 전에 덥석 붙잡혀서 위지백의 길잡이에, 온갖 허드렛일을 하고 있었다. 그러나 위지백은 그가 어디의 누구인지는 조금도 관심을 두지 않고 부려 먹기만 하고 있었다. 덕분에 사내는 삼관이라는 멀쩡한 이름을 놓아두고서, 그저 '어이, 너, 자네, 야,' 라고 불리기만 하고 있었다.

조심조심하는 삼관에게, 위지백은 심드렁한 어조로 물었다.

"뭐가?"

"아니, 조만간에 호남의 무림인들이 죄 들고일어날 터인데요."

"지금 그러라고 이리 주저앉아 있는 것 아냐."

"아니, 아무리 그래도."

태연하기 이를 데 없는 모습에 말끝을 흐렸다.

위지백이 이미 일도로 황보세가를 비롯한 호남 무림인들을 물러나게 했지만, 언제까지고 일이 좋게 돌아가겠는가.

호남이 작정하고 달려들면 어쩔까 하고 걱정이 덥석 앞섰다. 삼관으로서는 왜 자신이 이런 걱정까지 해야 하나 싶었지만, 여기에 같이 있는 처지이니.

삼관은 혀가 굳어서 더 말을 꺼내지 못하고, 우물거리다가 푹 고개를 떨구었다.

바깥 동정을 유심히 살피는데, 하루, 이틀 만에 호남 각파의 무림인들이 어김없이 모여들고 있었다. 이래서야 천하에 무도하기 짝이 없는 도적이 될 판이었다.

그것을 헤아리니, 황가련에서도 갈팡질팡하고 있는 것일 터. 아니라면, 다른 응원이 와야 마땅한 일이었다.

"광동 가는 일은 어찌하고."

"어차피 늦었어. 듣자니 다 끝난 일이라지 않은가. 육가가 아주 호된 꼴을 당했다고 하니."

"예에, 그게 그렇지요."

개방 거지가 발 빠르게 사방으로 소문을 알린 덕분에 광동육가의 치부가 그만 만천하에 드러났을 뿐만 아니라, 그간 일어난 무가련의 전횡을 의심하는 일이 속출했다. 그런 판국에서 호남황보 또한 마냥 태연할 수가 없는 노릇으로, 어떻게든 남악도문의 일을 서둘러 해결해야 했다.

"아아, 아닌 게 아니라. 정말 어쩌다가 일이 이렇게 되어 버렸는지. 불운이라는 녀석이 들러붙은 것이 틀림없어. 암암, 그렇지 않고서야 일이 꼬여도 이렇게 꼬일 수가 있나."

위지백은 퍼뜩 한탄하며 중얼거렸다. 들으라는 듯이 하는 말이었다. 삼관은 귀로는 들었지만 바로 이해할 수는 없었다. 한 번 눈을 깜빡이고 고개를 갸웃거렸다. 두 번 눈을 깜빡이고서야 느릿하게 고개를 끄덕였다.

세상에나 불운이라니. 불운을 탓하다니.

저 무서운 칼 한 자루를 앞세우고 불문곡직 남악도문으로 달려든 것이 어디의 누구더란 말인가. 광동의 일이 들려온 것은 여기 남악도문을 정리하고서도 며칠이 지난 다음이지 않았던가.

그렇다고 해서, 삼관은 그 말을 굳이 입 밖으로 꺼낼 만큼 눈치가 없지 않았다. 대신 짧게 숨을 돌렸다.

"뭐, 어느 놈이든 오기만 하라고, 오기만. 으흐흐흐."

그 사이, 위지백은 한탄하기를 관두고서 곧 살기와 더불어 실실 웃었다. 실로 호남 무림을 안중에 두지 않는 태도이지 않은가. 삼관은 질린 눈으로 위지백의 태연함을 보았지만, 굳이 입 밖으로 내지는 않았다.

"그래! 왔다, 이놈아!"

낄낄거리는 위지백의 웃음을 딱 끊어 버리면서 벼락같은 노성이 터졌다.

삼관은 놀란 자라인 양, 바짝 고개를 움츠렸다. 사방에서 종소리가 뎅뎅 울리는 것처럼 정신이 없었다. 어디선가 터진 노성이 쩌렁쩌렁하여서 남악도문의 오래된 궁관을 뒤흔들었다.

"으헉! 아이고!"

죽을 자리라는 것이 딱 여기인 모양이다.

삼관은 당장 눈앞이 깜깜하고, 머리가 어질했다. 가까이 들린 일성의 여파가 그에게 와락 밀려들었기 때문이다. 다문 잇새로 피비린내가 차올랐다.

'이, 이게 무슨.'

그는 흔들리는 무릎을 부여잡고서 겨우 몸을 가누었다. 용케도 주저앉지 않았다. 고개를 들자, 눈앞의 위지백은 그저 난처한 표정을 하고 있을 뿐이었다.

'으잉? 저 인간이 저런 얼굴을 할 때가 다 있나?'

당장에라도 토악질을 하면서 주저앉을 듯했지만, 삼관은 와중에도 위지백의 상판을 보며 딴생각을 했다.

위지백은 슬그머니 몸을 일으켰다. 휘청거리는 삼관은 본체만체였다. 자리를 피하려고 하는데, 발치에서 꽝! 소리가 크게 터졌다.

"으익!"

위지백은 질겁하여서 한쪽 발을 치켜든 채, 굳어 버렸다. 뽀얗게 흙먼지가 일었다. 발치에는 얼핏 보기에도 석 자 이상의 깊이로 구멍이 뻥 뚫려 있었다.

"에헤, 이거 단단히 뿔이 나셨구만."

낭패한 일이다.

위지백은 찌푸린 얼굴을 돌렸다. 저 아래의 산문에서 한 인영이 성큼성큼 다가오고 있었다. 색이 한껏 바랜 남색 장포가 펄럭거렸다. 쿵쿵, 발소리까지 울려 가면서 다가오는데, 기세가 녹록지 않았다.

위지백은 다가오는 그의 모습을 물끄러미 보다가 후우, 한숨을 길고도 길게 흘렸다.

암만 하여도 웃고 넘어갈 수 있을 만한 상황이 아니다.

위지백은 대충 머리카락을 쓸어 넘기고는 댓돌에 기대어 놓은 무광도를 차올렸다. 내딛는 발을 축으로 빠르게 몸을 비틀었다. 동시에 발도가 이루어졌다.

도광이 번쩍 치솟기 무섭게 거친 폭음이 돌연 터졌다.

꽈릉!

마른하늘에서 어디 벼락이라도 떨어졌는지, 놀라 간이 떨어질 지경이었다. 위지백은 무광도를 내뻗은 채로 쿵쾅거리면서 거푸 물러났다. 발 딛는 자리마다 돌덩이가 쩍쩍 갈라졌다.

가까이에서 이를 목도한 삼관은 그저 입가를 틀어쥐고서 눈을 휘둥그레 치떴다.

'이, 이건 또 무슨!'

그는 부랴부랴 물러난 위지백과 저기서 다가오는 이를 번갈아 보았다. 남악도문의 앞마당은 드넓었다. 못해 십수 장에 달할 듯한데, 그 거리를 그대로 가로지르면서 이만한 위력을 보였다는 것인데.

사람의 경지인가?

위지백은 몇 걸음인가 물러난 끝에 충돌의 여력을 해소
했다. 그는 퍼뜩 신형을 세우고서, 턱을 치켜들었다. 낭패
한 표정은 간데없고, 크게 뜬 눈가에서 불이 쏟아졌다.

"이 인간이, 진짜 죽일 작정이냐! 심하잖아!"

"심하기는 개뿔이!"

등장한 소명은 내지른 주먹을 거두면서 욕설을 터뜨렸
다. 진정 노한 까닭이라, 성난 사자가 으르렁거리는 듯했
다.

소명은 위지백의 뻔뻔한 낯짝에 그만 발끈하고 말았다.
그리 신신당부를 하였건만, 전혀 엉뚱한 곳에서, 전혀 엉
뚱한 일을 벌이고 있는 판이니. 내처 힘을 더하여서 날려
버리지 않은 것만으로도 크게 자제한 것이다.

소명이 쿵쾅, 발소리 요란하게 위지백의 앞에 서자, 이
내 좌우에서 부산한 소리가 들려왔다. 황가련 무인들이 이
제야 변고를 알고 달려 나온 것이다. 다급하게 칼날을 뽑
아 들고서 소명을 경계했다.

"흐응, 여기서 대장 놀음에라도 빠진 게냐?"

"에헤이, 대장 놀음이라니. 그럴 리야 있나. 하다 보니

일이 뒤얽혔기 때문이지."

"정말로 부탁하건대, 그 뒤얽힌 일이라는 게 사리에 맞기를 바라네, 친구. 그렇지 않으면 내가 정말로 화를 낼 작정이거든."

"잠시만! 잠시만!"

그때 황보도옥이 불쑥 끼어들었다. 상황이 아무래도 요상하게 꼬여가는 듯하여서 나서지 않을 수가 없었다. 위지백은 그녀의 등장에 무광도를 내리고, 소명은 고개를 기울이면서 움켜쥔 주먹을 풀었다.

"아가씨는?"

"황보가의 도옥이라 합니다."

"아아, 저 아래에서 그리 말하던 문제의 인물이시구면."

소명은 순순히 고개를 끄덕였다. 듣기로 황가련이라는 곳에서 절정도객을 방수로 삼아서 황보가의 영애를 억류하고, 남악도문의 본산을 침탈하는 만행을 저질렀다지 않는가. 그러나 지금 보기에 황보도옥은 딱히 억류된 사람이라고 하기 어려웠다.

소명은 황보도옥의 멀끔한 모습과 좌우에서 긴장한 채서 있는 황가련 무인들을 둘러보았다. 이들은 오히려 위지백, 황보도옥을 보호하려는 기색이었다.

분명 내막(內幕)이 있기는 한 모양이라.

성질을 잠시 미루어 두기로 했다. 소명은 쯧, 혀를 차고서 고개를 돌렸다. 황보도옥의 뒤에서 위지백이 히죽거리며 웃고 있었다. 마치 그럴 줄 알았다는 듯한 낯짝이다.

기껏 다잡은 속내가 새삼 울컥 흔들리고 말았다.

소명은 뿌득 이를 악물고는 세차게 소매를 떨쳤다. 넉넉한 소맷자락이 크게 펄럭였다. 때를 같이해 위지백은 뒷머리를 부여잡았다.

"으억!"

기척 없이 엄습한 경력이 뒤통수를 호되게 때린 것이다.

제3장

마도의 그림자

　형산, 깊은 산에 어둠이 서서히 내렸다. 아직 서산의 노을이 다하지 않아서, 깊은 산곡을 가득 메우고 있는 운무가 흡사 타들어 가는 것처럼 붉게 물들었다가, 차츰차츰 사그라져 갔다.

　산 중턱의 남조궁에서는 노을을 마주하면서, 밤을 맞이할 채비로 분주했다. 곳곳에 불을 밝히고, 칼 찬 무사들이 서늘한 눈으로 주변을 경계했다. 여기 있는 무사들은 그 출신이나, 내력이 다 제각각이었다. 그래도 지금은 황가련이라는 이름 아래에 있었다. 그들은 억류한 남악도문 제자들을 살피고, 또한 외곽을 두루 경계했다. 넉넉한 머릿수는 아니었지만, 태만한 자는 없었다. 저기 산 아래에는 황보세가 외운당과 호남의 여러 무인이 진을 치고 있었다. 며칠 조용했다고 해서, 긴장을 늦출 때가 아닌 까닭이다.

그리고 남조궁 본당에서는 스며드는 노을빛을 받으면서 네 사람이 마주하고 있었다. 불빛 받은 얼굴에 드러나는 심경이 제각각이었다. 누구는 고요했고, 누구는 심드렁했으며, 또 누구는 심각해서 말을 잃었다.

지금까지 여기서 맴돌았던 몇 마디의 대화가 지닌 무게는 막대했다.

"후우."

답답함을 못 이겨서 자리의 유일한 여인인 황보도옥이 저도 모르게 긴 숨을 흘렸다. 그녀는 지그시 입술을 깨물었다. 듣지 말아야 할 것을 들은 듯하다. 가슴은 천 근의 추가 달린 것처럼 무거웠다.

강량도 그녀와 다르지 않았다. 그는 뻣뻣하게 굳어 있다가, 괜히 수염을 쓸어내렸다. 눈 둘 곳을 찾지 못했다. 둘의 맞은편에서 서장제일도 위지백이 마냥 심드렁한 얼굴로 있었다. 입을 막아 버릴 정도로 두려운 말을 꺼낸 당사자치고는 참 천하태평이다. 그들은 이제야 위지백이 남악도문을 뒤엎어 버린 사연을 막 들은 참이었다.

차라리 한 고수의 변덕 때문이라고 하면 암담해도 어찌 이겨내련만.

'마도(魔道), 마도라니.'

강량은 위지백의 입에서 툭 튀어나온 이름을 재차 곱씹었다. 그것이 어디 쉽게 입에 담을 수 있는 이름이던가. 처음에는 무슨 나쁜 농을 들은 듯했다. 두 번이나 거듭 묻고, 위지백의 눈이 스산해지는 것을 보고서야 진담이라는 것을 알았다.

눈앞이 어찔하다.

방황하는 강량의 눈길이 문득 위지백의 옆으로 향했다.

낯선 사내가 앉아 있었다. 그는 한낮에 불쑥 올라와서는 자신을 그저 소림 속가의 한 사람이라고만 밝혔다. 그러나 그렇게 간단한 신분은 아닐 터였다.

'아무리 천하의 소림이라 하여도, 속가 제자가 한주먹에 서장제일도를 때려눕힐 수 있을까.'

본산의 나한이라도 쉬운 일이 아닐 게다.

소명이라는 이름 말고, 진실한 정체에 대한 의구심이 들었지만, 강량은 더 생각하지 않았다.

당장 산 아래에 있는 황보세가와 그 동맹만으로도 버거울 지경인데, 마도까지 나왔다. 눈앞에 있는 소림 속가에 대해서까지 헤아리기에는 머리가 뒤죽박죽이었다.

그는 몇 번이고 숨을 가다듬다가 간신히 입을 열었다.

"지금 위지 선생의 말씀은 아무래도 가볍게 들을 수가 없습니다. 비록 지금은 적대하는 처지라고 하지만, 남악도 문은 과거 호남을 대표하였던 형산파의 큰 줄기 중 한 곳입니다. 그런 곳이, 설마, 설마······."

한참 침묵 끝에, 강량이 조심스럽게 말문을 열었다. 그러나 차마 말을 맺을 수는 없었다. 지금 위지백에게 들은 것을 십분 믿을 수가 없기 때문이었다. 강량은 곁눈질로 위지백의 안색을 살폈다. 그는 귀 아래를 벅벅 긁적거리다가 한쪽 눈썹을 치켜들었다.

"지금 의심하는 거요?"

"아니, 그런 것은 아니지만."

"사연이 가볍지 않은 탓이지요, 위지 선생."

황보도옥이 차분한 신색으로 말을 거들었다. 그녀도 새삼 입 안이 바짝 말랐다. 지금껏 황가련과 황보세가 사이에서 큰 피해 없이 일을 매듭짓기를 바랐다. 그런데 전혀 다른 차원의 문제가 일어난 셈이니.

해가 있을 때만 하여도, 그녀와 강량은 황가련과 황보세가를 필두로 하는 호남 무가련 간의 큰 다툼을 걱정하던 차였다. 그런데 지금은 판이 전혀 달라졌다.

위지백의 말대로라면, 남악도문을 범한 일은 진정 작은

가지에 지나지 않을 터였다. 심지어 저 아래에 소천룡이 와 있다는 것조차 그렇게 와 닿지가 않았다.

위지백이 대뜸 꺼낸 한 마디는 그만한 무게를 지녔다.

마도가 모습을 감춘 것이 이미 한 세월이라고 하지만, 그 이름이 주는 두려움은 가볍지 않았다. 단순한 옛이야기가 아니다.

마도가 고개를 들면, 어김없이 거대한 혈겁이 일어난다.

천하를 휩쓸었고, 빈부귀천이나 동서남북을 구분하지 않는다. 그것이 이미 몇 차례나 일어나지 않았던가. 무림 일문으로 마도의 두려움을 모르는 사람이나, 경고하지 않는 이가 없었다.

황보도옥은 숨을 달랬다. 마냥 흔들리고 있을 때가 아니었다. 남악도문의 이름 아래에 마도의 종자가 뿌리내린다는 것을 알았으니. 이제는 그 양상이 전혀 달라졌다.

"지금의 말씀은 여기 남악도문에서, 아니, 호남 무림에서 끝날 문제가 아니지 않습니까."

"흠, 그렇기도 하지."

위지백은 고개를 끄덕였다. 황보도옥의 말대로 사안의 파급력을 생각하면, 끝도 없을 것이다. 그러니 두 사람에게 굳이 말하지 않은 것도 있었다. 그러다가 흘깃 소명을 돌아보았다.

"헤헤, 일이 이렇다."

묵묵부답, 내내 조용하던 소명은 그제야 고개를 들었다.

"그래, 이유가 마땅하네. 다른 것도 아니고, 마도에 빠진 것들을 네가 잘못 봤을 리는 없겠지."

소명은 쯧, 혀를 차면서 중얼거렸다.

광동에서 딴 길로 샐 만한 이유였다. 아니, 차고 넘칠 지경이었다.

또 마도가 불쑥 튀어나왔다.

벌써 세 번째.

하남 등용문, 하동 흑선당과 강시당, 그리고 호남 형산이라니. 이곳 형산은 더욱 위험했다. 마도의 종자가 은밀히 자라고 있는 형국이니.

위지백이 먼저 마주하여 베어 버린 놈들은 제법 악취가 나기 시작한 것들이라고 하였으니, 그 표현대로라면 마도에 접어든 것이 하루, 이틀이 아니라는 것이다.

황보도옥은 위지백과 소명의 모습을 또한 의아하게 보았다.

'이것은, 위지 선생이 눈치를 보고 있는 듯하지 않은가?'

설마 그럴 리야 있겠느냐만, 아무리 보아도 단순한 사이가 아닌 것으로 보였다. 주종이라 하기에는 너무 격의 없고, 친우 사이라 하기에는 눈치를 과하게 본다. 강량은 혼자 머리가 복잡해서 미처 둘 사이를 헤아리지 못하였지만, 황보도옥은 이 와중에도 여인의 예리한 촉각으로 두 사람 사이에 흐르는 기이한 기류를 읽어 냈다.

정확하게는 위지백의 눈치였다.

이것은 마치, 마치.

'무슨 빚이라도 진 사람 같군.'

황보도옥은 저도 모르게 짙은 눈썹을 잠시 찌푸렸다. 빚이라면 무슨 빚이 있어서 위지백 같은 도객이 쩔쩔맬까.

"황보 아가씨께서는 무슨 생각을 하시오?"

"예?"

황보도옥은 넌지시 물어 오는 말에 퍼뜩 고개를 들었다. 소림 속가라는 소명이 그녀를 빤히 보고 있었다.

"아니, 아닙니다. 그보다, 두 분. 이제부터 어찌하실 요량입니까? 마도의 낌새를 아시고, 남악도문을 치셨다고 하셨으니. 허면 이후로 어떤 복안이 있으신지요?"

"달리 복안이랄 것이 무어 있을까. 원칙대로만 하면 될 일이지."

"원칙?"

위지백은 눈을 빛냈다. 자객불원으로서 자객살수를 상대할 적과 크게 다를 바가 없었다.

"홀린 놈, 홀리는 놈, 홀릴 뻔한 놈, 죄 베어 버리면 그뿐."

그리고 어깨에 걸쳐 놓은 무광도를 힘주어 잡았다.

강량과 황보도옥은 순간 아연하여서, 입을 쩍 벌렸다. 그 말대로라면 남악도문과, 아니 호남 무림과 아주 척을 지고 말겠다는 것이나 다름없다.

"위, 위지 선생. 그럴 수는 없습니다."

"예, 남악도문은 그래도 명문이라는 곳인데."

"원 별걱정을. 이 위지백, 그렇게까지 생각 없는 인간은 아니오."

위지백은 히쭉 웃으며 가슴을 쳤다. 그러나 하나 설득력이 없다. 생각이 있다면, 대뜸 남악도문까지 치달려 올라올 수가 있겠는가 말이다.

"네가 그런 말을 하냐."

"아니, 뭘."

소명마저 어이없어 면박이다. 소명이 입가를 일그러뜨린 채, 고개를 내저었다. 그러고는 아직 멍한 강량, 황보도옥 두 사람을 돌아보았다.

"일에는 선후가 있으니, 우선은 위지 녀석이 무턱대고 저질러 놓은 남악도문과의 일을 마무리 짓도록 하지요."

"마무리라 하시면? 어떤?"

강량이 조심스럽게 고개를 들었다. 소명의 한 마디는 위지백과는 또 다른 무게를 지녔다. 가볍게 들리지가 않아서, 절로 귀를 세웠다. 소명은 남악도문과의 일을 큰 충돌 없이 마무리 짓겠다고 약조했다. 그 방안까지는 말하지 않았지만, 위지백과 연관이 있는 것은 분명했다.

위지백이 대번에 시무룩하여서는 고개를 돌린 까닭이다.

그리고 소명은 말했다.

"문제는 그다음이오. 그것들은 꽤 음흉하면서도 성급하거든."

"음, 그렇지. 음흉하고 성급하지."

위지백도 무겁게 고개를 끄덕였다. 그런데 기분 탓인지 두 사람은 어째 지긋지긋해 하는 투였다. 강량과 황보도옥은 아무 말 못 하고, 둘의 얼굴을 번갈아 보았다.

이제는 더 놀랄 것도 없으리라 여겼건만.

'마도', 그 공포스러운 이름 앞에서 태연자약을 넘어, 귀찮아하는 기색이라니.

"그때 두 분께서 도와주셨으면 좋겠소."

"도움이 된다면야 무엇이든지 하지요."

"아무렴요. 다만, 도움이 되겠습니까?"

강량도, 황보도옥도 마다치 않고 고개를 끄덕였다. 그러나 걱정이었다. 자신들이 마도를 상대로 무슨 도움이 될 수 있을지. 소명과 위지백은 때가 올 것인즉, 그때에 나서 달라고만 할 뿐이었다.

그렇게 매듭짓고, 자리는 일단 파했다.

강량과 황보도옥은 들어올 때보다 더욱 창백한 낯빛을 한 채, 본당을 나섰다.

남조궁 곳곳을 밝힌 불빛은 환했다. 경계를 서는 황가의 도객들이 여기저기서 그림자를 흘리며 다녔다.

소명과 위지백은 본당의 높은 처마에 올라앉았다. 그들은 노을이 다해가는 모습을 물끄러미 보면서, 한참이고 말이 없었다. 위지백은 술병 하나를 손에 들고서 같이 보다가 툭 한마디를 물었다.

"고 녀석은 어때?"

"여전하지 뭐. 여기 올라오는 데에도 떼어 놓는다고 한바탕했다."

"크크크."

위지백은 키득거리고는 술병을 슬쩍 기울였다. 술 한 모금에 한숨이 따라서 흘렀다. 녀석이라고 하면, 화염산주 아함을 말함이다. 소명도 따라서 한숨을 삼키고는 천산 검객 장관풍이나, 하남의 담 가주 내외까지. 아함에게 휩쓸린 이들 얘기를 간단히 늘어놓았다.

"참, 대단도 하여라. 아니, 제 놈이 화염산을 떠나고 뭘 얼마나 되었다고."

"말해 무엇하겠냐. 그게 아함이지."

푸념 섞인 한마디였다. 위지백은 공감하여서 술병을 물고 고개를 끄덕였다. 그는 젖은 입가를 소매로 훔쳐 냈다.

"저 아래에 소천룡인지, 뭔지도 와 있다고?"

"음, 네가 반가워할 두 사람도 같이 있다."

"참 대단하다, 대단해."

위지백은 설레설레 고개를 흔들었다. 천룡세가라는 이름으로 그렇게 끈덕지게 들러붙더니, 기어코 소천룡까지 등장했다.

소명은 대답 대신 심드렁한 위지백을 향해 고개를 돌렸다.

흔들리는 머리카락에 가려서 눈을 볼 수는 없었지만, 그렇다고 지그시 보는 눈길의 무게를 헤아리지 못할 것은 아니었다.

위지백은 커흠, 헛기침을 흘리며 턱 아래를 벅벅 긁적거렸다. 싫은 기색을 한껏 드러내면서 소명의 눈길을 애써 피했다.

"그래서 어떻게 되었어? 다 헤집어 놓은 보람이 있더냐?"

"음, 강변에서 마주했던 놈들 서넛이 단단히 홀린 모양이었고. 여기 본산이라는 곳에 있는 것들은 그저 냄새만 조금 나는 정도더군. 그래도 어른이라고 할 만한 이들은 근자에 들어서 뭔가 심상치 않은 기운을 느끼고 있었던 모양이야. 운공에 들면 진경이 흔들리는 통에, 며칠 동안은 연공할 엄두도 내지 못했다고 하더군."

"그럼."

"여기 있는 것들은 그저 표면에 드러난 것들이고, 진짜 병근(病根)은 저 바깥에 있다는 것이지."

위지백은 새삼 굳은 낯으로 말했다. 소명은 산 아래를 향해서 잠시 눈길을 던졌다. 흐린 불빛 몇이 깜빡거리는 것이 아스라이 보였다.

저곳에 황보세가 외운당과 남악도문, 그리고 호남의 무인들이 밤을 지새우고 있다.

남악도문 전체가 마도에 빠졌다면 차라리 일이 쉬웠을지도 모른다. 불문곡직, 전부 베어 버리면 그만이니. 그러나 지금 상황을 보았을 적에, 분명 한두 놈이 마도에 들어서, 야금야금 가까이 손을 쓰고 있었다. 남악도문 또한 큰 화를 당한 셈이다.

소명은 입매를 비틀었다. 맺힌 조소가 차갑다. 그런데 위지백이 넌지시 물었다.

"저기, 그런데 말이야. 꼭 그렇게까지 해야겠냐?"

"왜? 하기 싫어?"

"아니, 싫다기보다는. 그 뭐랄까."

위지백은 소명의 눈치를 보면서 자꾸 주저주저했다. 뭔가 마땅치 않은 일을 해야 할 판이다. 소명은 물끄러미 보다가 홱 고개를 돌렸다. 역시 안 되는가 싶어 위지백이 침울해져 있는데, 심드렁한 목소리가 들렸다.

"정 싫다면야, 다른 방법도 있지."

"그으래? 이그, 그럼 진작 말을 하지."

다른 방법 소리에 위지백은 대번에 반색했다. 기대감이 그득했다. 뭐라든 간에 지금 당면한 것만 아니면 그대로 따를 양이다.

"내가 지금 네놈을 때려잡고, 도적의 수괴를 잡았노라 하면 되지 않겠어? 일단 그걸로 진정은 할 텐데 말이야."

"아, 아하하. 이보게 친구. 무슨 농을 그리 살벌하게 하시는가."

"농처럼 보여?"

소명은 위지백을 보지 않고 천천히 두 주먹을 그러쥐었다. 우드득 소리가 울리면서, 앉은 기왓장이 덜덜 떨리기 시작했다.

아무래도 흰소리는 더 통하지 않을 요량이다.

"에이, 알았어."

어차피 답은 정해져 있는 것이다. 있는 자존심을 우선 내려놓아야 할 판이다.

"해, 하면 될 거 아냐."

"그게 간단하지."

"에효."

지금 마도의 일을 꺼낸다고 저기서 덥석 '예, 알겠습니다. 어쩔 수 없지요.' 할 리도 없다. 그렇다고 하염없이 버티고 있을 것도 아니다.

위지백은 습관적으로 술병을 기울였다가, 전 같지 않은 맛에 오만상을 썼다.

"쩝, 술이 쓰네."

소명과 위지백이 남조궁 처마에서 달빛 흐린 밤하늘을 같이 보고 있을 시각, 소천룡 회는 딱딱하게 굳은 얼굴로 어느 천막에 앉아 있었다.

황보세가 측에서 내준 천막이었다. 가운데에서 유등이 환하게 타올라 내부를 비추었다. 천막은 크고 넓어 장정 대여섯이 편히 머물만했고 침상, 다탁을 비롯한 일체를 갖추어서 여느 객방에 못지않았다.

소천룡은 문득 고개를 들었다. 참으로 고아한 얼굴이었지만, 흔들리는 불빛이 그리는 음영 사이로 지친 모습이 엿보였다.

'여기서 이리 멈추면 아니 되는 것인데.'

전혀 내색하지는 않았으나, 회는 마음을 쉽게 다잡지 못했다. 하루라도 빨리, 낙양으로 향하고자 하건만, 정작 당사자가 여기에 없다.

상념이 계속해서 이어지려고 하자, 그는 느릿하게 고개를 가로저었다. 내내 고민한다고 해서 달라질 것은 없었다. 냅다 산을 올라가 버린 소명이 빨리 내려오기를 바랄 뿐이다.

소천룡은 문득 옷깃을 세우고 천막을 나섰다.

차가운 바람이 홀연 불어와 옷자락을 흔들었다. 고개를 들자, 까맣게 물든 어둠 사이로 남악의 복잡한 산세가 흐릿하게 보였다.

소천룡은 이내 눈을 돌렸다.

"무슨 일인가?"

"예, 소천룡."

불빛 닿지 않는 곳에서 인영이 은밀히 다가왔다. 백검당주 사마청이다. 그는 주변을 의식하여 한층 낮은 목소리로 속삭였다.

"소천룡, 어찌할까요. 낙양에 우선 소식을 전하는 것도 방편일 듯합니다만."

"아니, 아닐세."

소천룡은 고개를 가로저었다. 그는 굳은 눈으로 달빛 아래에서 흐린 형산의 산세를 바라보았다.

가문에서도 극비로 행하는 일이었다. 여기 흑백 양 당주
가 와준 것만도 상당한 부담이었다.

"소명 공께서 직접 나서면서 하루만 기다리라 하였으니,
그대로 따르도록 하세. 추이를 보고 나서 움직인다고 해서
크게 달라질 것은 없으니."

소천룡은 늦어지는 걸음에 가슴 졸이던 것을 감추고서,
담담하게 말했다. 그러나 심란함 탓일까.

저기 산세가 하염없이 어둡게만 보인다.

사마청은 소천룡의 차분한 말에 더 말하지 못하고 묵묵
히 고개를 숙였다. 그러나 숙인 얼굴에는 걱정이 잠시 드
러났다. 산을 오른 용문제자에 대해서는 아직 갈피를 잡지
못하였으나, 저기 위에 있는 위지백이라면 아주 뼈가 저릴
정도로 호되게 겪어 본 바였다.

'그리 쉬운 일이 아닐 것인데.'

* * *

늦은 밤, 검은 하늘에는 별빛이 총총하다. 옅은 구름이
느릿하게 흐르며 서늘한 바람이 일고는 했다. 어느덧 더위
는 다하고 초가을에 접어들 시기였다.

하남성의 어느 한촌, 제법 규모가 있는 저택 후원은 늦은 시간임에도 불을 환히 밝혀 놓고 있었다. 조촐하게나마 지어 놓은 팔각의 정자에서 그림자 셋이 흔들렸다.

"사천! 사천이라고!"

퍼뜩 놀란 소리가 울렸다. 그러자 한쪽에서 누군가 퉁명스럽게 답했다.

"그럼, 그 녀석이 갈 데가 사천이지 어디를 가겠어?"

"아니, 아니, 왜?"

다시 묻는 목소리가 한결 풀이 죽어서 조심스럽다. 꼬투리를 잡았다는 듯이 왁자한 웃음이 터졌다.

"와하하하!"

"으하하하!"

"아니, 대단하신 황자 나으리께서 어찌 그렇게 바짝 쪼그라드셨을까?"

놀리는 웃음과 한 마디에 사내는 움찔 어깨를 움츠렸다. 실로 흥겨운 모습이었다. 옛적 친구가 수년 만에 서로 얼굴을 보는 자리였다. 그러나 모여 앉은 셋의 면면을 보면 천하가 요동칠 정도였다.

눈물까지 글썽이며 크게 웃어 대는 얼굴 하얀 미남자는 당대에 다시 모습을 드러낸 강시당의 신임당주, 탁연수. 그 옆에서 난처한 표정으로 있는 금의화복의 사내는 근자에 들어서 두각을 나타내는 십삼황태자 주이청이다. 그리고 두 사람과 마주 앉아 있는 사내는 공히 하남제일이며, 소림 속가를 대표한다고 하는 등용문의 젊은 맹호, 호충인이다.

면면이 실로 대단하다.

그러나 강호의 신비, 황실의 실세, 그리고 강호의 일세라는 것이 다 무의미할 정도로, 세 사람은 허물없이 웃고 떠들었다.

어린 시절의 아름다운 추억이란 그런 것이니.

나라의 황자를 놀리는 맛에 탁연수는 물론 호충인까지 가세하였다. 여기에는 없는 두 사람 중 하나, 당민 때문이었다.

이청은 짐짓 무심한 척했지만, 당민의 이야기 앞에서는 도통 속내를 감출 수가 없었다. 갈수록 이청은 궁지에 몰리는 모양새였다.

소명에게 듣기로, 당민이 얼마 전까지 안휘에 있다고 알았는데. 지금 그녀가 사천으로 돌아갔다는 것이다. 앉은 자리에서 엉덩이가 들썩거렸지만, 옆에 앉은 둘의 웃는 눈빛에 퍼뜩 이를 악물었다.

"하하, 이 자리에 소명 놈이 없는 걸 다행으로 알아라."

"그렇지. 그놈이라면 더하면 더했을걸."

"그게 위로라고 하는 거니?"

"아무렴."

뻔뻔하기 이를 데가 없다.

생사 위기를 넘긴 탁연수는 한결 웃음이 많았다. 강시당의 공력을 이루어 낸 것도 있겠지만, 옛적의 천성을 되찾은 듯했다. 그는 키득키득 웃으면서 또 호충인을 흘깃거렸다.

이번에는 화살이 호충인에게 향할 참이라.

"그래, 제수씨는 대관절 언제 보여 줄 셈이냐?"

"케헥! 켁! 켁!"

갑작스럽다. 호충인은 마시던 술을 그대로 뿜어내며 밭은기침을 연신 터뜨렸다. 그는 술이 뚝뚝 떨어지는 입가를 훔칠 생각도 못 하고, 놀란 눈으로 탁연수를 올려다보았다.

"너, 너, 어떻게?"

"뭘 어떻게야, 다 들었지."

탁연수는 배시시 웃었다. 호충인은 이를 앙다물고 끄응, 앓는 소리를 흘렸다. 누구에게 들었는지 고민할 것도 없다.

"소명, 이 자식."

"야, 야, 소명 탓 마라. 그놈 아니었으면 네가 여기서 멀쩡했을까."

"남 말 하냐!"

호충인은 탁연수의 한 마디에 불끈해서는 빽 소리를 높였다.

"하하, 그도 그렇다."

여기 모인 셋 모두 소명의 도움으로 백척간두의 위험에서 벗어났다.

"그놈도 참, 지금은 어디서 뭘 하는 건지."

"광동 소식 못 들었어."

"듣기야 했지만."

한 마디씩 주거니 받거니. 소명의 이야기에 웃음이 잠시 잦아들었다.

"다 여기에 있었던 게냐."

"스승님."

불현듯 늙수그레한 목소리와 함께 아직 단단한 외양의 노인이 모습을 드러냈다. 이곳 호가무관의 관주, 호경한이다.

하남 무림에서 말하는 십대권사 중에 항상 손꼽히는 양천호격(陽穿虎擊)이 눈앞의 노인이다.

탁연수와 이청은 바로 일어나 두 손을 맞잡았다. 호 관주는 허허, 어색한 웃음을 흘렸다. 신분을 모를 적에야 거리낌이 없었지만, 그래도 일문의 젊은 주인과 나라의 황자가 한자리에 있다. 그들에게 스승의 예를 받는다는 것이 어째 어렵다.

한때에 가르치기는 하여서 제자라 하여도 무리는 아니겠으나, 아무래도 면면이 대단도 하였다. 특히 얌전하였던 아이가 황자의 몸일 줄이야.

금 선생이었던 성 부인이 남다른 내력을 지니고 있음을 헤아리고 있었기에 짐작은 했었지만, 그래도 황족은 전혀 생각지도 못했다.

하남의 한촌에 숨은 몸이라고는 하나, 들려오는 풍문에 아주 귀를 닫은 것은 아니었다. 지금 황실에서 새로운 실세로 떠오르고 있는 것이 십삼황자라 하지 않았던가. 또한, 다른 아이는 강호의 이대 신비라 하는 강시당 당주라고 하였으니.

"스승님, 그저 편히 대해 주십시오."

"허, 그래도 될는지 모르겠습니다. 촌로에 지나지 않는 몸이건대."

"여기서는 주이청이 아니라, 그냥 이청입니다. 스승님."

"그래요, 아버지. 아버지까지 그러시면 이놈이 어디서 편하게 있겠어요?"

"아이쿠!"

아무리 그래도 황자에게 이놈 저놈이라니. 호 관주는 저도 모르게 놀란 소리를 터뜨렸다. 호충인은 부친의 놀라는 모습에도 히죽 웃었다.

"아니, 세상천지에 제자를 어려워하는 스승이 또 어디에 있답니까."

호충인은 웃으며 면박이었다. 호 관주는 찌푸린 눈으로 흘겨보았지만, 아들 말이 가히 틀리지는 않았다.

"알았으니, 그만들 하게."

"편히 말씀하시지요."

"어디 그런 말을. 이 만큼으로도 내 노력하고 있는 바이니."

다른 사람도 아니고, 이청이 그런 말을 하다니. 전하 운운하지 않는 것만도 꽤 어려운 일을 하는 셈이었다.

"아이고, 아버지도 참."

호충인은 헛기침 흘리는 부친을 보면서 실실 웃었다.

이때가 아니면 또 언제에 황자를 편하게 대할 수 있을까.

"공연한 소리 하지 말아요."

문득 안채에서 뾰족한 목소리가 들렸다. 누군가 큼직한 접시를 받쳐 들고 조심스럽게 나오고 있었다. 호청연이다. 그녀는 밤늦게 벌어진 술판에 급하게 안주를 마련하고, 요리한다며 정신이 없었다.

이래저래 없는 재료를 다 모아서는 한 상을 차려 낸 마당이었다. 그녀는 보란 듯이 상 위에 소리 나게 음식을 내려놓았다. 그러고는 냉큼 가자미눈을 하고서 탁연수를 노려보았다. 허여멀건 한 얼굴은 옛적과 다름이 없다.

호충인은 그런 동생의 눈초리에 어이가 없다.

"넌 또 왜 그런 눈이냐?"

"흥! 그렇게 훌쩍훌쩍 떠나고서 무슨 염치로 이렇게 돌아왔대요?"

"오호, 인제 보니, 우리 호 동생이 단단히 삐친 모양이군."

"삐치다니!"

"아이구, 그래, 그래."

탁연수는 여전히 아이를 대하듯이 호청연을 어른다. 그것이 더욱 여인의 자존심을 건드리는 일이건만. 부릅뜬 도끼눈에도 탁연수는 여전히 싱글벙글하였다.

딱 예전 모습 그대로이지 않은가. 벌써 십수 년도 훨씬 지난 세월이건만.

"에잇! 몰라요!"

호청연은 빽 소리치고 돌아 나가 버렸다. 호 관주는 딸의 그런 모습에 끌끌, 혀를 찼다. 아무리 오랜 사이라 하여도 그렇지, 어찌 저리 무람없이 구는 것인가.

"저런, 녀석 하고는."

"마음 두지 마십시오, 스승님. 연수의 농이 과했던 게지요."

이청은 말하면서, 꾸짖듯이 탁연수에게 눈짓했다. 그러나 탁연수는 눈동자를 빙글 굴리면서 모른 체였다.

"허허, 이것 참."

호 관주는 멋쩍음에 낮은 웃음을 흘렸다.

호 관주는 너무 오래 마시지는 말라 당부하고 자리를 피했다. 그러자 세 사람이 앉은 자리에 새삼 침묵이 앉았다. 그들은 빈 잔을 물끄러미 보고만 있었다. 웃고 떠든 시간은 이제 지나갔다. 그들 얼굴은 무엇 때문인지 심각했다.

"소명이 나한테 당부를 하나 하기는 했는데 말이야."

조용하다가, 호충인이 먼저 말문을 열었다.

"너도?"

"역시 너희한테도 했나 보구나."

"어찌 생각해?"

탁연수와 이청은 섣불리 입을 열지 않았다. 입술을 삐죽거리며 신중했다. 이청은 두 손으로 온기가 따끈한 찻잔을 감싸 쥐었다.

"마도의 준동이라. 아주 근거 없는 말은 아니지, 안 그래?"

"음, 이청 말이 옳다. 마도가 조용한 세월이 벌써 몇 년이야?"

"근자에 들어서 강호에서 큰일이라면, 구파와 무가련의 알력 정도이기는 했지."

크고 작은 갈등은 언제나, 어디서나 있었지만, 한 지역

을 뒤흔들어 댈 정도의 큰일은 좀체 없었다. 특히 하남 일
대는 소림파를 중심으로, 등용문이 단단히 단속하고 있으
니, 다른 부침이 더욱 적었다.

큰 소요가 있을 적마다, 호충인은 휘하를 이끌고 달려가
일망타진하기도 했다.

자연 하남의 무림은 소림파를 비롯한 중소무파가 여느
곳보다 훨씬 강성했다. 그 힘이 모여서 적어도 하남 쪽에
는 무가련의 입김이 다른 지역만 못했다.

그런데 소명은 마도의 준동을 여기 친우들에게 경고했
다. 특히 호충인은 섣불리 들을 수가 없었다. 쉬쉬하고 있
지만, 암암리에 퍼져 나간 소문.

등용문의 대공자가 마도에 들어서 큰 화를 입었다는 것.

실제 호충인 자신이 그 자리에 서 있지 않았던가. 그는
한층 어두운 얼굴로 고개를 내저었다.

"정말 마도가 준동한다면."

"우리 힘으로 무얼 할 수가 있겠나. 강호가 힘을 모아야
할 터인데."

"아니, 그렇게 생각할 일도 아니지."

불현듯 호충인이 고개를 가로저었다.

"사람이 모이면 떠든다고 반이야. 누구는 의기에 넘쳐서
달려들 테고, 누구는 이해관계를 따지려 들 터이고. 뭐, 어

디 사람이 제각각인데, 뭘 할 수 있겠나."

괜히 하는 말이 아닌 모양이다. 호충인은 한숨을 푹푹 내쉬었다. 하남 일대를 뛰어다니면서 소림파의 대소사를 챙기다 보니, 온갖 꼴을 본 까닭이다.

어느 곳은 도와주러 와서 고맙다고 달려 나오지만, 어느 곳은 온갖 트집을 잡아 대면서 자신의 이득만 취하려 하기도 했다.

"일단 들쑤시면 싫든 좋든 움직일 수밖에 없을 터이니. 그런 생각은 젖혀 두자고."

"호오, 등용문의 차기 문주가 하는 소리치고는 꽤 위험한 발언 아니냐?"

"큭! 차기 문주는 무슨."

호충인은 혀를 찼다. 아니 그래도 부담스러움에 어쩔 줄을 몰라 했다. 지금은 허락을 받고 쉬는 기간이었지만, 돌아가서 다시 뒤를 이으라 강권할 등용문주를 생각하니 골이 아팠다.

"여튼 임자 있는 몸은 달라. 그렇지 않냐?"

탁연수는 물러나지 않고, 실실 웃었다. 이제는 놀리는 대상이 이청에서 호충인으로 바뀐 셈이다. 이청은 쓴웃음을 흘리며 고개를 흔들었다. 그렇다고 빼지는 않았다.

"그러게나 말이야. 스스로 천생 무골이라고 자처하지 않았던가? 여색은 약한 것들이나 탐하는 것이라면서?"

"야, 야, 그게 언제 적 일인데."

"글쎄, 내 기억으로는 그렇게 어리지는 않았을걸."

호충인은 다급하게 얼버무리며 두리번거렸다. 행여나 선자가 듣지는 않을지. 걱정이 솔직했다. 엉덩이가 다 들썩거렸다.

난처한 꼴은 참 보기가 좋다.

탁연수, 이청은 숨죽여 키득거렸다. 이미 꽉 잡힌 몸이라는 것이 훤히 보여서, 나중이 참으로 기대되는 바이다.

"흠, 천하의 차기 등용문주가 공처가라고 하면, 그것도 재밌겠네."

"야, 너는 다를 것 같냐? 너도 똑같다, 똑같애."

"내, 내가 무슨."

탁연수는 어이없어하며 이청을 돌아보았다. 어디 같이 묶으려고 하느냐는 듯이. 여기 없는 당민을 두고 하는 말일 것이 뻔하다. 이청은 또 무슨 책을 잡힐지 몰라, 말끝을 흐렸다.

"한 놈은 어린 시절을 잊지 못하고서 내내 가슴에 품고 있고, 딴 놈은 덥석 상전의 스승과 그렇고 그런 관계고. 나만 이게 뭐냐?"

탁연수는 뒤로 몸을 젖히면서 한탄 조로 불평했다.

이청은 크흠, 헛기침을 삼키고 몸을 돌렸다. 호충인도 덩달아 얼굴이 붉어지기는 했지만, 호락호락 당황하지는 않았다. 그는 탁연수를 유심히 보더니, 히죽 웃었다.

"이거 부러워하는구만."

"뭐?"

"그래, 말이 좋아서 신비이세 어쩌고 하지. 강시당이라고 하면 무시무시하다는 반응들인데, 어느 여자가 좋아하겠냐. 쯧쯧, 너도 이제 고생길이 훤하다."

탁연수의 훤한 이마에 푸른 핏줄이 돋았다. 그것도 잠시, 호충인이 실실 눈웃음을 그리며 넌지시 말했다.

"그런 의미로 어떠냐, 사람 한번 안 만나 볼 테냐?"

"뭐? 누구?"

"누구기는, 네가 말한 상전이시다."

"응?"

탁연수는 퍼뜩 눈살을 찌푸렸다. 호충인은 앞으로 몸을 기울이며 말했다.

"본당의 아가씨 말이다. 껙!"

채 말이 끝나기가 무섭게, 호충인은 벌러덩 앞으로 나자빠졌다. 쓰러진 옆으로 주먹만 한 짱돌 하나가 데구루루 굴렀다. 돌이 뒤통수를 호되게 때린 것이다. 갑작스러운 일에 탁연수와 이청은 엉거주춤 몸을 일으켰다.

"뭐, 뭐야!"

여기 모인 사람이 어떤 사람들인가. 이렇게 속절없이 당할 리가 없는 일인데, 어디도 다른 기척이 없다.

호청연은 눈만 끔뻑였다. 그녀는 치켜든 제 손을 흘깃 보았다. 주먹만 한 짱돌이 그대로 들려 있다. 아직 그녀가 던지기도 전인데, 목표한 오라비가 돌에 맞아 나자빠졌다.

그녀는 눈을 한번 깜빡이고, 천천히 뒤를 돌아보았다.

캄캄한 어둠 속에서 녹색 가면 하나가 둥실 떠 있었다. 누구라도 기겁할 만한 모습이었다. 귀신 장난처럼 보였지만, 녹면으로 얼굴을 가린 여인이었다. 한 걸음 다가선 그녀는 호청연을 보며 한쪽 눈을 찡긋 깜빡였다. 그 눈빛에는 장난스러운 기색이 역력했다.

호청연은 손에 쥔 돌을 툭 던져 놓고는 쓴웃음을 지었다. 모르는 얼굴이 아니다.

"당 언니."

여인은 하얀 손을 들어 얼굴 가린 녹면을 벗었다. 그러자 검은 머리카락이 흘러내리면서 하얀 얼굴이 모습을 드러냈다. 검은 눈썹은 짙었고, 붉은 입술은 뚜렷했다.

여기에 없던 두 사람 중 하나, 당민이었다.

관중에서의 일을 모두 마무리 짓고, 파촉(巴蜀)으로 돌아갔다던 그녀가 지금 여기에 와 있는 것이다. 그녀는 입가에 손가락 하나를 세웠다.

"쉿."

반기던 호청연은 그녀의 손짓에 흠칫 입을 다물었다. 당민은 다시 웃었다. 눈매가 초승달을 그리면서 다시금 개구쟁이 적의 웃음이 떠올랐다. 그러고는 하얀 손을 가볍게 그러쥐었다. 달그락 소리가 울렸다.

당민은 퍼뜩 눈매를 날카롭게 뜨며, 손을 뻗었다. 한 주먹의 조약돌이 다시 허공을 갈랐다. 그런데 곧장 날아가는 것이 아니라, 마치 각자 살아 움직이는 것처럼 멋대로 날았다. 어느 것은 하늘 높이 솟구쳤다가 뚝 떨어졌고, 어느 것은 크게 돌아서 날았다.

이것이 당가의 암기술인가. 호청연은 멍하니 입을 벌리고서 사방으로 정신없이 날아가는 돌멩이를 보았다.

"우악! 뭐야? 습격이냐!"

"웬 놈들이냐!"

한 번 당했으니. 셋은 벌떡 일어나 대비했다. 모두 고수라고 하기에 부족함이 없는 이들이다. 어둠 속에서 마구 날아드는 돌멩이를 받아 내는 것은 그리 어려운 일이 아니었다. 오히려 살기나, 공력이 실려 있었다면 더욱 쉽게 받아 냈으려나, 그저 복잡하게만 날아드니.

다만, 개중에 꼭 한둘은 다른 수법으로 펼치는 것이라. 어김없이 사각을 파고들었다.

"끅!"

특히 아픈 것은 호충인이다. 다른 둘이 고작해야 하나, 둘을 맞은 것에 비하면 호충인은 눈에도 한 대, 코에도 한 대, 머리에도 한 대씩 골고루 맞아서는 벌겋게 달아올랐다.

한참 난리가 끝나고서, 호충인은 씩씩거리며 거친 숨을 몰아쉬었다.

"제기! 웬 놈이냐!"

날아든 돌무더기를 한 움큼 그러쥔 이청이 눈빛을 번뜩였다.

"저기다!"

그는 퍼뜩 한구석을 향해서 받아 든 돌멩이를 다시 떨쳤다. 어지럽게 날아드는 것이 아니라, 곧게 날아서 밤하늘을 꿰뚫었다. 실린 공력이 간단치 않아서, 파공성이 날카롭다. 그런데 응당 들려야 하는 타격음은 전혀 들리지 않았다.

허공중에 불쑥 튀어나온 하얀 손이 날아드는 돌멩이를 마치 기다렸다는 것처럼 척척 받아 냈다. 뒤에 숨긴 돌멩이마저도 깔끔하게 받아 쥐자, 이청은 급한 숨을 들이켰다.

"이런."

생각보다 더 대단한 고수이다. 지금 펼친 한 수는 요지 선자의 절기 중 하나인 유성투(流星投), 이청이 금(琴)만큼이나 공들인 절기였다. 그런 것을 어린아이 장난처럼 받아내다니.

하얀 손의 주인이 차츰 불빛에 모습을 드러냈다.

얼굴 가린 녹색 가면이 먼저 보였다.

이청은 손을 펼친 채 바로 굳어 버렸다. 유성투가 힘을 못 쓴 것보다 등장한 이의 모습에 더 놀라고 말았다. 녹면에 백옥처럼 하얀 손. 바로 스치고 지나가는 이름이 있었다.

사천의 녹면옥수(綠面玉手).

돌덩이인 양 굳어 버린 이청을 놓아두고, 좌우에서 탁연수와 호충인이 빽 소리쳤다.

"망할! 아민, 너였냐!"

"야, 넌 몇 년 만에 만나서는 첫인사가 돌팔매질이냐!"

성질부리듯이 외치는 소리가 거칠었다. 그러나 둘의 얼굴에는 웃음이 가득했다.

＊　　　＊　　　＊

날 밝기가 무섭다.

은연중에 다가가지 못하고 있던 남악도문의 쪼개진 산문 너머로 한 무리의 인영이 운무를 뚫고 성큼성큼 내려왔다.

그러자 황보세가 외운당 무사들이 크게 웅성거렸다.

"적도들이다! 적도들이 내려오고 있다!"

뎅뎅뎅!

외침과 더불어서 경종이 세차게 울렸다.

웅성거림은 잠깐에 불과했다. 외운당은 황보세가의 정예답게 바로 자리를 찾아서, 다가오는 이들을 향해 살기를 뿜어냈다.

며칠 동안 이어진 대치가 드디어 깨어지는 순간인지.

긴장할 새, 저쪽에서 사람의 윤곽이 드러났다. 앞장선 것은 소명과 위지백이고, 이쪽에서 앞장선 것은 소천룡 회와 황보영운, 그리고 백소설이었다.

남악도문의 일이었지만, 황보세가 외운당의 영역이기도 하다. 황보영운은 퍼뜩 불길이 이는 눈으로 태평한 위지백을 노려보았다.

'저자⋯⋯.'

남악도문을 처음 찾았을 적에 단박에 외운당 정예를 때려누였던 모습이 지금도 선명했다.

한눈에 알 수 있었다. 자신으로는 감당할 수 없는 절정의 도객이다. 그래도 가슴에서 치솟는 열기가 뜨거웠다. 그때, 짧은 목소리가 들끓는 황보영운의 성질을 붙잡았다.

"당주."

"으흠."

황보영운은 헛기침을 흘리며 흔들리는 눈동자를 다잡았다.

험악한 눈초리는 멀리서도 선명하다. 그러나 소명이나 위지백이나 크게 신경 쓰지 않았다. 기왕지사, 마음을 다잡았다면 바로 이행하는 편이 백번 낫다. 위지백은 성큼성큼 큰 걸음으로 앞장섰다.

그리고 대여섯 걸음을 남겨 둔 채, 서로 마주했다.

"소명 공."

험악한 말이 터질 듯했지만, 소천룡이 먼저 나섰다. 그는 소명을 향해 먼저 두 손을 맞잡았다. 그리고 옆에서 태연한 위지백을 향해서도 두 손을 맞잡았다.

"서장제일도 위지 선생이시군요."

"음, 그대가 소천룡이시구만?"

"소생입니다."

"저 뒤에 반가운 얼굴들도 있고."

위지백은 무리 중에서 익숙한 천룡세가 양 당주의 얼굴을 흘깃 보고는 말했다. 히죽 웃는 낯이나, 찰나 번뜩이는 눈빛이 날카롭다.

사마청, 이충도는 벌게진 낯빛으로 위지백의 눈빛을 마주했다. 저도 모르게 움켜쥔 두 주먹이 뻐끈하고, 손바닥은 땀으로 흥건했다.

찰나에 불과한 마주침이었으나, 두 사람은 위지백의 호된 손속을 뼛속 깊이 기억하고 있었다.

'제, 젠장!'

위지백은 여전히 웃는 얼굴로 고개를 돌렸다. 앞으로 나선 소천룡과 황보영운이야 아무래도 좋았다.

"인사치레는 이쯤 하십시다. 당사자를 만나고 싶으니, 관계없는 두 분은 비켜 주시지."

"당사자?"

"관계가 없어?"

"그럼, 설마하니. 황보 어쩌고 하는 댁들이 남악도문의 주인이라고 말하지는 않겠지?"

"그, 그것은."

말문이 막힐 사이, 소명이 위지백을 거들었다.

"자자, 잠시 물러나 주시구려."

졸지에 아예 상관없는 부외자 꼴이다.

앞선 모두가 당황했지만, 소명은 개의치 않았다. 황보영운과 소천룡 사이로, 백진자가 얼결에 나섰다. 잠시 어리둥절한 얼굴이었다.

일이 어찌 돌아가려는가.

백진자는 위지백을 마주하면서 긴장을 감추지 못했다.

서장제일도의 이름을 이제 알았지만, 그보다 남악도문이 속절없이 무너진 것이 눈앞의 이 한 사람 때문이라는 사실을 도무지 믿을 수가 없었기 때문이었다.

그렇다고 아니라고만 할 수도 없는 것이.

황보세가의 외운당마저도 위지백의 칼등을 피하지 못했다.

백 년 내 제일 도객이라고까지 불린다는 것이 영 괜한 소리가 아님을 이제 알 수 있었다.

"아니라면, 그에 미치지 못할 정도로 본문이 형편없다는 것인가."

백진자는 지그시 입술을 깨물었다.

"남악도문 장문인, 백진자라고 합니다. 위지 선생. 이렇게 인사를 드리는군요."

"크흠, 흠. 그렇지요."

위지백은 불편한 헛기침을 흘렸다. 흘깃 소명의 눈치를 살피니, 그는 다른 곳을 보면서 영 딴청이다.

'제기.'

위지백은 속으로나마 한숨짓고, 다시금 고개를 들었다. 치뜬 눈매로 마주한 백진자를 직시했다. 그 눈빛이 심상치 않았다. 백진자는 일순 가슴이 서늘했다.

위지백은 번쩍 두 손을 맞잡고는 백진자에게 깊이 허리

를 숙였다.

"천산 백금장주 위지백, 남악도문 장문인께 삼가 사죄드
리오."

"아니, 이 무슨?"

본산을 범한 참람한 대적이다. 그런데 이렇게 고개를 숙
이며 사죄할 줄이야. 누구라고 알았을까.

백진자는 황망하기 이를 데가 없었다. 아니, 어찌할 바
를 몰랐다. 왈칵 화를 낼 수도 없었고, 대범하게 받아들일
수도 없었다. 그저 쳐다만 볼 뿐이다. 백진자만이 아니었
다. 군웅 사이에 섞여 있는 남악도문 제자들은 물론, 황보
외운당 무사들과 여러 호남 무인들까지.

자리의 모두가 입을 굳게 다물고는 눈만 끔뻑였다.

"이 위지 모. 귀파에 무슨 악한 심정이 있던 것은 아니
외다. 무슨 말을 한들, 어디 되돌릴 수 있는 일이겠느냐만,
그저 이 사람의 불찰이고, 잘못이오."

조용할 새, 위지백은 경망스러운 기색을 싹 거두고, 사뭇
진지하게 고개를 숙였다. 여기에 답하는 사람이 없다. 황당
한 침묵이 장내에 내려앉을 사이에, 소명이 입을 열었다.

"자아, 장문인. 이제 어찌하시겠소."

그는 백진자는 물론이거니와, 황보영운과 백소설, 그리
고 소천룡까지 죄 둘러보았다. 전날 산에 올라가는 소명이

장담한 것처럼 된 것이다. 크게 다툼할 것도 없이, 끌고 내려와 고개를 조아리게 하겠다고 하더니. 말 그대로였다.

또한, 위지백 뒤에서는 강량과 황보도옥, 그리고 황가련 도객들도 아연하기는 마찬가지였다. 전날 큰 충돌 없이 마무리 짓겠다고 하더니, 설마 이렇게 고개 숙일 줄이야.

"허, 허허."

강량은 저도 모르게 헛웃음을 흘렸다. 자신이라면 여기서 다른 말없이 다 제 불찰이라고 할 수 있을까. 모두가 보는 앞에서 고개를 숙일 수 있을까.

그는 미미하게 고개를 흔들었다.

이제 칼자루는 백진자에게 쥐어진 셈이다.

일대고수가 직접 하는 사죄를 그대로 받을지, 아니면 다 필요 없다 하고 다시금 칼날을 들이밀 것인지. 어느 쪽이든 백진자는 뒤를 생각하지 않을 수 없었다.

백진자는 혈기가 올라서 벌겋게 달아오른 얼굴로 위지백을 뚫어질 듯 노려보았다. 눈길은 험악했지만, 살기마저 머금지는 않았다. 그는 복심 깊은 곳에서부터 치솟는 뜨거운 열기를 꾹꾹 눌러 담았다.

형산 일대에서 오랜 명문인 남악도문이었지만, 영명은 이미 땅에 떨어졌다. 더 잃을 것이 무엇일까. 제자에게서 말썽이 시작된 것은 분명한 사실이고, 이것을 무턱대고 덮을 수도 없었다. 그리하기에는 상대가 상대였으며, 또 너무 늦고 말았으니.

위지백의 말대로라면 황가련이 끼어든 것은 그저 우연, 아니 악연에 지나지 않았으니. 이를 두고서 호남 무림을 업수이 여겼다고 우길 수도 없었다. 그러나 모두가 입 다물고 있는 것은 아니었다. 남악도문 제자 중 한 사람이 발끈하여서 빽 소리쳤다.

"닥치시오! 본문의 이름에 먹칠을 하고서, 몇 마디 말로 넘어가려는 것이오!"

그 기세가 사뭇 살벌하다.

도사는 불진을 세차게 떨치고서 당장 위지백을 향해 손을 쓸 것처럼 무서운 눈으로 노려보았다. 치뜬 눈매에 살기가 매섭게 어렸다.

위지백은 고개를 비스듬히 기울여 앞으로 나선 도사를 보았다. 입가에 쓴웃음을 떠올렸다. 백진자가 머뭇거리는 것도 이해할 만했고, 젊은 도사가 분노하여 나선 것도 이해할 수 있었다.

위지백은 도사를 향해 고개를 끄덕였다.

"좋아. 젊은 도사께서는 어찌하면 좋겠나?"

"본문 제자의 팔을 끊어 놓았으니, 그대 또한 마땅히."

"허면 어디 끊어 보시게."

위지백은 냉큼 팔을 내밀었다. 그것도 오른팔이었다. 도사는 그 말에 덥석 말을 잃었다. 그는 어깨 뒤에 솟은 검병을 움켜쥐고는 있었지만, 어찌하지는 못했다. 순간, 갈등이 크게 일었다.

눈앞의 사내는 홀몸으로 남악도문을 도모한 도객이었다. 천하의 고수 반열에 올랐다고 해도 과언이 아닐 터였다. 도사의 악문 입술이 무참하게 일그러지고, 힘이 들어간 턱 근육이 꿈틀거렸다.

"이, 이이!"

"어서, 사양할 것 없네. 한번 끊어 보시게."

위지백은 보란 듯이 더욱 팔을 내밀었다. 언뜻 보기에도 단단한 팔뚝이었다. 마치 강철을 제련하여서 이루어 낸 듯했다. 도사는 흔들리는 눈으로 내민 팔과 위지백의 웃는 눈을 번갈아 보았다.

"허, 허허허."

불현듯 웃음소리가 흘렀다. 조용하던 백진자가 고개를 내저었다. 그는 이내 웃음을 삼키고서, 앞으로 나선 제자에게 손을 내저었다.

"자, 장문인."

"되었다. 그만두어라."

"허, 허나."

"위지 선생께서 큰 양보를 하셨으니. 본문에서도 그만한 도량을 보여야지 않겠느냐."

참으로 어려운 상황이었지만, 그래도 백진자는 수양을 쌓은 인물이었다.

위지백의 팔 한쪽을 이렇게 끊어 낸다고 해서, 땅에 떨어진 남악도문의 이름이 바로 설 리도 없었다. 무림 일문의 영명은 포기하여도, 도문으로서의 마땅한 모습마저 잃을 수야 없다.

어쩌면 지금을 스스로 돌아볼 수 있는 기회로 삼을 수도 있는 노릇이다.

백진자는 지금 이 순간에 그런 생각이 들었다.

"이는 빈도의 불찰이며, 또한 본파의 부덕이구려."

장문인의 한 마디에 황보영운과 백소설이 흠칫 당황한 눈초리로 고개를 돌렸다.

"아니, 도장!"

남악도문의 장로며, 일대제자 할 것 없이 죄 일패도지(一敗塗地)하여서 씻을 수 없는 치욕을 당한 셈이건만, 일문의 장문인이 뜻밖에도 과오를 먼저 인정하는 모습을 보이다니.

쉽게 이해할 수 없는 모습이다.

백진자는 긴 수염을 쓸어내리고는 고개를 들었다.

"남악도문의 제자는 앞으로 나서라."

"자, 장문인!"

"어서!"

백진자는 마찬가지로 당황하는 제자들에게 버럭 일갈을 터뜨렸다. 그러자 주섬주섬, 무리 사이에서 도문의 제자들 몇몇이 나섰다. 하나같이 침울한 안색이었으나, 차마 백진자의 뜻을 거스를 수도 없었다. 하나같이 꾹꾹 눌러 참는 모양새였다. 불복하는 기색에 백진자는 자책 어린 한탄이 절로 흘렀다.

"이런, 이 또한 이 사람의 부덕이구나."

"장문인! 그, 그런 것이 아니오라."

제자들은 더 말 못 하고 푹 고개를 떨구었다. 백진자는 씁쓸한 미소를 잠시 머금었다. 그는 이내 위지백을 돌아보았다.

"남악도문 팔대 장문 백진자가 위지 선생께 사죄와 더불어 감사를 올리오."

백진자는 두 손을 맞잡고 공손히 허리를 접었다. 도문 제자들도 도리 없이 장문인의 뒤를 따라서 깊이 예를 취했다.

위지백은 눈을 끔뻑이다가, 다시금 마주 고개를 숙였다.

"크, 크흠! 그러시다면야."

엄숙한 가운데 훈풍이 절로 일어나는 광경이 아닌가.

일전을 각오하고 나름 흉흉한 기세를 품고 있던 호남 무인들은 그 모습을 멀거니 보았다. 그들이 더 끼어들 수가 없었다.

백진자가 워낙에 단호하기도 하였거니와, 황보세가에서 조용하니, 그들이 나설 수도 없었다. 그들은 마냥 눈치만 보았다.

백진자는 곧 강량에게 다가갔다.

"강 문주."

"장문인."

"세월이 무상합니다. 강 문주와 무도에 앞서, 주도를 논하였던 것이 불과 십수 년이건만."

"강호가 그런 곳이지 않겠소. 귀파의 어른과 제자들은 그저 요사 한곳에 모셔 두었을 뿐, 다른 금제를 가하지는 아니하였소. 걱정하지 않으셔도 좋을 것이오."

"그렇구려. 배려 감사하오."

"배려라니, 천만의 말씀이오. 위지 대협께서 직접 손을 썼고, 황보 소저가 중재한 덕분이니, 이 사람은 한 것이 없소이다."

강량은 담담하게 고개를 가로저었다.

위지백의 무위가 압도적이기는 하였어도, 장로를 비롯

한 남은 남악도문 제자들이 죽기를 각오하였다면 어찌 될지 모를 일이었다. 여기에 황보도옥이 급하게 나서서 만류하였기에 피를 보지 않을 수 있었다.

남악도문으로서는 뼈아픈 일이려나, 인명을 잃지는 않았으니. 사죄를 받아들일 수도 있었다.

"하아, 그렇구려. 황보 소저의 신중함 덕분에 더욱 큰 화를 피할 수 있었군요."

"별말씀을요."

황보도옥은 차분한 낯으로 백진자와 마주 고개를 숙였다. 그런데 불쑥 큰 그림자가 그녀 앞에 섰다. 황보영운이었다. 그는 무겁게 굳은 안색이었다.

"도옥 누님."

목소리가 무겁다. 찌푸린 눈매에는 불편한 속내가 솔직했다.

"그래, 영운. 이곳이 외운당의 영역이었더랬지."

"대체 어찌 된 일입니까?"

"무엇이 말이냐? 들은 대로고, 네가 보는 대로일 뿐이다."

"도옥 누님!"

황보영운은 주변의 눈이 있어, 차마 성을 내지는 못하였으나. 어조에 잔뜩 힘을 주었다. 말이 되는가, 이 일로 황보가의 체면이 얼마나 상할지, 황보영운은 생각하고 싶지도 않았다. 그러한데, 황보가의 적통이 그 진창의 한복판에 있음에도 이런 태연한 말이라니.

"눈에서 불이 나겠구나."

황보도옥은 차갑게 말했다. 그 서슬에 황보영운은 흠칫 어깨를 들썩였다. 분기에 들끓던 머릿속이 얼음물이라도 집어삼킨 것처럼 차갑게 식어 버렸다.

눈앞의 여인이 누구인지 잠시 잊었다.

그녀는 황보가에서 단순한 직계, 적통이 아니었다. 호남 황보를 이루어 낸 초대 황보 가주의 핏줄이었다.

황보세가의 가풍으로, 가주를 비롯한 모든 직위는 능력 위주였다. 초대 가주의 엄격한 유훈(遺訓)으로 누구의 자식, 누구의 후손이라고 하여서 차지할 수 있는 것은 아무것도 없었다. 당대의 가주 또한 다른 핏줄이었다.

황보도옥 또한 황보세가의 영애라고 하지만, 세가의 일에 달리 끼어들지 않았고, 마땅히 강호에서 활동하지도 않았다. 오히려 황보세가와는 조금 거리를 둔 채, 맡은 수운(水運)의 일에만 열심이었다.

그렇다고 하여도, 초대의 핏줄은 남다른 의미가 있었다.

황보영운은 헛기침과 함께 고개를 돌렸다. 얼굴에 당혹감이 역력했다. 그가 아니라, 황보세가의 그 누구도 직계에게 언성을 높일 수 있는 사람은 없었다. 그것이 황보 종씨의 위엄이다.

황보도옥은 잠시 온기 없이 싸늘한 눈으로 황보영운을 보았다가 곧 눈길을 거두었다. 괜한 황보영운을 닦달할 것은 없었다. 그녀는 짧게 숨을 돌리고서 도열하는 남악도문 제자들과 마주하여서 공수하는 황가련 무인들을 바라보았다.

"이번 일은 황보가의 영명에 보탬이 될 것이지. 누가 되는 일은 결코 없을 것이다."

"아니, 어찌하여서?"

참으로 이해하기 어려운 말이다. 그러나 황보도옥은 답하지 않았다. 그녀는 짐짓 굳은 눈매로 위지백과 소천룡, 그리고 유독 조용한 소명을 바라보았다.

세 사람이 마주하고 있는 모습에서, 황보도옥은 자칫 천하를 뒤엎을 만한 거대한 태풍의 시작을 보고 있는 듯했다. 그녀 스스로 생각해도 마땅한 연유를 짐작할 수가 없었으나, 강한 예감으로 눈을 떼지 못했다.

제4장
칼바람에는 자비가 없다

　남악 형산의 변고는 큰 화해로서 마무리되는 것처럼 보였다. 황가련의 무인들은 순순히 물러났다. 억류되었던 제자들은 며칠 만에 햇빛을 보았고, 산을 오르지 못했던 제자들도 이제야 집을 찾았다.

　도문 제자들은 엉망인 산문을 넘기가 무섭게 그간 자리 비운 도량의 이곳저곳을 서둘러 살폈다. 위지백이 일도에 무너뜨려 버린 산문을 제외하고는 다행하게도 상한 곳은 없었다. 수시로 쓸고 닦는 도문 제자들의 공에 비하겠느냐만, 그래도 외인이 점거하고 있던 것을 생각하면 멀끔하였다.

황보 외운당을 따라서 모여든 호남의 유력한 문파와 무인들에게는 허망한 끝이었지만, 그렇다고 달리 나설 수도 없는 노릇이었다. 그들은 채 남조궁에 오르기도 전에 하나, 둘 본문으로 돌아갔다.

남조궁 본당에 들어서는 백진자와 제자들의 걸음은 무거웠다. 그들은 향을 태웠다. 형산노조에게 올린 석 대의 굵고 긴 향에서 파란 연기가 높은 천장을 향해 송골송골 올라갔다.

백진자는 향연에 휘감기는 형산노조의 투박한 토상을 올려다보았다. 먹먹한 심정에 긴 숨이 흘렀다. 그의 뒤에는 이제껏 억류당하고 있었던 장로 몇 사람과 일대제자들이 침중한 낯으로 자리했다.

초췌한 안색이었다. 다른 고초를 겪은 것은 아니었으나, 본산을 지키지 못하였으니. 눈앞에 있는 장문인은 물론, 조사전을 뵐 낯이 없었다.

본당에서는 침묵이 일만 근의 무게로 제자들의 어깨를 차츰차츰 짓눌렀다. 그리고 뒤편에는 이제 손님이 된 외인들이 따로 앉아 있었다. 우측에는 황보영운과 백소설이 황보세가를 대표하여서 있었고, 좌측에는 황가련을 대표하여서 강량이 있었다. 그리고 그들 가운데에는 소천룡과 소명, 그리고 위지백이 편히 앉아 있었다.

어쩌다가 일이 이렇게 된 것인지.

백진자의 안색은 어두웠다. 본래에 남악도문의 명운을 건 일전을 각오한 바였으나, 계속해서 뜻밖의 일이 벌어지고 있었다. 그러나 분명한 것은 일문의 위험은 아직 끝나지 않았다는 것이다.

백진자의 눈길이 문득 한쪽으로 향했다.

위지백과 소명이라는 두 사람이었다. 그들은 본당에 무릎 꿇은 남악도문 제자들을 조용히 지켜만 보았다. 위지백은 본산을 범한 당사자이니 불구대천이라 하여도 부족함이 없을 테지만, 지금은 백진자에게 은인이나 다름없었다.

"허, 허허."

헛웃음이 절로 흘렀다. 아무리 사람 일이라는 것이 한 치 앞도 모르는 바라고 하지만, 이렇게까지 처지가 달라질 줄이야. 가히 불구대천이라 하여도 부족함이 없었던 상대가 한순간에 돌변해 버렸으니.

백진자는 쓴웃음을 다잡고는, 오르는 중에 은밀히 주고받은 대화를 돌이켰다. 그것은 남악도문의 뿌리 속에 스며든 독에 관한 것이었다.

바로 마도라고 하는 치명적인 독이다.

위지백이나, 강량을 원망할 처지가 전혀 아니었다. 되레 무능하고, 또 무능한 것은 자신이었으니.

'이리 한심할 수가 있나.'

생각하기 어려운 일이 아니라, 차마 떠올리는 것조차 두려운 일이다. 마도라니. 그것도 성마의 종자라고 하자, 그 두려움이 정수리를 타고 흘렀다.

당당한 일문이었던 형산이 어찌 조각조각이 되어서 쇠락하였던가.

마도대란의 그늘 탓이 아니었던가.

백진자는 질끈 이를 악물었다. 그러한 마도의 암수에 속절없이 당하고 있었다니. 차라리 본산을 잃는 것이 더 나은 일이었다.

그저 악연과 구원에 이른 수치라고 생각했건만, 상황은 더 좋지 않았다. 길게 말할 것도 없이 제자 몇이 팔을 잃었다고 생각했더니. 설마 남몰래 마도에 홀린 제자들일 줄이야.

요동치는 심사를 애써 진정하고서 백진자는 소명과 위지백을 보았다. 두 사람은 모두 차분한 기색이었다. 아니, 소명이라는 소림 속가는 차분하였고, 위지백은 영 심드렁한 눈으로 예식을 보고 있었다.

일견, 무성의한 모습이었지만, 백진자는 마음속 깊이 감사할 따름이었다. 위지백이 먼저 사죄한 까닭이 있었으니.

만약 그 자리에서 시시비비를 따지려 하였다면, 황보세가를 비롯한 호남 무인들이 있는 자리에서 진정 감당할 수 없는 치욕을 당하였을 터였다.

본산을 잃었네, 마네 하는 것은 더는 문제가 아니었다.

자칫 마도의 주구로 전락하였을 터. 이는 천하의 죄인이 되는 것이나 다름없다. 백진자의 턱에 절로 힘이 들어갔다. 그는 두 팔을 활짝 펼쳤다.

득라의 긴 소매가 펄럭이고, 백진자는 조사 형산노조의 토상을 향해 깊이 절했다. 그를 따라서 남악도문의 모든 이들도 엎드려 절을 올렸다. 그렇게 남조궁을 되찾은 예식을 마무리했다.

제자들은 이내 무리 지어서, 남조궁의 곳곳을 쓸고 닦는 등, 차근차근 정리하기 시작했다. 그들 발걸음은 분주했다. 그리고 남은 이들을 손님으로서 대우했다. 황보세가와 소천룡은 물론이거니와, 황가련마저. 백진자는 객방을 모두 열어서 그들이 편히 쉴 수 있도록 배려했다.

강량은 본당에서의 불편한 자리를 빠져나오기가 무섭게 황가련 무사들을 단속했다. 질서 정연하게 서 있는 그들은 또렷한 눈으로 강량을 바라보았다. 이들의 전의는 지금 최고조에 도달해 있었다.

서장제일도가 보인 신위와 더불어서, 그가 황보세가를 눈에 두지 않고 남악도문 장문인에게 직접 고개 숙이는 모습이 이들에게는 아주 강한 인상을 주었기 때문이다.

호남에서 황가련의 세가 점점 위축되어 가면서, 이들 또한 전의가 시들어가던 터였다. 위지백이 보인 압도적인 무력과 깔끔하게 물러나는 모습은 이들 가슴에 새삼 바람을 불어넣었다.

강량은 그런 무사들 모습이 싫지 않았다. 그러다가 여기에 없는 몇몇이 아쉬웠다.

제자인 백기는 배에서 위지백에게 호되게 당하고 모처로 옮겨 놓았다. 그가 여기에 있다면 큰 경험을 하였을 터인데.

강량은 곧 고개를 흔들었다. 상념은 여기까지이다. 그는 줄지어 선 황가련 무사들을 지그시 바라보았다.

"어쩌면 호남 무림, 아니 천하무림의 안위에 연관된 일이 벌어질지도 모른다. 너희는 마땅히 긴장하도록."

뜬금없는 소리였지만, 황가련 무사들은 가볍게 듣지 않았다. 그들은 바로 낯빛을 정돈하고 한껏 고개를 끄덕였다.

"예, 노사!"

강량은 입매를 잠시 비틀어 쓴웃음을 머금고, 고개를 돌렸다.

"자아, 이제 그쪽은 어찌하시려오, 황보 소저."

황보도옥은 차분한 눈으로 황보영운을 바라보았다. 그 눈길에 황보영운은 잠시 당황했다가, 지그시 입술을 깨물었다. 찌푸린 눈매에 불쾌한 심정이 절로 떠올랐다. 그는 남조궁 본당을 나서기가 무섭게 황보도옥의 부름을 받은 참이었다.

"그것이 무슨 말씀입니까?"

"외운당을 잠시 물리라는 것뿐이다. 그 한마디가 어렵더냐?"

"외운당이 불복(不服), 불패(不敗), 불퇴(不退)의 삼불당(三不黨)이라 불리는 것을 모르십니까?"

황보영운은 짐짓 싸늘한 어조로 말했다.

아무리 어려운 상황에서라도 항복하지 않고, 패하지 않고, 물러나지 않는다. 그리하여 삼불당. 이는 외운당의 성격을 고스란히 드러내는 별칭이었다. 그러나 마주한 황보도옥은 전혀 흔들림이 없었다. 그녀는 고요한 어조로 되물었다.

"그래서?"

"예?"

"그래서, 지금 불복하겠다는 뜻이더냐?"

황보영운은 그만 말을 잃었다. 고요한 황보도옥의 눈을 똑바로 보고서, 당연하다는 말을 할 수가 없었다. 그는 두꺼운 입술을 질끈 물었다. 목덜미가 무겁다. 그는 천천히 고개를 숙였다.

"아닙니다. 어찌 제가 감히."

"영운."

"예, 누님."

"이번 일로, 외운당은 황보외당 중에서, 아니, 본가의 어느 곳보다도 그 이름이 앞서게 될 것이다."

황보영운은 번쩍 고개를 치켜들었다. 황보도옥의 말을 이해할 수 없기 때문이었다.

가문에 있어서 골칫덩이나 다름없는 황가련이 눈앞에 있다. 그럼에도 움직이지 말라고 하면서, 어찌 이름을 앞세울 수가 있단 말인가.

의아하기는 뒤에서 조용한 백소설도 매한가지. 그녀는 시린 눈빛으로 황보도옥의 안색을 살폈다. 그러나 황보도옥은 더 말하지 않았다. 그녀는 고요하면서도 한층 무거운 눈빛으로 밖을 바라보았다.

'뭔가, 뭔가 있어.'

백소설은 빠르게 상황을 살폈다. 호남의 요호라고까지 불리는 그녀였다. 황보도옥이 괜히 외운당을 주저앉히는 것일 리가 없다. 백소설은 황보도옥의 말 한마디, 눈빛 한 번에서 다가올 무엇을 감지했다.

분명 심상치 않은 일일 듯하다.

"먼저 말씀해 주실 수는 없으십니까."

"음."

황보도옥은 가만히 고개를 끄덕였다. 이해 못 할 긴장감이 흘렀다. 황보영운은 아무래도 상황이 마뜩잖았다. 그러나 건너에 소천룡이 있고, 서장제일도라고 하는 절대 도객이 있었다. 함부로 경거망동하였다가는 일이 어찌나 크게 번져갈지.

적어도 그 위험은 알았다.

황보영운은 입매를 힘주어 비틀고는 백소설을 돌아보았다. 의견을 구하는 눈빛에 백소설은 눈을 얇게 뜬 채, 고개를 끄덕였다.

황보도옥의 뜻에 따르라는 것이다.

"후우, 알겠습니다. 누님께서 그리 말씀하시니. 형제들을 단속하도록 하지요."

황보영운은 반쯤은 체념이었고, 반쯤은 반항 어린 기색으로 대꾸하고는 방을 나섰다. 열고 나가는 서슬에 형산의 짙은 운무가 잠시 엿보였다.

운수당(雲水堂). 남조궁의 객방으로 고색창연한 옛적의 전각이 동, 서, 남으로 세 채가 있었다. 특히 귀한 손님을 맞이하기 위한 장소로 규모도 번듯했다. 지금은 전에 없이 사람들이 가득 차 있었다. 한쪽은 황보세가 외운당 무사들이고, 다른 쪽은 황가련 무사들이다. 그 외에도 소천룡의 일행에게 또 다른 한 채를 내주었다.

"허어, 남악도문이라고 하면, 과거 구파의 반열에도 올랐던 형산파의 후신일진대. 오늘 뜻밖의 횡액을 당하였구나."

담일산은 진한 아쉬움을 드러내며 말했다. 옆에서 조용히 염주 같은 것을 굴리던 성 부인이 어머, 의아한 눈으로 부군을 돌아보았다. 크게 상한 사람도 없고, 위지백이 직접 고개 숙이며 남악도문의 체면을 살펴 주기도 하였다.

"어찌 횡액이라고 하십니까?"

"차후, 형산파를 도모하려거든 이날의 일이 큰 장애가 될 수도 있지 않겠소?"

"오히려, 오늘의 일로 형산을 도모하고자 할 수도 있겠지요."

"흐음, 그것은 미처 생각하지 못했구려. 부인."

큰일에서 대범한 모습을 보였으니, 포용하는 덕을 보일 수도 있다. 옛적의 일문을 다시 이루어 내겠다고 한다면,

그러한 자세도 득이 될 수 있는 것일 터이니.

담일산은 묵묵히 고개를 끄덕였다.

하기야 무림의 일이, 아니 세상의 일이라는 것이 어디 보이는 대로만 돌아간다든가. 더욱이 소명이 있었다. 어떻게 일이 마무리될지 알 수 없는 노릇이다.

성 부인은 염주를 주섬주섬 정리하며 문득 말문을 열었다.

"다만, 오늘의 일로 남악도문의 일이 모두 마무리가 될 것 같지는 않습니다."

"음."

산을 오르는 와중에 잠시 엿보았던 백진자의 기이한 낯을 떠올리면서 담일산은 고개를 끄덕였다. 그의 좌우에는 소명과 위지백이 어깨를 나란히 하고 있었다. 무슨 말이 오고 간 것이 틀림없었다.

산 아래에서는 마치 체념한 듯이 고소를 머금던 얼굴이 점차 파랗게 질렸다가, 곧 시커멓게 물드는 것을 똑똑히 보았다. 백진자는 바로 낯빛을 수습했지만, 담일산은 그 짧은 순간을 놓치지 않았다.

담일산은 짧은 숨을 흘렸다. 그러고는 문득 눈을 돌렸다.

새삼 객방의 전경이 눈에 들어왔다. 도문에서 내준 이곳은 정갈하고 드넓었다. 천장이 높았으며, 창이 커서 채광이 좋았다. 소천룡과 함께한 일행이라는 것이 더욱 큰 이유이겠지만, 굳이 내준 좋은 방을 마다할 이유는 없다.

"커흠, 커흠. 그리고 보니, 산주께서는 따로 묵으시는 모양이구려."

담일산은 나직이 헛기침을 흘렸다. 본래 둘이 오붓하게 나선 유람 길이었다. 마냥 고즈넉하다가, 천만뜻밖의 인연으로 광동의 큰일에 휩쓸리기도 하였으니.

참 격렬한 나날이다. 와중에 새삼 부부간에 있는 자리가 멋쩍었다. 성 부인은 그의 속삭임에 잠시 멈칫했다. 고운 얼굴에 발그레 열이 올랐다.

"그, 그리고 보니, 그렇습니다. 이리 오붓하게 있는 것도 실로 오랜만이군요."

"부인."

"상공."

담일산을 슬쩍 손을 뻗어, 성 부인의 하얀 손을 깍지 끼며 맞잡았다. 아직 날도 밝건만, 눈빛과 눈빛이 스치고, 주책없이 숨이 잦아들었다.

"흐에에엥!"

그때 급작스럽게 우는 소리와 함께 문짝이 부서질 것처럼 와장창 열렸다. 화염산주 아함이다. 부부는 자연스럽게 서로 손을 놓고 슬쩍 거리를 두고 앉았다. 그 사이로 아함이 파고들어서는 마구 우는소리를 했다.

성 부인은 자연스럽게 아함의 헝클어진 머리카락을 쓸어내렸다. 아무래도 부부간의 오붓한 시간은 한참 물 건너간 모양이다.

"또 혼나셨군요."

"히이잉."

소명에게 들러붙었다가 또 불벼락을 맞은 것이다. 하루, 이틀 일이 아닌지라. 두 내외는 그저 쓴웃음만 흘렸다. 아무래도 뚝딱 달랠 수 있을 것 같지가 않았다. 성 부인은 담일산에게 눈짓했다. 자리를 피해 달라는 뜻이다. 담일산은 멋쩍은 웃음을 머금은 채 고개를 끄덕였다.

"그럼, 부인."

"예."

담일산은 자연스럽게 방을 나섰다. 닫은 문틈 사이로 아함이 칭얼대는 소리가 새었다. 담일산은 에휴, 짧은 한숨을 흘렸다. 두 어깨가 괜히 축 내려갔다. 어디 달리 갈 곳도 없어서, 담일산은 다른 방에서 혼자 머물고 있을 장관풍을 찾아갔다.

남조궁을 다시 찾아, 조사께 예를 올리는 것을 일단락하고서, 본당에는 이제 몇몇만 남았다. 백진자는 제자들에게 일러, 황가련 또한 예를 갖춰 대하라고 당부했다. 순순히 받아들이기에는 속이 불편했지만, 그들은 한목소리로 답하고는 조용히 자리를 피했다.

그리고 본당에는 백진자와 소명, 위지백이 남았다. 하루 전만 하여도 강량과 황보도옥을 마주하였던 자리였다. 소명은 잠시 입매를 비틀었다. 그런데 그를 보는 백진자와 위지백의 얼굴이 못내 어색했다.

방금 한바탕 소란이 일었기 때문이었다.

제자들이 줄줄이 나가는데, 한 여인이 불쑥 뛰어 들어왔다. 화염산주 아함이다. 그녀가 꼬박 하루를 참은 것도 참 용한 일이기는 했다. 그렇다고 소명이 그녀의 응석을 받아주지는 않았다.

형산에서의 일은 이제부터가 진짜 시작이라고 할 수 있었다. 아함은 참았던 만큼이나 막무가내였다. 아이처럼 고집부리는 것을 달래는 것도 일이었다. 그런 와중에 아함의 어깨 위로 절로 불길이 일어났고, 언성을 높이면 불꽃이 색을 달리했다.

참으로 세상에 다시 없을 신이한 광경이었다. 그러면서도 그 모두를 싹 무시해 버리는 소명도 참 대단했다. 아함을 겨우 돌려보내고, 소명은 내심 한숨을 쉬다가 문득 자신을 향한 기이한 두 쌍의 눈길에 입매를 찌푸렸다.

"지금 이리 한가할 때가 아닌 듯한데."

"어흠, 그렇지요. 그렇지요."

백진자는 놀란 눈을 급히 수습했다. 이리 넋을 놓고 있을 때가 아니다. 위지백도 헛기침을 연신 흘렸다.

"아함 녀석, 폐관한 보람이 있네. 주변에 전혀 피해를 주지 않았잖아."

"음, 그렇지."

"그래도 너무한 것 아니냐. 난 아주 본체만체야."

위지백은 자신을 한번 흘겨보기만 한 아함의 모습에 짐짓 인상을 썼다. 소명은 퉁명스럽게 답했다.

"찍힌 거지. 못 믿을 사람으로."

"뭐? 아니, 내가 뭘?"

"아아, 둘 사이는 나중에 알아서 하시고."

소명은 귀찮다는 듯이 손사래 치며 말문을 막았다. 지금 그의 불만을 듣고 있을 때가 아니었다. 위지백도 더 고집하지는 않았다. 두 사내에게는 흔히 있는 일이었다. 그저 둘을 보는 백진자의 얼굴에서 어색한 기색이 드러났을 뿐이었다.

잠시 침묵이 흘렀다.

아함이 난리 친 여파가 아직 다 가시지 않았다. 백진자는 괜히 헛기침을 흘리면서, 소명과 위지백을 번갈아 살폈다.

"그럼, 이제부터 얘기를 나누어 볼까요, 두 분."

표정이 새삼 진지해졌다.

위지백은 흘깃 소명을 보았다가, 곧 고개를 끄덕였다. 그가 말문을 열었다.

"처음 시작은, 말했다시피 몇몇 젊은 제자가 함부로 손을 쓰는 것을 보고 알았더랬소. 자기들이 밀린다 싶으니까, 마공기력을 두서없이 뿌려 대더군. 딱 보아도 하루, 이틀 만에 이루어 낸 수준이 아니었소."

백진자는 말없이 고개를 끄덕였다. 이미 들은 내용이었지만, 다시 정리해서 들으니 울림이 달랐다. 위지백은 어린 제자가 이 정도라면, 본산에도 그보다 더한 위험이 있으리라 판단했다. 앞뒤 가릴 것 없이 남악도문을 뒤집어엎은 이유가 거기에 있었다.

"그래서, 위지 선생. 어떠하였습니까?"

"음, 본산에 남은 이들 중에서 마공기력을 부릴 줄 아는 이는 없었소이다. 그래서 이 사람은 장문인을 비롯해 바깥에 있던 이들을 의심하고 있소."

백진자는 잠시 입을 다물었다. 자신마저 의심한다는 것에 불쾌할 것은 없었다. 그저 마도의 근원이 불확실하다는 것이 걸릴 뿐이었다.

위지백은 백진자의 침중한 안색을 보다가 넌지시 말을 건넸다.

"여보오, 장문인."

"말씀하시지요, 위지 선생."

"근자에 들어 진경이 요동치는 일이 없었소?"

"진경이 요동치다니, 그게 무슨."

"운공을 하다가 심주가 흔들리거나, 사념이 끼어든다든가."

백진자는 영 의아했다. 그러나 잿빛 눈썹이 한 차례 꿈틀거렸다.

"그러고 보니."

가슴이 공연히 들뜨고, 심란하여서 쉬이 진경에 들지 못했다. 그러다가 불현듯 정신을 차려 보면 하루 밤낮이 예사로 지나 있었고, 노원대괘공의 공력이 부쩍 늘어나 있음을 깨닫고는 했다. 조짐이 기이하다 싶어서, 연공을 자제하던 터였다.

"선생께서는 짐작하는 바가 있으시오?"

"그것이 마장(魔障) 놀음이라오."

"아니, 마장이라니. 그게 무슨."

성마를 따르는 마인들에게는 여러 기기묘묘한 묘술, 마공이 있는데, 그중에 손꼽는 것이 바로 마장의 묘법이었다. 그네들은 성마의 가호를 받는 신묘한 이술(異術)이라고 하지만, 다른 이들이 보기에는 그저 귀신놀음에 지나지 않았다.

멀쩡한 산천을 사람 손으로 뒤집어서 사람 아닌 것을 끌어들이고, 삿된 기운을 성하게 만들어 대니.

위지백은 말했다.

남조궁 주변에 손을 쓴 흔적이 있다고 했다. 그것으로 형산의 산룡을 성나게 하여, 지맥을 흐트러뜨리고, 흡사 마공기력에 가까운 귀기가 고이게 한다는 것이다.

백진자의 안색이 대번에 시퍼렇게 질렸다.

"그, 그럴 리가."

"차츰차츰 손을 쓴 탓에 누구라도 짐작할 수가 없었을 것이라오. 그것은 도장이 아니라, 천하의 누구라도 속수무책일 수밖에 없는 일이지."

백진자는 위지백의 설명을 듣고 잠시 넋을 잃었다. 소명이 덧붙였지만, 전혀 위로가 되지 않았다.

마장이라니, 영산을 더럽히는 그런 술수가 있다는 것도 처음 들었지만, 그것을 이루는 귀물이 남조궁 곳곳에 숨겨져 있을 동안 조금도 알지 못했다니. 실로 기함할 일이다.

그는 퍼뜩 정신을 차렸다. 새삼 집중하여서 공력을 일으켰다. 평생을 연마한 노원대괘공이 아니었다.

천려십삼결(天몸十三結), 하늘의 음률을 담은 열여섯 가지 결문이다. 남악 형산의 도문에서 전하는 술법 일체를 두고 이리 칭하는데, 형산일문일 적에야 도인의 마땅한 도리로서 당연히 연마하였다고 하나, 그 세월이 언제이던가.

형산일문이 수 조각으로 갈라진 세월이 벌써 일백 년 하고도 수십 년이 흘렀다. 그중 한 줄기인 남악도문에서는 고작해야 한두 수 정도가 남았을 뿐이고, 그나마 연마하는 자도 손에 꼽을 지경이었다.

장문인인 백진자나 구문을 알고 있을 뿐이었다. 수박 겉 핥기나마 약간의 배움을 떠올리고는, 애써 집중했다. 힘주어 감은 눈꺼풀이 부르르 떨렸다. 백진자가 번쩍 눈을 치뜨는 순간 두 눈에는 새하얀 백광이 어렸다가 흩어졌다.

한결 또렷한 눈초리로 백진자는 남조궁을 둘러보았다. 그제야 본당 아래에서 안개 흩어지듯 흐르는 잿빛 기운이 보였다. 한눈에도 불길한 기운이었다.

"이, 이럴 수가."

잠깐 보는 것만으로도 절로 모골이 송연하다. 하늘 아래에 있어서는 아니 되는 기운이, 다른 곳도 아니고 남조궁의 본당에 고여 있다니.

눈을 뻔히 뜨고서도, 제대로 볼 줄 몰랐던 셈이다. 그런즉, 누구를 탓할 수 있을까.

백진자는 일으킨 공력을 거두면서 연신 눈을 깜빡였다.

"허, 허허허. 검을 쓰고, 사람을 상하게 하는 무술에만 연연하더니. 정작 마음이 병드는 것도 눈치채지 못하고 있었습니다. 이러고서 무슨 진인이 되겠다며 수행자라 하였는지. 부끄러울 뿐입니다."

젖어드는 눈가는 단지 공력을 집중했기 때문은 아닐 터였다.

위지백은 백진자를 새삼 감탄한 눈으로 보았다. 아무리 그러하여도, 이렇듯 일문의 존주가 자신을 돌아보고 반성한다는 것은 쉬운 일이 아니다. 더불어서 백진자는 마도에 들어서지 않았다는 것을 증명한 셈이었다.

소명은 잠시 쓴웃음을 머금었다.

"장문인, 마도라는 것들은 경박하나, 음습하고, 그만큼 지독하답니다. 작정하고 감추겠다고 한다면, 설사 선인이 내려온다고 해도 찾을 수가 없을 것입니다."

"그렇다 하더라도."

"지금이라도 알았으니, 병근(病根)을 끊어 내야지요."

소명은 차분하게 말했다. 그 말에 틀림은 없다.

백진자는 잠시 눈을 감았다. 복잡한 심경이 머릿속에서

뒤채었다. 몰랐을 때야 속수무책이려나, 이제는 알았으니. 사문의 이름을, 아니 명운이 걸린 일이다. 무엇을 마다할까.

다시 뜬 그의 눈동자는 단단했다.

"두 분, 청컨대. 방도를 일러 주십시오."

"방도, 방도라."

위지백은 백진자의 무거운 한마디를 되뇌었다. 마장의 흔적은 모두 찾았지만, 그것을 놓은 자는 아직 알지 못했다. 소명이 말한 병근, 이미 마도에 든 자는 자신을 교묘하게 숨기고 있었다.

위지백이 앞서 남악도문을 뒤집어 버린 까닭에 그것은 더욱 깊이 숨었을 수도 있었다. 그는 소리 없이 혀를 찼다.

'한 놈이라도 드러날 줄 알았건만.'

"이봐, 어울리지 않게 자책할 것 없어."

"자책은 무슨…… 아니, 잠깐, 어울리지 않다니? 그건 무슨 뜻이야?"

위지백은 대범한 척 웃으며 넘기려다가 소명의 다른 한마디에 눈살을 찌푸렸다. 소명은 딱 외면하면서 백진자에게 몇 가지를 물었다.

연배를 떠나서, 근자에 들어 경지가 한층 높아지거나, 낮아진 제자가 없는지. 외유가 잦았던 제자가 누구인지.

그리고 무엇보다 중요한 것은 지금 없는 제자가 누구인지였다.

백진자는 잿빛의 눈썹을 모으고서 신중하게 답했다.

남악도문에서 전하는 노원대괴공은 과거 형산파를 대표하는 다섯의 신공 중 하나였다.

대성하기도 어렵고, 입문하는 것도 어려웠지만, 한 번 산을 넘으면 어느 경지까지는 수월했다. 차이는 있으나, 아무리 우둔하다고 해도 수년 내에는 오성의 경지에 이르렀다. 그런 만큼 공력이 부쩍 성장한 제자는 그리 드물지 않았다. 다만, 여타의 다른 공력을 접하지 않는다는 전제가 있어야 했다.

특히 장문인의 고제(高弟)인 여덟은 육성의 벽에 거의 근접해 있다고 했다. 그것은 유례없이 빠른 성취라는 설명을 덧붙였다. 처음에는 자랑하듯 웃으며 말했지만, 찰나에 불과했다. 그는 이내 얼굴을 일그러뜨렸다.

자랑스러워야 마땅할 제자의 성취를 의심해야 할 처지라니.

소명은 백진자의 말에 신중하게 귀 기울였다. 속단은 금물이겠지만, 마냥 머리만 굴리고 있을 때도 아니었다. 소명의 머릿속에서는 얼굴도 모르는 몇몇 이름이 스쳐 지나갔다.

백진자는 말을 다하고, 숨소리를 삼켰다.

어느 틈엔가 햇빛이 많이 기울어서인지, 마루에 드리운 셋의 그림자도 한껏 길어졌다.

소명은 오래 고민하지 않았다. 그는 퍼뜩 고개를 들었다.

"한 가지 방책이 떠올랐습니다. 들어 보시겠습니까?"

"이를 말이겠습니까."

소명은 차분하게 계획을 설명했다. 그리 복잡할 것은 없었다. 이를테면 옥석을 구분하는 덫을 놓는 일이었다. 다만, 그에 대한 위험이 적지 않다는 것이었다.

백진자는 이해했다는 듯 고개를 끄덕였다.

"그대로 따르지요."

"장문인, 이는 장문인의 신변이 위험할 수도 있는 일입니다."

"이 마당에 무엇을 마다할까요."

"그렇다면, 저희 또한 힘을 다해 돕지요."

"맡겨 주시오, 장문인."

소명은 물론, 위지백도 가벼운 기색을 싹 지우고서 사뭇 진지했다. 백진자는 가만히 고개를 끄덕였다. 이것이 천우신조(天佑神助)가 아니면 또 무엇이겠는가. 그러는 한편으로는 소명의 진실한 정체에 대한 의구심이 고개를 들었다.

단순한 소림 속가로 볼 수가 없는 노릇이 아닌가.

서장제일도가 선뜻 고개를 숙이고, 소천룡조차 양보하는 듯하니. 그러나 외인에 대한 의구심을 풀기보다, 문호를 단속하는 것이 우선이다.

백진자는 차오르는 숨을 잇새로 끊어 냈다.

소명과 위지백은 본당을 나섰다. 붉은 햇빛이 서쪽 하늘에 걸려 있었다. 얘기가 제법 길었다.

위지백은 눈살을 찌푸린 채, 유달리 붉은빛을 띤 햇빛을 흘겨보았다.

"하루가 아주 짧구만."

"그런 말은 해가 다 저물고 나서 하는 게 어때?"

"흐, 그보다 골치군. 계획대로 되겠어?"

"그 승냥이 같은 것들이 이만한 기회를 놓치려 하겠어?"

"그것도 그렇지."

둘은 그렇게 중얼거리며 설렁설렁 걸었다. 그런데 위지백이 어느 구석을 향해서 손짓하자, 짙은 그늘에서 한 사람이 불쑥 튀어나왔다. 그는 후다닥 위지백 앞으로 달려왔다.

어이, 거기, 너.

원행의 내내 그렇게 불려 온 불쌍한 사내. 삼관이다.

"예, 선생."

"찾으라는 것은?"

"다 찾아는 놓았습니다만."

"만? 만, 무어?"

"아니, 아닙니다."

삼관은 합죽이인 양 입을 굳게 다물고 고개를 가로저었다.

찾으라 하고는 또 손대지 말라 하는 것이 못내 기이한 탓이나, 위지백이 반문하는 말에 꼬투리를 잡자, 말이 쏙 들어가 버렸다.

삼관은 어깨를 잔뜩 모은 채, 좌우로 눈동자를 굴렸다. 이제부터 어찌하면 좋을지 몰랐다. 자신의 처지도 걱정이었지만, 마도가 어떻고, 마장이 어떻고 하지 않은가.

그는 퍼뜩 입 안이 바짝 말라갔다. 그런데 조용하던 소명이 삼관을 향해 손짓했다.

"넷! 권야 공!"

소명은 자신을 권야라 칭하는 삼관을 물끄러미 보았다. 피식 웃음이 흘렀다. 서장제일도와 함께 권야를 떠올린다면 다른 곳일 리가 없다.

천룡세가 쪽에서 남긴 사람이 분명하다. 하기야 지금에는 아무래도 상관이 없는 일이다. 그는 삼관에게 나직이 몇 마디를 속삭였다.

삼관은 그러자 멍한 눈으로 소명을 보았다. 지금 소명이 뭐라고 말한 것인지 바로 받아들이지 못한 모양이었다. 한 번 생각한 그는 옆에 있는 위지백의 눈치를 보며 다시 물었다.

"저, 정말로 그래도 되겠습니까?"

"이런 도움 정도는 받아도 괜찮지 않겠어? 나 좋다는 일도 아닌데 말이야."

"그, 그렇긴 하지요."

"그럼, 어서 가서 말 전하게."

"옙!"

삼관은 넙죽 고개 숙이고는 행여 위지백이 또 뭐라 할새라, 후다닥 발걸음을 옮겼다. 소명은 위지백을 돌아보며 말했다.

"그럼, 황가련인가 하는 쪽은."

"에이, 알았어. 내가 말해 놓을게."

위지백은 쩝 소리를 내면서 목덜미를 벅벅 긁었다.

*　　*　　*

날이 저물고, 다시 밝아왔다.

이른 아침, 산무가 뿌옇게 일어난다. 들불처럼 일어나는 안개구름 아래에서 세상은 차츰 깨어났다. 산곡에 걸린 햇빛이 안개에 흩어지면서 어지럽게 산란했다.

장관풍은 고개를 가볍게 꺾으면서 굳은 어깨를 풀었다. 낯선 산사였지만, 그래도 산이 품은 남조궁이다. 장관풍은 혹독한 천산파 본산을 떠올리면서 안개 고인 새벽하늘을 물끄러미 보았다.

형산 산중에 머물고 벌써 이틀이었다. 그동안에 있는 일이라면 특별할 것이 없었다. 호남의 다른 무림인들은 하나, 둘씩 떠나가고, 고요한 가운데에 화기만 머물렀다.

귀동냥하여 듣기로 황가련이라는 곳과는 아주 단단히 척을 진 듯한데. 서로 불편한 시선을 주더라도, 딱히 충돌하는 일이 없었다. 그렇다고 황가련이라고 하는 쪽에서 몸을 사리거나, 다른 무인들이 피해 가는 일도 없었다.

장관풍은 몸을 풀면서 이상하다고 생각만 할 뿐이었다.

중원은 중원이구나. 천산에서라면 양당 간에 매듭을 짓고서 다시는 돌아보지 않는 것을 미덕으로 삼았다. 일단 묻어 두는 일은 여간해서는 없었다.

"장 검객, 여전히 부지런하시구려."

"담 가주."

장관풍은 뒤에서 들려오는 목소리에 퍼뜩 고개를 돌렸다. 졸지에 한방에서 같이 밤을 보낸 담일산이었다. 그도

의관을 바르게 하고서 천천히 걸어 나왔다.

장관풍은 담일산에게 공손히 고개를 숙이며 말했다.

"소명 공께서 오늘은 길을 나설 것이라고 하니, 채비는 갖추어야 할 듯합니다."

"채비랄 것이 무어 있겠나. 어차피 천룡세가의 대단한 마차에 신세를 지는 참인데."

"그래도 거들 만한 것은 거들어야지요."

장관풍은 히죽 웃었다. 언제고 날이 서 있어서, 대하기 어려운 예전 모습이 아니었다. 아무래도 아함의 닦달이 줄어든 덕분이다.

그는 문득 목을 빼고서 낮은 담 건너의 모습을 보았다. 그 자리에는 미처 요사에 들지 못한 황보세가 외운당 무사들이 잠시 몸을 쉰 천막이 어지럽게 자리해 있었다.

그들도 이제 천막을 거두고, 자리를 정리한다고 분주했다. 그러면서도 이쪽을 흘깃거리는 눈초리에는 경계하는 바가 뚜렷했다.

소천룡의 일행이라는 것이 저들에게는 다른 의미를 주는 모양이었다. 장관풍은 어색한 듯 낮은 헛기침을 흘렸다. 담일산은 반면에 입매에 여유로운 미소를 머금었다. 그는 접선을 가볍게 흔들었다.

"그러고 보니, 소명 공께서는 다른 말씀이 없으셨던가?"

"다른 말씀이라 하시면?"

담일산은 지나가는 투로 물었을 뿐이지만, 장관풍은 바로 고개를 돌렸다. 괜한 말이 아닌 듯하다. 그러나 담일산은 싱긋 웃어 보일 뿐이었다.

가만 생각하면, 남악도문에 들어설 때에 소명이 몇 마디를 하기는 하였다.

'긴장을 늦추지 말라 하셨던가?'

장관풍은 그러자 퍼뜩 머리를 스치는 생각에 고개를 치켜들었다.

"아직 끝나지 않았다고 하는 것인가?"

새벽안개가 점차 흐려질 무렵이다.

무너진 산문 앞이 새삼 웅성거렸다. 두 쪽이 난 산문을 수습하고자, 황가련의 무사들과 남악도문 제자들이 같이 땀을 흘렸다. 그들은 새벽안개를 헤쳐 가면서, 무너진 주변을 정리했다.

도문의 제자들은 황가련 무사들이 어색했지만, 돕겠다는 손을 마다할 것은 없었다. 조각난 기와를 치우고, 무너진 기둥을 끌어냈다. 장정 하나, 둘로는 어찌할 수 없는 일들이었다.

분주한 와중에 불현듯 피식거리는 헛웃음이 흘렀다.

"왜 그러나?"

"아니, 우스워서."

"뭐가?"

"여기서 우리가 이러고 있는 것도 그렇지만. 아니, 위지 선생은 대체 무슨 생각으로 이리 만들어 놓으신 거람?"

사내는 말하면서 흘깃 고개를 들었다. 남조궁의 산문은 제법 규모가 있었다. 옛적의 양식을 그대로 보존하여서 이제껏 지켜 왔던 터였다. 그것을 단칼에 뚝딱 베어서 허물어뜨려 놓았으니.

그 경지가 참 대단하기도 하였지만, 굳이 산문을 이 지경을 만들어 놓을 만한 마땅한 이유를 알 수가 없었다. 그런즉 어이가 없어 실소가 흘렀다.

"그런 말씀 마시오. 우리는 여기 산문이 무너질 때, 가슴도 같이 내려앉았소."

"응? 그게 무슨?"

그들과 가까이 있던 도문 제자가 말했다. 그는 후, 한숨이 길었다.

"저기 남은 기둥을 한번 잘라 보시구려. 그럼 알 테니."

"기둥을? 아니, 그야."

황가련 도객들은 주저했다. 도문 제자는 개의치 말라면서 손짓했다. 삐죽 솟은 기둥은 굵직했지만, 그렇다고 손

194 항마신장

쓰지 못할 정도는 아니었다. 말 꺼낸 그를 비롯하여서 여기 있는 도객들은 각자 일류 이상으로 손꼽히는 무인들이었다.

기둥보다 더 굵다고 하더라도 너끈히 베어 버릴 수 있었다.

그런데 도문 제자들 눈치가 기이했다. 그들 표정에는 쓴웃음이 역력했다. 딱히 황가련 도객들은 얕잡아 보는 것은 아니었다.

눈길이 마음에 들지 않았지만, 손에 든 기왓장 따위를 툭 집어 던지고, 허리의 칼자루에 손을 올렸다. 서서히 그러쥐며, 도문 제자가 가리킨 기둥을 지그시 노려보았다. 눈길이 차분해지는 순간, 발도했다.

도갑을 스치는 소리가 날카로웠지만, 그 소리는 끝까지 뻗어 가지 못했다. 쩡! 둔탁한 소리가 들리며 칼날의 궤적이 끊겼다.

"으헉!"

호흡이 크게 흐트러졌다. 사내는 나무 기둥을 베어 내지 못했다. 아니, 흠집조차 내지 못했다. 손목이 부서질 듯했고, 칼날이 부르르 떨렸다. 그러나 사내의 눈에는 고통보다는 놀람이 더욱 짙었다. 기둥을 이루고 있는 나무를 이제야 알았다.

"처, 철령목(鐵嶺木)!"

"이제 아시겠소?"

도문 제자가 차분히 말했다. 사내를 비롯한 황가련 도객들은 다른 말없이 고개를 끄덕였다.

철령목은 호남의 깊은 산중에서나 겨우 볼 수 있는 진귀한 나무였다. 그 단단함은 강철에 비견될 정도였다. 벌목하기도 어려운 것으로 산문을 만든 것도 놀랄 일이지만, 위지백은 그런 철령목을 바로 베어 버린 것이다.

"나도 한번 해 보자!"

"나도, 나도!"

좀체 보기 힘든 나무를 앞에 두고서, 도객들은 너나 할 것 없이 칼자루를 잡아갔다.

쩡! 쩌엉! 괜한 소리와 함께 고통에 찬 신음이 뒤따랐다.

"으악, 아이고."

"으어억!"

손목을 부여잡는 도객들이 연이어 나왔다. 도문 제자들은 그 모습에 어이가 없었지만, 어느 틈엔가 그네들도 같이 뒤섞여서는 손목을 부여잡았다. 그들도 산문을 철령목으로 지었다는 것을 알았지만, 감히 칼질할 생각은 전혀 하지 못했기 때문이었다.

결국에는 다들 손목을 부여잡는 처지가 되었다. 그들은

서로의 모습을 보면서 피식피식 웃었다.

억지로 다잡아 놓았던 앙금이 잠시 풀리는 순간이었다.

그리고 모두가 힘내어서 산산조각이 난 산문을 말끔히 정리했다. 볼품없이 내려앉은 산문 자리에는 곧 새로운 산문이 세워질 것이다.

햇빛이 중천에 닿을 무렵이 되어서야, 산문을 모두 정리했다. 땀에 옴팡 젖은 그들은 누구랄 것 없이 멋쩍은 웃음을 안고서 발걸음을 돌렸다.

산 아래에서 불어오는 찬바람에 젖은 몸이 추웠다.

자리를 피하려는데, 문득 고개를 돌렸다. 부는 바람을 타고서 서두르는 발소리가 들렸다. 고개를 내밀어 산 아래를 살피자, 없는 산문 자리로 몇몇 인영이 빠르게 내달렸다.

비탈진 험한 길이었지만, 누구 하나 뒤처지지도, 비틀거리지도 않았다. 그들의 날랜 몸놀림은 분명 남악도문의 보신경인 백원비영이다. 삽시간에 산문 자리에 닿은 그들은 퍼뜩 고개를 치켜들었다.

파란 도포의 옷자락을 펄럭였다.

"아니, 이게 무슨 꼴이야!"

그들은 없는 산문 앞에서 버럭 소리쳤다. 갑작스러운 일갈이 도궁의 앞마당에서 높이 울려 퍼졌다.

여덟의 젊은 도사였다. 그들은 먼 길을 황급히 달려왔는지, 먼지를 잔뜩 뒤집어쓰고 있었다. 하나같이 새파란 안광을 발하면서 부르르 몸을 떨었다.

살기가 또렷한 그들의 눈초리는 곧 앞마당에 있는 황가련 도객들을 향했다.

"황가의 들개 따위가 감히!"

대뜸 노갈을 터뜨리는 그들을, 황가련 도객들은 바로 알아보았다.

"남악팔수(南嶽八秀)."

장문인의 고제로, 남악도문을 대표하는 절정검수 여덟이다. 황가련 도객들은 거친 욕설에 딱히 발끈하지는 않았다. 오히려 난처한 표정이었다. 강량의 당부도 있었거니와, 이미 한바탕 흥금을 떨쳐 낸 참이었다.

여기에 뛰쳐나와 만류하는 것은 남악도문 제자들이었다.

"사형! 멈추십시오!"

"뭐얏! 멈추라니!"

"장문인의 명이십니다. 그리고 오해는 다 풀렸으니. 그만 진정들 하세요."

동배의 몇몇 제자가 다급하게 그들을 막아섰다.

"오해는 무슨 놈의 오해!"

"당장 비켜랏!"

팔수는 조금도 기세를 누그러뜨리지 않았다. 본산에 저들이 있다는 것 자체로 명백했다. 황가련 무사들은 그저 굳은 낯으로 몸부림치는 팔수와 막아서는 도문 제자들을 보고만 있었다. 섣불리 움직일 수가 없었다.

그때였다.

"멈춰라!"

묵직한 공력이 실린 일성이 팔수의 고함을 차분하게 짓눌러 버렸다. 그리고 남조궁 본당의 높은 문이 벌컥 열리면서 백진자가 장로들과 모습을 드러냈다. 잿빛 수염이 흔들렸다.

"돌아왔느냐."

"장문인."

팔수는 부랴부랴 무릎을 꿇고, 백진자를 향해서 두 손을 맞잡았다.

백진자는 댓돌 계단을 천천히 밟으면서 내려섰다. 그는 고개는 숙였지만, 여전히 불복하는 팔수의 눈빛을 바로 읽어 냈다. 그들 중 맏이인 원덕이 퍼뜩 고개를 치켜들었다.

"장문인! 대체 어찌 된 영문입니까. 저기 저자들은 본산을 범한 자들입니다."

"그렇습니다. 몸 성히 돌려보낼 수야 없는 일입니다. 이래서야 무림에서 본문을 어떻게 여기겠습니까."

"어떻게 여기기는, 수행자의 본분을 잊고서 무림의 일에
크게 개입하던 한심한 도문으로 볼 것이겠지."

"장문인!"

원덕을 비롯한 팔수는 그 말에 놀라 벌떡 일어났다. 치
미는 분기에 얼굴이 터질 것처럼 붉게 달아올랐다.

"그만, 너희는 더 소리를 높일 것 없다. 여기 계신 분들
에게 사죄하고 물러나도록 하라."

"아니, 어찌 그럴 수가 있단 말입니까!"

외침이 절절했다. 그러나 백진자의 눈길은 미동조차 없
었다. 그는 무릎 꿇은 이들 면면을 노려보았다. 장문인의
노한 눈길에 팔수는 도리어 당황했다.

"장문인, 저들은, 저들은."

"너희 뜻은 알았으니, 물러서도록 하라."

백진자는 조금도 흔들림 없이 다그쳤다. 엄한 어조에 팔
수들은 더 말을 꺼낼 수가 없었다. 그들은 지그시 어금니
를 악물고서, 한 걸음 물러섰다. 그제야 백진자는 무거운
한숨과 함께 고개를 내저었다.

부족함 없는 제자들이라 여겼건만, 지금 순간 수양이 부
족하다는 것을 절실히 느낄 수 있었다. 이리 혈기를 앞세
워서야 어디 도문의 제자라 할 수 있을까.

백진자는 곧 고개 돌려, 황가련 무사들에게 두 손을 맞잡았다.

"대신 사죄드리오, 강 문주. 제자들을 제대로 가르치지 못한 이 사람의 부덕이외다."

"어허, 어찌 그런 말씀을."

장문인이 직접 사죄한다니. 무사들은 사죄가 부담스러워 부랴부랴 고개를 숙였다.

물러나던 팔수가 그대로 굳었다. 그들은 번쩍 고개를 치켜들었다.

있을 수 없는 일이다.

이대로는 안 된다.

팔수는 칠흑같이 어두운 얼굴로 서로를 돌아보았다. 주고받는 눈길이 크게 요동쳤다. 원덕은 퍼뜩 이를 악물었다. 크게 마음을 다잡은 것이다.

"장문인, 이러실 수는 없습니다!"

그는 백진자의 발 앞에 몸을 던져, 통곡하듯 외쳤다. 엎드린 그의 외침이 절절했다. 다른 팔수도 부랴부랴 백진자를 에워싸며 한마음으로 울었다.

"남악도문의 영명을 이리 저버리시다니요!"

"장문인!"

"이러실 수는 없습니다!"

"어허! 이런 방자한 일을 보았나!"

백진자는 다시금 노성을 터뜨렸다. 그러나 팔수는 모두 절박했다. 그들은 큰 꿈이 있었다.

남악도문을 넘어서, 과거 형산의 이름을 되찾고자 하는 꿈이었다. 헌데, 다른 곳도 아닌 호남 무림과 구적이 되어 버린 황가련에 먼저 고개를 숙이다니. 그들로서는 받아들일 수가 없었다.

매달리는 제자와 뿌리치려는 스승의 모습이다. 이때에 팔수 중 뒤에 있는 두 사내가 남몰래 눈빛을 주고받았다.

팔수 중 성덕과 무덕이었다. 두 사람은 뒤에서 노한 백진자를 급히 부여잡았다. 딴에는 진정시키고자 하는 듯하다.

"이놈들, 놓아라!"

"장문인, 진정하십시오!"

"장문인!"

목소리를 높이며 치뜬 눈에 물기가 어렸다. 참으로 절절한 광경이지 않은가. 그런데 불현듯 백진자의 호흡이 흐트러졌다.

'흐읍!'

다리를 부여잡고, 손을 부여잡은 두 제자의 다른 손이 동시에 백진자의 맥문을 눌렀다. 노하여 일으킨 공력이 길을 엇나가 버리면서 몸이 요동쳤다.

"크헉!"

백진자는 그만 피를 토하며 몸을 구부렸다.

"장문인!"

그를 걱정하는 것처럼 소리를 높였지만, 젖은 눈가에는 악독한 빛이 일었다.

'너, 너희가 지금!'

소명과 위지백이 한목소리로 경고하였던 마장에 미혹된 자들이 결국.

"꺼윽! 꺼으으으!"

기혈이 뒤틀리며 한탄은 소리가 되어 나오지 않았다. 벌린 입에서 선홍의 핏물과 함께 짓눌린 신음만이 새었다. 두 제자의 공력이 그를 치명에 이르게 했다.

"장문인, 정신을 차리십시오! 장문인!"

피 토할 듯이 절절하게 외쳤다. 실로 스승의 위급한 모습에 오열하는 제자의 바람직한 모습이 아닌가. 백진자의 경악한 얼굴은 혈색을 잃고 시시각각 창백하게 질려갔다. 그를 에워싸고 머리 조아리던 여섯은 기겁하여서 고개를 치켜들었다.

"자, 장문인!"

절박하여서 뜻에 반하였다고 하나, 설마 장문인이 토혈

하는 지경에 이를 줄이야. 검게 물든 얼굴이 더욱 시커멓게 타들어 갔다.

이때에 불퉁한 목소리가 그들 사이를 파고들었다.

"이러다 사람 잡겠다."

"아닌 게 아니라, 더는 못 봐주겠네."

오열하던 제자들이 퍼뜩 고개를 치켜들었다. 물러나 있던 소명과 위지백이 각자 얼굴을 일그러뜨린 채 느릿느릿 다가오고 있었다.

"이런 무도한 작자들이 있나!"

팔수 모두가 그만 머리가 굳고, 손발이 얼어서 미처 반응하지 못할 새, 성덕 도인이 노기를 드러내며 성큼 나섰다. 백진자를 제압하는 것은 무덕 혼자로 충분했다. 그러나 채 말이 끝나기도 전에 불문곡직 위지백이 달려들었다.

"이놈아!"

입을 벌리기가 무섭게 몸이 날았고, 놈! 소리가 터지기가 무섭게 무광도가 성덕의 머리를 쪼개었다. 성덕은 저도 모르게 반사적으로 검갑을 치켜들었다. 콰직! 소리가 바로 머리 위에서 울렸다.

"으, 으헉!"

검갑이 가벼운 일격에 그대로 쪼개졌다. 번쩍 치켜들지 않았다면 쪼개지는 것은 분명 성덕의 머리였다.

"이, 이게 무슨! 켁!"

일격을 용케 막았다고 해서, 따져 물을 틈은 없었다. 위지백은 대뜸 명치 어림을 걷어찼다. 성덕은 그대로 수 장에 이르는 거리를 날아서, 그러고도 힘이 남아서는 데굴데굴 한참을 구르다가 호되게 처박혔다. 누구도 붙잡아 줄 정신이 없었다.

대범하다 못해 미친 짓이다.

위지백은 무광도를 어깨에 걸쳤다. 그러고는 스윽 고개를 돌렸다. 남은 제자가 백진자를 붙든 채 어쩌지를 못하고 있었다.

"흐."

위지백은 그를 빤히 들여다보면서 히죽 웃었다. 마주한 무덕은 절로 소름이 일었다. 마공기력에 홀려 버린 와중이었지만, 절대적인 강함을 눈앞에 두고서는 어떤 반항도 할 엄두가 나지 않았다.

"어떻게, 손쓰지 않을 텐가?"

"나, 나는."

무덕은 더듬거릴 뿐이었다. 흡사 이 자리를 뒤엎을 것처럼 요란스럽게 기운을 일으켰던 자라고는 볼 수 없을 만치, 얼빠진 얼굴이었다.

어찌 보면 이것이 마공기력의 한계라고도 할 수 있었다.

격차를 확인하는 순간 쉬이 포기해 버리고 만다.

"손, 그만 거두지."

"소, 손?"

"그래, 그 손."

위지백은 무광도를 뻗어서 스승을 부축하는 무덕의 두 손을 가리켰다. 스승을 제압한 손이고, 스승의 생명을 위협하는 손이다. 무덕은 이때에 퍼뜩 깨달았다. 여기서 백진자를 놓아 버리면 그는 모든 것을 잃는 것이나 다름없다.

머뭇거릴 새, 찰나의 빛줄기가 눈앞을 스치고 사라졌다.

"어, 어어!"

무덕은 멍한 소리밖에 낼 수가 없었다. 어느 틈에 손을 쓴 것인가, 그의 치뜬 눈앞에 한 쌍의 손이 천천히 솟아올랐다. 자신의 손이었다.

공력을 거두고 어찌할 새도 없었다.

그 모양에, 소명은 땅이 꺼질 듯이 깊은 한숨을 흘렸다.

"아이고, 저놈."

그는 바로 나아가서 넋을 놓은 무덕의 잘린 손목을 지혈했다. 이대로 죽게 놓아둘 수는 없었다. 그렇다고 따로 제압할 필요도 없었다. 너무 놀란 탓에 그대로 눈을 까뒤집고 정신을 놓아 버렸다. 그때까지, 무덕은 물론 나가떨어진 성덕 역시 정신을 차리지 못했다.

위지백은 가뿐하게 무광도를 거두었다. 도갑으로 도광이 밀려들어 사라지자, 그제야 멈춘 바람이 다시 흘러갔다. 일어나는 피 냄새는 나중이었다.

"으허억! 이게 무슨 짓이오!"

여기저기서 놀라고 당황한 소리가 터졌다. 남악도문의 제자들은 각자 검자루에 손을 올렸다. 기껏 잦아든 상황이 다시 일촉즉발로 치달을 듯했다. 그러나 백진자가 있었다.

"흐읍! 멈추어랏!"

그는 심맥이 흔들리고, 기맥이 뒤틀린 와중에도 한껏 공력을 발하여 외쳤다. 그러고는 울컥 핏덩이를 토해 냈지만, 쓰러지지는 않았다. 나서는 뭇 제자들을 향해 손을 폈다.

"감히 한 걸음이라도 움직이는 자는 배분고하를 떠나 기사멸조(欺師滅祖)의 대죄로써 다스릴 것이다!"

백진자는 창백한 낯을 하고서도 힘주어 다그쳤다.

"허어. 그, 그런."

장문인과 함께 걸음하였던 뭇 장로들도 그의 노기 실린 일갈에 주춤했다. 일을 벌인 성덕과 무덕은 정신을 차리지 못하고 있다.

백진자는 불길이 이는 눈길로 둘을 노려보았다.

"기어코, 마도의 주구가 있었구나."

그는 자조하듯 중얼거렸다. 소명, 위지백을 의심하는 것은 아니었으나, 만에 하나라는 것이 있었으니. 그 마지막 희망이 무참하게 끊어진 셈이었다. 그것도 자신의 몸으로 알아 버렸으니.

백진자는 이제 잿빛으로 물든 얼굴을 일그러뜨렸다. 팔수 중 막내로 특히 아꼈던 성덕이었다. 그리하였던 아이가 악독한 눈빛으로 자신을 노려보다니. 당한 내상보다, 가슴이 더욱 아팠다. 그러나 아직 끝난 것이 아니었다.

"장문인."

소명이 나직이 그를 불렀다. 백진자는 지그시 입술을 깨물었다. 그는 떨리는 손을 천천히 들어 주저앉은 장제자 원덕을 가리켰다.

"원덕, 네 이놈."

"장문인, 장문인."

"네가 어찌, 어찌해 그럴 수 있단 말이냐."

"장문인, 제자는, 제자는 다만."

원덕은 벌벌 떨면서 더욱 깊이 고개를 조아렸다.

"에잇!"

그때 웅크리던 원덕이 땅을 박찼다. 치뜬 눈매에 검은빛이 빈틈없이 차올랐다. 숨겼던 마공기력을 드러낸 것이다.

대뜸 떨쳐 낸 일장에 시커먼 광망이 일었다. 장법은 원공
통비였으나, 실린 공력은 전혀 다르다. 여지없이 백진자의
명치를 노렸으나, 소명이 한발 빨랐다. 홀연 백진자의 앞
을 막아서면서 가볍게 팔을 휘저었다. 단 일수에 검은 광
망이 흩어졌다.

"젠장, 틀렸다! 흩어져!"

원덕은 뒤로 몸을 날리면서 빽 소리쳤다. 그러자 무릎
꿇은 팔수 중에서는 물론 도문 제자들 사이에서도 못해 십
수 명이 날래게 튀어 나갔다.

소명은 그들을 노려볼 뿐, 굳이 쫓지는 않았다. 사방으
로 흩어진 이들은 원독 어린 눈으로 소명과 위지백을 노려
보았다.

"기필코! 돌아올 것이다!"

원덕의 흉악한 안광이 번뜩였다. 그런데 위지백의 얼굴
이 기이했다. 그는 피식 웃으며 자신들을 향해 손가락질
하고 있었다. 마치 앞을 보라는 뜻 같았다.

"무슨?"

솟구친 몸을 가누면서 고개를 돌렸다. 그러자 시퍼런 칼
날이 그를 맞이했다.

"으헉!"

놀란 소리와 함께 허공에서 급히 몸을 비틀었다. 그러나

때가 늦었다. 처절한 비명이 터졌다. 아무리 마공기력으로 단단하게 한 몸뚱이라도, 금단절옥의 청사도 앞에서 무사할 수는 없었다.

한쪽에서는 강량과 황가련이, 다른 한쪽에서는 황보영운과 외운당이 진즉 진을 치고 있었다.

"간악한 마도 종자를 쳐 죽여라!"

황보영운은 웅혼한 기세를 고스란히 드러내며 외쳤다. 그러고는 앞장서서 주먹을 내질렀다. 황룡포, 황보세가에서 자랑하는 절세의 권공에 포탄이 터지는 것처럼 땅이 꽝꽝 울렸다. 그는 한주먹에 야수의 얼굴을 한 도문 제자를 박살 내어놓고는 흘깃 눈을 돌렸다. 반대쪽에서 도광을 두른 강량의 무표정한 얼굴이 보였다. 단정지도(斷情之刀)의 본색을 이미 드러낸 것이다.

"쳇! 결국, 누님 말씀대로 돌아가는군. 에라잇!"

황보영운은 불평을 가만히 중얼거리곤, 더욱 성내어서 일권을 내질렀다.

황가련과 황보세가 무사들은 기다렸다는 듯이 몸을 날렸다.

그들은 남조궁 앞마당을 단단히 에워쌌다. 이미 마공기력을 드러내고만, 마인들의 얼굴이 창백하게 질려 버렸다.

"이, 이럴 수가, 준비하고 있었구나!"

"돌파해라! 돌파해!"

"크아아앙!"

그들은 한껏 울부짖으면서 땅을 박찼다. 거칠게 휘두르는 검적에는 마기와 살기가 또렷하게 뒤채었다. 진즉 준비하였다고는 하나, 일시지간 백인의 힘을 내는 마인들 여럿을 한 번에 막아 낼 수는 없었다.

기어코, 하나, 둘씩 포위망을 뚫어 냈다. 그럼에도 그들에게 길은 열리지 않았다. 외운당 무사를 밀쳐 내고 땅을 박차기가 무섭게 마인은 그대로 흙바닥에 처박혔다.

"으아악!"

고통에 찬 비명이 터졌다.

마치 보이지 않는 손이 그들을 붙잡아 내던져 버린 듯했다.

그리고 없는 산문 앞에 새하얀 옷자락이 펄럭였다. 소천룡 회였다. 그는 뒷짐을 진 채, 고요한 눈으로 마도에 든 이들을 바라보았다.

"소, 소천룡!"

두려운 외침이 터졌다. 소천룡은 그들을 지켜볼 뿐, 나서지 않았다. 다만, 그의 뒤로 사마청, 이충도, 두 당주가 몸을 날렸다. 후원 쪽에서는 담일산과 장관풍이 나섰다.

또 다른 고수가 등장하는 순간부터 이미 일은 끝난 셈이었다.

모두가 나섰다.

황보세가와 황가련이 함께였으니. 일시지간이나마, 호남 무림이 손을 잡았다고 할 수 있었다.

마인들을 모두 도륙하는 데에는 그리 오랜 시간이 필요하지 않았다. 그러나 쉬운 일은 아니었다. 강량과 황보영운, 양측 모두 단단히 준비하고 있었음에도 인명 피해를 막지 못했다. 마도에 빠진 도문 제자들은 본래 경지를 훌쩍 뛰어넘는 괴력난신의 힘을 드러냈다. 어느 제자는 창칼이 들지 않았고, 괴상한 공력을 펼치면서 야수처럼 흉포함을 드러내며 달려들었다. 능히 고수라고 할 강량과 황보영운마저도 때때로 위험에 처할 지경이었다.

그러나 결국에는 끝이 났다.

짧지만 격렬한 일전 끝에, 모두가 지쳐서 헐떡였다.

위지백은 한바탕 난리 친 개운한 표정으로 무광도를 세차게 휘둘렀다. 뜨거운 핏물을 촤악! 흩뿌렸다. 이내 무광도는 조금도 핏물을 머금지 않고 영롱한 빛을 발했다. 그것을 천천히 거두면서 남조궁의 앞마당을 대충 둘러보았다.

"아이고, 난장판이구만."

그 혼자 난리를 칠 때보다 더 엉망이었다. 여기저기에 피 웅덩이가 고였고, 꿈틀대는 시신이 한가득이었다.

청정도량은 어디에 있는가. 이곳은 수라장이 아닌가. 앞마당 이곳저곳에서 여러 무인이 속한 바를 떠나 다친 몸을 돌보았다.

마도 앞에서는 황보세가이고, 황가련이고, 구분할 것 없었다.

"그래도 마도 잡것들을 상대로 이 정도면 나름 깔끔하네."

소명이 심드렁하게 대꾸했다.

두 사람은 다친 백진자와 남악도문의 어린 제자를 지키면서 손을 쓴 참이었다. 그리고 두 사람의 몇 걸음 앞에서 누군가 꿈틀거렸다.

남악팔수의 수장이자, 백진자의 대제자인 원덕이었다.

그는 피에 젖은 채, 바닥을 굴렀다. 흐윽, 흐윽 몰아쉬는 숨이 거칠었다. 갈라진 배에서 뜨거운 피가 줄줄 흘렀다. 그냥 하는 말이 아니었다. 정말로 피는 열기를 머금고서 뜨거웠다.

"이렇게, 이렇게 끝날 줄이야."

"너희가 서두른 탓이겠지."

"덫을 놓았구나."

"덫은 너희가 놓았지."

소명이 무성의하게 대꾸했다. 원덕은 악착같이 고개를 들었다. 무너져 없는 산문이 눈에 어른거렸다.

"형산, 형산일문을 다시 세우고자 했건만. 장문인, 어찌 이럴 수가 있소."

"형산이 누구에게 화를 당했더냐. 마도의 주구가 되어서 무슨 형산을 다시 세워."

백진자는 이제 노하지도 않았다. 그는 부축하는 제자에 게 기댄 채, 조용히 꾸짖었다. 원덕은 그런 백진자를 물끄 러미 보다가 서서히 눈을 감았다.

후회하는 것인지, 분해하는 것인지. 그것은 모를 일이었 다.

홀연 흘린 피가 부글부글 끓어오르기 시작했다. 그것은 숨이 남은 원덕의 몸에서도 마찬가지였다.

"으흑!"

여기저기에서 놀란 소리가 터졌다. 널브러진 사지육신 에서 하나같이 피가 끓다가, 삽시간에 전신을 집어삼켰다. 이글거리는 불길은 뼛조각 한 점을 남겨 두지 않을 것처럼 무섭게 타올랐다.

시체를 수습한다고 가까이 있던 자들은 그만 엉덩방아를

찢은 채, 멍한 눈으로 불길을 보았다.

"흠, 이제야 일단락인가?"

"아니, 이제 시작인 셈이지."

소명은 위지백의 중얼거림에 고개를 가로저었다. 이제 시작인 셈이었다.

깊은 수면 아래에서 맴돌았던 마도의 독아가 하늘 아래에 드러난 셈이니. 기껏 하나, 둘이었던 등용문이나, 강시당 때와는 전혀 달랐다. 일문의 제자 중에서 못해 삼 할이나 되는 이들이 마도에 젖어들어 있었다.

백진자는 오 년 봉문을 말했다.

이만한 일을 겪고서 다시금 강호에 문을 열고 있을 수는 없었다. 누구도 붙잡을 수 없었다. 제자들은 참담함에 더욱 고개를 떨구었다.

백진자는 휘청거리는 몸을 억지로 가누었다.

참담함에 가슴은 천 갈래 만 갈래로 찢어졌지만, 그래도 무너질 수는 없는 노릇이다. 곧은 눈초리는 남은 제자들을 돌아보았다. 망연자실하여서 조금도 움직이지 못하는 제자들이다.

"남악도문의 제자들은 들어라."

"장문인."

"이는 분명 빈도의 불찰이고, 무능이다. 그러나 여기서 주저앉을 수만은 없다."

백진자는 잠시 말을 멈추고서 서서히 고개 드는 제자들의 얼굴, 한 명, 한 명을 힘주어 보았다. 그들의 눈에 빛이 다시금 맺혀갔다.

"오 년의 봉문은 결코 숨는 것이 아니라, 내실을 다지기 위함이다. 너희가 본문의 미래이다. 알겠느냐?"

"예, 예! 장문인!"

남은 제자들은 울음을 참는다고 일그러진 얼굴로 힘주어 답했다.

소명은 강량과 황보영운을 보며 말했다.

"여기 형산에서 일어난 일이 꼭 이곳만의 일은 아닐 거요. 부디 잘 단속해 보시오."

듣기에 따라서 불쾌할 수도 있는 언사였으나 발끈하는 자는 아무도 없다.

소명이라는 흔한 이름에 미처 깨닫지 못했다.

당대 소림의 용문제자.

소림 방장이 직접 천하에 공언하였고, 또한 개방 방주 뇌공이 공인한 천하의 인물이다. 더욱이 그와 함께 형산에 있는 인물은 천룡세가의 소천룡이니.

하나같이 침중한 안색으로 묵묵히 고개를 끄덕였다. 평소라면 곁눈질로 타문의 세불리를 따졌을지도 몰랐으나. 오늘의 일은 그들에게도 크나큰 충격이었다.

"소천룡, 이번의 일은."

"더 말씀하실 것 없소."

소천룡 회는 손을 펼쳐 보이면서 호남황보의 걱정을 만류했다. 알아도 모르는 척, 모르면 모르는 대로. 금번의 일로 무가련에서 황보가의 부족함을 들어서 그 영향력에 간섭하는 일은 없어야 한다. 소천룡은 아예 말을 꺼내지 않음으로써 이를 약속한 셈이었다.

소천룡은 적어도 지금 이 자리에서 황보가를 대표하는 셈인 황보도옥과 황보영운에게 눈빛으로 답했다. 백번을 헤아려도 고마운 일이다.

그런데 황보가의 두 남녀는 잠시간 당황한 빛을 내비쳤다.

전날 황보가의 소주인 황보순에게 들은 소천룡의 성정과는 크게 다른 모습이기 때문이었다. 당시의 소천룡은 실로 오만무도, 그리고 그에 걸맞은 심력과 무공을 지녔다고 평했다. 젊은 나이에 이미 일선에서 황보가의 금력을 이끈 황보순이 한 말이니. 마냥 삿된 감정에 휘둘려서 평하지는 않았을 터이다. 그런데 지금 그들 눈앞에 있는 소천룡은 고요하여서 되레 자신을 드러내지 않고 있었다.

다른 이유가 있는 것인가.

그렇다손 치더라도, 들은 것과 너무도 다르지 않은가.

소천룡 회가 아무리 영명하여도 그런 속내까지 알 수는 없는 일이었다. 소천룡은 잔잔한 미소를 머금고서 눈을 동그랗게 뜬 황보가의 두 사람을 지그시 마주 보았다.

소천룡 회는 그저 호남에서의 일이 큰 소란 없이 마무리된 것에 감사할 따름이었다. 이참에 바로 낙양으로 향할 수 있으니.

'광동 무인의 열혈은 뜨겁고 격렬하나, 호남 무림의 호협함도 가볍게 볼일이 아니지. 풍파는 피할 수 없으려나, 오래가지는 않을 것이다.'

각 지역의 무림이 감당 못할 지경이 아니고서는 삼가 천룡의 문호를 섣불리 열 수도 없는 일. 소천룡 회는 불현듯 입가에 쓴웃음을 그렸다.

장차를 생각한다면, 이번의 행차가 부디 좋은 결과로 끝나야 하는 까닭이었다.

하아…….

조심히 삼키는 한숨은 쓰기만 하다.

소명은 한구석에 홀로 서서, 높이 솟은 형산의 산세를 물끄러미 보았다. 마침 햇빛이 높이 떠올라서 제일봉이라고 하는 축융봉에 살짝 닿아 있었다. 가득한 운무가 갈라지면서 흡사 남조궁에 서광을 비추는 듯하다.

그에게 넌지시 다가가는 이가 있었다. 삼관이었다.

"권야 공. 당부하신 바 전하고 왔습니다."

소명은 묵묵히 고개를 끄덕였다. 삼관은 그러자 조마조마한 기색으로 넌지시 물었다.

"저어, 그럼 저는 이만 돌아가 보아도 되겠습니까?"

"더 볼 일도 없지 않겠나?"

"아이코. 그럼요. 그럼요."

삼관은 거듭 고개를 조아렸다. 그의 얼굴에는 연신 꽃웃음이 떠올랐다. 위지백의 폭거에서 풀려난다는 생각에 더 바랄 것이 없었다.

삼관은 조용히 물러났다. 그는 남악도문의 소란 속에 스며들더니, 그대로 모습을 감췄다.

소명은 삼관에게 소식을 전하게 했다. 바로 호남 개방을 통한 것이었다. 하나는 소림 본산, 하나는 개방 방주, 그리고 다른 하나는 산서 흑선당이었다. 흑선당을 통하면 탁연수를 비롯한 친우들에게 소식이 이르게 되어 있었다.

그 내용은 동일했다.

암약하는 마도의 손길이 생각보다 드넓다는 것이니, 곳곳을 단속할 필요가 있다는 것이다. 어디든 마냥 무시할 일은 아닐 터였다.

소명은 소식을 보내면서도 한숨이 목 언저리에 걸렸다.

다시 마도의 일이 불쑥 튀어나왔다. 등용문, 흑선당, 강시당에 이어서, 여기 남악까지.

중원을 두고 뭔가를 도모하고 있음이 한없이 분명한데.

소명은 무엇보다 의아했다.

"이것은 성마의 뜻이냐, 아니면 좌현사 등벽, 또 네놈의 시커먼 속내이냐?"

좌현사 등벽, 성마를 모시는 현사 중 으뜸으로, 그는 등용문의 대공자에게 손을 뻗어 마장에 들게 하였고, 강시당 요선이 성마교에 몸담았을 때에 바로 뒤에 있기도 했다.

소명은 그의 독안이 고스란히 떠올랐다.

어느 쪽이든.

소명은 멀리 서북의 하늘을 지그시 노려보았다. 마침 불어오는 바람에 머리카락이 흐트러진다. 그 사이로 소명의 고요한 눈동자가 언뜻 드러났다.

제5장
낙양고사(洛陽故事)

낙양, 여기에 다시 들어서기가 이렇게 오래 험난할 줄이
야. 그리 오랜 세월이 흐른 것도 아니건만, 춘풍이 어화 할
적에 찾은 길을 추풍 소슬할 무렵에 다시 들어섰다.

소명은 헝클어진 앞 머리카락을 대충 긁적거리고는 주변
풍경을 새삼 둘러보았다. 낙양의 한복판 주작대로를 오가
는 사람들 모습은 크게 다를 바가 없었다.

두 대의 마차는 먼지를 뽀얗게 뒤집어쓴 채, 주작대로를
천천히 굴러갔다. 준마가 끄는 큰 마차는 화려한 낙양에서
도 보기 어려웠다.

오가는 낙양 사람들이 가끔 흘깃거렸다.

낙양의 잘 닦인 대로를 한참 굴러서, 마차의 살이 굵은 바퀴가 어느 길목에서 딱 멈춰 섰다. 낙양고도에서도 손꼽히는 대저택 앞이었다. 구중궁궐을 코앞에서 보면 이러할 듯했다. 드높이 솟은 정문의 처마가 길게 그림자를 드리워서, 중천에 이른 햇빛을 가릴 지경이었다.

저택의 큰 문이 좌우로 열리고, 멈췄던 마차 바퀴는 다시 구르기 시작했다. 마차는 안으로 들어서고도 한참을 더 가서야 멈췄다.

말을 몰아온 사마청은 훌쩍 내려와, 공손히 마차 문을 열었다.

"도착했습니다."

"고생하셨소."

소천룡은 마차에서 천천히 내려섰다. 그리고 고개를 들자, 앙상한 노인이 오만상을 쓴 채 우뚝 서 있었다. 소천룡회는 노인의 불만 그득한 얼굴을 보고서 쓴웃음을 흘렸다.

"공노."

"그래, 이제야 오시었소?"

노인, 공노는 소천룡에게 딱히 예의를 차리지 않았다. 너무도 자연스러워서 소천룡은 물론이거니와 주변에서도 달리 반응하지 않았다. 딱히 말은 없었어도, 소천룡은 공노의 불만을 헤아렸다. 왜 이렇게 늦었느냐고 타박이다.

공노는 곧 느릿하게 마차 밖으로 나오는 소명을 흘깃 보았다.

"클클, 기어코 다시 보게 되는구먼."

"그렇구려."

소명은 이 빠진 웃음을 흘리는 공노를 흘깃 보고는 마지 못해 고개를 끄덕였다. 드러나지는 않았으나, 못마땅한 기색이라는 것은 뻔히 짐작할 수 있었다. 소천룡 회는 헛기침을 흘리며 두 사람 사이에서 난처한 심경을 드러냈다.

"커, 커흠. 이럴 것이 아니라 우선 숨을 돌리도록 하지요. 제법 먼 길이었습니다."

"아니, 보아 달라는 환자분이나 먼저 봅시다. 여기서 내내 풍경 구경할 생각은 없소."

소명은 고래 등처럼 으리으리한 주변 전각을 대충 둘러보며 말했다. 그러자 공노는 선뜻 고개를 끄덕였다. 그가 바라는 바였다.

"오호, 시원시원하구먼. 하기야 따로 시간 죽일 것도 없지. 자자, 이쪽으로 오시게."

소천룡과 다른 두 당주는 주춤하였지만, 끼어들 새는 없었다. 소명은 돌아보지도 않고 공노를 따라나섰다. 성큼성큼 안쪽으로 들어가는 모습을 그들은 망연한 채 바라보았다. 그리고 다른 마차에서는 위지백이 삐딱하게 고개를 내밀고 있었다. 그는 소명의 행동에 놀랄 것도 없어, 그러려니 하는 기색이었다.

"저놈이야 그렇다 치고, 우리나 안내해 주지그래? 저놈 없다고 너무 안중에 두지 않는 것 아니야?"

"헛, 무슨 말씀을."

"당장 안내하지요."

위지백에게 진즉 당한 일이 있는 사마청과 이충도는 부랴부랴 고개를 끄덕였다.

공노는 가장 깊숙한 곳에 자리한 후원으로 들어섰다.

단순한 후원이 아니었다. 어디 산중을 그대로 옮겨 온 것처럼 큼직한 가산이 우뚝 서 있었다. 기암괴석으로 어지럽게 이루어진 산줄기에는 녹음이 짙은 정원수가 그늘을 드리우고 있었고, 어디서 끌어온 맑은 물이 가산 높은 곳에서 폭포가 되어 콸콸 쏟아졌다. 물길은 흘러서 후원을 길게 맴돌았다.

마침 내리는 한낮의 햇빛에 흐르는 물결은 금가루를 뿌려 놓은 것인 양, 어지럽게 반짝거렸다.

소명은 흐드러진 정원수를 흘깃 보았을 뿐이었다. 후원의 장관을 앞에 두고도 전혀 마음 쓰지 않았다. 어서 길이나 재촉할 뿐이었다.

얼마나 은밀한 곳이라고 이렇게 길을 만들어 놓았는지. 한참을 빙글빙글 돌았다. 후원에 닿기까지도 복잡하게 이어진 높은 담장을 지나고, 몇이나 되는 월동문을 넘어야 했다. 뒤엉킨 미로를 막 가로지른 셈이었다.

동서남북을 헤아리기가 어려울 지경이었지만, 소명은 아무래도 상관이 없었다. 그는 개의치 않고, 앞장선 공노의 걸음을 묵묵히 따라서 걸었다. 공노도 노인의 걸음치고는 꽤 서둘렀다.

소명은 노인의 걸음에서 숨기지 못하는 초조함을 읽었다. 어지간히도 마음이 급한 모양이었다. 거기에 소명은 심드렁했다.

후원의 물결을 넘어, 우뚝 솟은 가산의 뒤쪽으로 돌아갔다. 그러자 묵직한 바위를 좌우로 세운 동혈이 뻥 뚫려 있었다. 가산에 동굴을 만든 것인지, 동굴 위에 가산을 이룬 것인지.

동혈에서는 더없이 서늘한 바람이 흘렀다. 단순히 차갑다고 할 것이 아니었다. 끝을 헤아릴 수 없는 깊은 어둠과 그곳에서 불어 나오는 찬바람이라니. 흡사 유부(幽府)로 통하는 입구처럼 보였다.

산 자라면 당연히 느끼는 거부감이었다.

공노는 그 앞에서 잠시 걸음을 지체했다. 노인의 날 선 눈초리가 소명의 위아래를 빠르게 훑었다.

"크흠, 얘기는 들었다지."

"저간의 상황은."

"흐음."

공노는 선뜻 들어서지 못하고 한숨을 흘렸다.

"이곳은 세가에서도 몇몇만이 아는 곳이다. 저기 소천룡도 여기는 알지 못하지."

"그렇소?"

"이런 젠장. 그런 금지에 지금 외인이 들어선다는 것인데, 그리 감흥이 없나?"

"내가 오고 싶어 온 걸음도 아닌데, 무슨 감흥을 바라시오? 흰소리는 관두고 어서 길이나 여시구려."

"쯧쯧, 강상(綱常)의 도가 땅에 떨어졌어. 땅에."

공노는 강상의 도리 운운하며 구시렁거렸다. 그러면서도 동굴 안으로 안내하는 걸음을 멈추지는 않았다. 노인의 뜻과는 영 딴판으로 일이 돌아가고 있었지만, 여하간에 소명의 도움이 필요한 것은 분명한 사실이었다.

암굴 속으로 따라 들어서자, 다른 불빛은 전혀 없었다. 입구에서 비쳐드는 잠깐의 불빛이 전부였다. 그럼에도 앞서 걷는 공노나 소명은 전혀 불편함 없이 나아갔다.

어둠 속에서 암굴의 벽은 전혀 젖지 않았다. 그저 차갑고 차가울 뿐이었다. 마치 얼음으로 벽을 쌓은 것 같았다. 손으로 벽을 짚자, 냉기가 손끝을 타고 날카롭게 파고들었다.

어둡고 복잡한 미로를 지나고서 한 석실에 이르렀다. 돌문으로 굳게 닫아걸었지만, 그 사이로 차디찬 기운이 스며 나오고 있었다. 심상치 않은 일이다.

"이곳이네. 이곳에 그분이 계시지."

공노도 이곳에서는 경망스러운 기색을 거두었다. 얼음처럼 차가운 석문에 잠시 손을 올리고서 주저했다. 노인은 곁눈질로 소명의 안색을 살폈다.

암굴에는 어둠이 짙었다. 이보다 더한 어둠 속에서라도 공노는 큰 어려움이 없었지만, 얼굴을 가린 소명에게서는 어떤 기색도 읽어 낼 수가 없었다. 노인은 짤막하니 한숨을 삼키고서, 좌우로 힘을 써서 석문을 밀어냈다.

수백 근의 무게가 바닥을 긁으면서 묵직한 신음을 토했다. 그리고 한층 몰아치는 얼음장처럼 차디찬 바람과 더불어서 요란스럽게 일렁거리는 불빛이 서서히 드러났다.

휘몰아치는 바람결에도 불빛은 깜빡거릴 뿐, 흩어지지는 않았다.

수십, 아니 족히 수백에 이를 듯했다.

드넓은 석실에 수많은 등잔이 있어서, 위아래 할 것 없이 불빛이 빼곡했다. 그리고 바로 앞에는 어지럽게 차려 놓은 제단이 있었다.

흑백태극을 중앙에 세우고, 좌측에는 선천팔괘(先天八卦), 우측은 후천팔괘(後天八卦)이다. 길게 늘어뜨린 비단천이 어지럽게 펄럭였다. 수십, 수백을 헤아릴 듯한 비단천마다 휘갈긴 경문(經文)이 빼곡하게 적혀서 흔들렸다. 비단 한 폭, 한 폭이 신명을 지닌 부적이나 다름없었다.

소명은 이와 같은 광경을 본 적이 있었다.

끝없는 서천 땅에서 하늘과 제일 가깝다고 하는 주목랑마(珠穆朗瑪), 신을 부르고 사자의 넋을 기리고자 세우는 제단과 닮았다. 그리고 단 너머에는 마치 스스로 빛을 발하는 듯한 새파란 옥관이 있었다.

관이었다.

죽은 자가 마지막으로 쉬는 곳이다. 소명은 슬그머니 고개를 돌려서 제단 앞에서 몇 번이고 손을 내저으며 기괴한 주문을 읊어 대는 공노를 보았다.

노인의 앙상한 허리가 몇 차례이고 거듭 절을 올리더니, 좌우 손을 흔들었다. 높이 솟았다가 그대로 흩어져 버리는 향로에서 불길이 와락 치솟았다.

"뭐, 별일은 아니네만. 그저 잠든 대야의 넋을 달래기 위해서 손을 쓰는 것이라오."

"그렇소."

소명은 담담했다. 그는 그다지 별스럽게 여기지 않았다. 나름 술법을 펼치겠다고 하면, 이 정도야 마련해야겠지. 그는 묵직하게 닫아 놓은 옥관 가까이로 다가갔다. 몇 걸음 만에 엄습하는 한기가 전혀 달랐다. 입을 열자 하얀 김이 몽글몽글 솟았다.

"이거 열어도 되는 거요?"

"내 직접 하지."

공노는 소매를 서둘러서 걷어 올리고는 종종걸음으로 다가갔다. 관 뚜껑은 언뜻 보아도 수백 근에 이를 듯한데, 앙상한 노인의 두 손은 가볍게 관 뚜껑을 밀어냈다. 일순 새하얀 냉기가 왈칵 솟구쳤다.

깊은 관 속에는 하얀 연기가 뒤채면서 안을 가득 메우고 있었다. 소명은 슬쩍 고개를 내밀어서 안쪽을 살폈다. 그 자리에는 파란 얼굴의 중년 사내가 눈을 감고 있었다.

비록 얼어붙어서 새파랗게 질려 있었지만, 눈 감은 사내의 낯은 하염없이 평온하였다. 마치 깊이 잠들어 있어서, 굳이 깨울 필요가 있을까 하는 생각이 들 정도였다.

하얗게 서리 앉은 눈썹은 짙었고, 각진 턱이 뚜렷했다.

선 굵은 얼굴, 고집 하나는 대단했을 듯하다. 물끄러미 보고 있으려니, 소천룡 회는 모친 쪽을 닮은 모양이었다.

"흐음, 여하간에. 이제부터 뭘 어쩌라는 거요? 딱 봐도 죽은 사람이구만."

"이런! 죽은 사람이라니. 말씀을 삼가게!"

"이 모습을 보고도 아니라는 말씀이오?"

"아무렴, 아니고말고."

공노는 한층 목소리를 낮추었다. 그는 관 속의 중년인, 천룡대야를 씁쓸한 눈으로 보았다. 이전과 조금도 다름이 없는 모습이었다.

착잡한 심경이 절로 한숨으로 흘렀다.

"하아, 그저 잠들어 있을 뿐이라네."

"잠들었을 뿐이라? 대체 뭘 어찌하였길래?"

"자세하게 말하기는 어렵네만."

공노는 말끝을 흐렸다. 착잡한 낯이다. 그는 곧 손짓으로 소명을 불렀다. 긴말할 것 없이, 직접 살피라는 뜻이다.

소명도 굳이 궁금하지는 않았다. 그는 하라는 대로 다가가서 손을 뻗었다. 맥을 잡아 보자, 얼음을 손에 쥔 것처럼 싸늘한 냉기가 손끝을 타고 올라왔다. 지독할 정도였지만, 소명은 달리 내색하지 않았다.

'허어, 이놈 보게. 술수를 펼친 나도 공력을 단단히 끌어 올려야 하는데. 아무 내색도 않아?'

공노는 그 모습을 이상스레 보았다. 소명의 두 손이 곤음수(坤陰手)의 공력을 완성하고, 그 이상의 경지에 이르렀다는 것을 전혀 모르니 당연한 의아함이었다. 소명은 공노의 찌푸린 눈초리에 그닥 관심을 두지 않았다. 시체나 다름없는 이의 손목을 잡고 한참 집중한 끝에야, 미미하기 그지없는 맥을 확인할 수가 있었다. 이것을 사람의 맥이라고 할 수 있을까.

"이건 또 무슨 조화란 말이오?"

"크, 크흠. 크흐흠. 그러니까."

주화입마의 영향으로 주요대맥이 크게 뒤틀리고, 심지가 흐트러진 상황이었다. 천룡가의 정종무공으로 수년을 싸워 왔지만, 그것이 불과 수년 전부터 상황이 급격히 악화하면서 일이 틀어졌다.

여기에 천룡대야는 마지막 수단으로 시간을 벌고자 한 것이다.

"그래서 이렇게 된 것이란 말씀이지."

"원, 앞뒤 다 잘라먹고 그리 말하면 어찌 알아들으라는 거요?"

"중요한 건, 대야께서는 아직 생존해 계시다는 걸세."

살아 있다고.

거듭 강조하는 말에는 자신을 향한 설득도 있었다. 근 십여 년에 가까운 세월 동안 매달린 일이었다. 가히 생의 마지막이라고 각오하였다. 그러나 아무리 반석처럼 단단한 심지를 지녔다고 한들, 어찌 불안이 없을 수가 있을까. 소명은 공노의 어두운 안색을 잠시 보았다.

다 늙은 노인의 회한이 짙디짙다.

소명은 푸욱, 한숨을 내뱉었다. 그는 곧 고개를 끄덕이며 공노에게 손짓했다.

"아이고, 알았으니. 어떻게 손이나 좀 써 보시구려."

"응?"

"이렇게 꽝꽝 얼어붙은 사람을 두고 내가 무얼 어찌하겠소. 적어도 피가 흐르고, 심장이 쿵쿵 뛰게 해야 어디가 어찌 된 것인지 확인할 수 있지 않겠느냔 말이오."

"그렇지. 그것은 그렇지."

공노는 고개를 끄덕이면서도 잠시 주저했다. 무엇을 걱정하는 것인지 모르지 않았다. 지극한 술법으로 혼백을 억지로 부여잡고 있는 것에 지나지 않았다.

대제의 술법을 거두었다가 자칫 손을 쓸 수가 없다고 하면, 술법을 다시 펼치기도 마땅치 않다. 바둑에 비교하자면 그야말로 백척간두(百尺竿頭), 이제껏 지켜 온 모든 판을 잃을 수도 있었다.

어찌할까.

어찌하면 좋을까.

소명은 번민하는 노인을 물끄러미 보기만 할 뿐이었다. 달리 재촉하거나, 한 마디라도 거들지 않았다. 그는 엄연히 외인이었다. 천룡대야라고 하는 거인이 믿고 맡긴 것은 눈앞에 있는 노인이다.

마지못한 호의로 찾아왔을 뿐이지만, 그 번거로움을 이유로 강요할 만한 일은 아니었다.

소명은 다만 한 걸음 물러나서, 석굴 내부나 두리번거렸다.

찬란하게 밝혀 놓은 어지러운 등불이 아니라면, 묘실(墓室)이나 다름없다.

조용히 주변을 둘러볼 새, 소명의 입가에는 쓴웃음이 머물렀다. 낯설지 않았다. 그도 그럴 것이, 죽은 모친과 함께 묻혔다가 천운으로 목숨을 구했고, 또한 무너진 묘실에 갇힌 채 수년 동안 연공하지 않았던가.

소명은 물러난 채, 잠시 옛적 생각에 젖어들었다.

"히잉."

아함은 대뜸 우는 소리를 하면서 어깨를 흔들었다. 울상지은 얼굴에 짜증이 가득했다. 소명이 내내 소식이 없기 때문이었다. 공노라는 못생긴 노인과 함께 모습을 감추고 벌써 한참이 흘렀다.

해가 높을 적에 든 천룡세가의 저택이었다.

햇빛이 저기 처마 끝에 걸렸건만, 아직도 소식이 없다. 잔뜩 일그러진 아함의 눈매가 꿈틀거리는 것이 아무래도 심상치 않았다.

다시 난리가 나지 않을까, 자리에 있는 모두가 불안 불안했다.

여기서 나설 만한 사람은 달리 없었다. 일행의 불안한 눈이 동시에 그에게로 향했다.

"응? 나?"

눈길을 받은 위지백은 흠칫 어깨를 들썩였다. 그는 막 절강의 명주, 붉은 홍주(紅酒)를 집어 든 참이었다. 술잔 든 손이 주춤 흔들렸다.

"왜, 뭐, 뭐?"

"허허, 위지 선생. 산주의 신색이 심상치 않으니."

"장주께서 나서 주십시오."

오른쪽에서 담일산, 왼쪽에서 장관풍이다. 더욱이 성 부인이 잔잔한 눈으로 지그시 그를 보았다. 위지백은 머뭇거리다가 술잔을 내려놓았다.

"이런."

언뜻 아함의 안색을 살폈다. 그녀는 두 볼을 잔뜩 부풀리고서, 그렇지 않아도 큰 눈을 한껏 치뜨고 있었다. 위지백은 저 얼굴을 아주 잘 알았다.

뭔가 마음대로 안 되어서, 아닌 말로, 딱 생떼를 부리기 직전의 얼굴이었다. 아함이 확 위지백을 노려보았다. 찌릿하고 눈초리가 따갑다.

위지백은 '젠장!' 속으로 구시렁거리고는 마른기침을 흘렸다.

"크, 크흠. 크흐흠. 왜? 너 왜 그러는 건데?"

아함은 붉은 입술을 댓 발이나 삐죽 내밀고는 말이 없다. 그냥 끓는 눈초리로 쏘아보기만 했다. 눈길 끝에서 불꽃이라도 맺힐 것 같았다.

위지백은 고개를 내저었다. 그는 두 손을 들었다. 저 지경이면, 달랠 수 있는 사람은 소명 아니면 홍화선자 둘뿐이었다. 딱 지금 없는 사람들이다.

위지백은 슬쩍 고개를 들었다. 지금 앉아 있는 이곳은 실로 훌륭한 전각이다. 솜씨 좋은 목수가 공을 들여서 지어 올린 것이 분명했다. 높은 천장 아래에 반 치의 비틀림조차 없었다. 위지백도 천산 아래에 장원을 지어 올린 경험으로 그 수고를 짐작이나마 할 수 있었다.

'쩝, 아깝게 되었네. 이만한 전각이 홀라당 타 버리겠어.'

속말은 차마 꺼내지 않고, 위지백은 은근슬쩍 홍주에 손을 뻗었다. 아함이 폭발하기 전에 술이라도 챙길 요량이었다. 그렇지만, 아함도 예전의 어린 아함은 아니었다.

한참 뾰로통하게 있다가, 툭 던지듯이 말문을 열었다.

"히이잉! 상공이랑 오붓하게 있고 싶은데. 왜 안 도와주는 거야."

"커흠! 아이구. 야, 너도 이제 일문의 주인인데. 체통을 좀 지켜라, 체통 좀. 너 때문에 홍화선자 속이 새카맣게 타 들어 간다."

"체통은 개뿔."

"뭐, 뭐 이 녀석아. 지금 그게 화염산주라는 사람 입에서 나올 소리야?"

"아니, 자기도 못 지키는 체통을 왜 나보고는 지키래."

"나? 내가 뭘?"

"흥!"

위지백은 눈 아래를 붉히면서 언성을 높였다. 그러나 아함은 팔짱을 끼고는 홱 고개를 돌려 버렸다. 이래서야 누가 누구를 달래고 어르고자 하는 것인지 알 수가 없을 지경이다. 뒤에서 지켜보고 있던 담일산은 허허, 웃으면서 고개를 흔들었다. 한참 소란한 차인데, 문득 문이 조심스럽게 열리면서 소천룡이 들어섰다. 그는 환한 미소를 그리면서 자리한 이들에게 일일이 두 손을 맞잡아 보였다.

"편히 쉬고 계시는지요."

"뭐, 그럭저럭."

위지백은 언제 얼굴을 붉혔느냐는 듯이 태연한 신색으로 소천룡을 맞이했다. 아무리 그래도 소천룡이었고, 천룡세가인지라, 담가 부부와 장관풍은 좋든 싫든 긴장할 수밖에 없었지만, 위지백은 마냥 그대로였다.

천하제일이라고 하는 천룡세가였지만, 그 이름은 위지백에게 아무래도 좋은 이름에 불과한 까닭이었다. 아무리 그래도, 당당한 위지백과 공손한 소천룡의 모습은 언뜻 보기에 주객이 뒤바뀐 듯할 정도였으니.

'허허, 걸물은 걸물이로군.'

'서장제일도'의 이름 정도만 알고 있는 담일산은 속으로 감탄했다. 그런데 장관풍은 입을 꾹 다물고서, 슬금슬금 눈치를 보았다. 아무래도 뭔가 사달이 일어날지도 모른다는 불안감이 무엇보다 컸다.

지금까지는 그저 원행에 급급하여서 미처 떠올리지 못하고 있었다.

보통 감숙 끝에서부터, 청해, 서장, 신강, 그리고 더 멀리 천축에 이르는 방대한 땅. 중원에서는 옛적부터 그곳을 서천(西天)이라 했다. 세세한 지명을 다 떠나 한데 뭉뚱그려서 불렀다. 그러한 서천 무림에도 중원에 못지않은 수많은 전설과 고수들이 있었다.

그런데 눈앞에 서천 무림의 실재하는 전설과 항상 첫째로 손꼽는 도객이 나란히 있었다. 둘 다 인간의 경지를 훌쩍 넘어선 존재라는 것 말고도, 하나의 공통점이 있었다.

'언제 폭발해서 무슨 짓을 저지를지 모른다는 거지……'

여차하면 무슨 짓을 저지를지 알 수 없는 두 사람이, 하필이면 같은 공간에 있는 것이다. 장관풍은 한참 뒤늦게 그 사실을 깨달았다.

'아이쿠, 그런 주제에 염마도에게 산주를 달래 달라고 하다니. 내가 미쳤지!'

위지백이 아함의 폭발을 걱정했던 것처럼, 지금 장관풍은 아함과 위지백, 두 사람을 걱정했다.

소천룡은 가만히 미소를 지었다. 그는 사뭇 신중한 모습이었다. 자리에 다른 가인을 대동하지 않은 것이 그 하나였다. 아마도 다른 누가 있었다면 예의가 어떻고 하다가 소란을 일으킬 우려가 있었다. 또 한편으로는 자신을 이리 편하게 대하는 위지백의 태도가 새롭기도 했다.

말이 좋아 소천룡이지, 실상은 뭣도 없는 이무기나 다름없지 않은가. 하늘에 올라 구름을 드리워야 비로소 천룡이라 할 수 있는 것이니. 그런데 문득 한 줄기의 열기가 엄습했다.

기이한 일이었지만, 소천룡은 슬쩍 어색한 눈웃음을 지으며 고개를 돌렸다. 하얀 얼굴에 볼을 잔뜩 부풀리고서, 붉은 입술을 불만스럽게 삐죽거렸다. 그런 얼굴로 빤히 노려보는데, 말 그대로 뜨거운 눈길이었다. 불꽃이 확 일어나지는 않았지만, 실체적인 열기가 점점 더해지면서 소천룡을 압박하고 있었다. 흐릿한 아지랑이가 일었다.

"산주께서 하명하실 일이라도 있으신지."

"우리 상공."

아함은 퉁명스럽게 대꾸했다.

"아, 아하하. 소명 공을 말씀하시는군요."

소천룡은 머쓱하여서 의미 없는 웃음을 흘렸다.

소명이 공노를 따라서 모습을 감추고 한참이라, 그의 소식 없음이 신경 쓰이는 것일 터였다. 그러자 아함의 눈이 더욱 뜨겁게 달아올랐다.

소천룡은 처음으로 난처했다.

저쪽의 일이 어떻게 돌아갈지는 그도 알 수가 없었다. 둘러대는 말 한마디라도 할 수 있으면 좋겠지만, 소천룡은 그저 입술을 깨물었다.

화염산주의 신공은 과연 감탄할 만했다. 찰나 일으킨 공력으로 열기를 어렵지 않게 감당하고는 있었지만, 마냥 버티고 있을 수는 없는 일이었다.

난처할 새, 위지백이 나섰다. 그는 대충 손을 내저으며 불만 그득한 아함을 달랬다.

"야야, 고만해 둬라. 설마하니, 고놈이 무슨 화를 당하겠냐? 네가 그런다고 하는 일이 뚝딱 끝나기를 하겠냐?"

"그건 아니지만."

아함은 퍼뜩 노려보던 눈살을 시무룩하게 늘어뜨리며 고개도 떨구었다. 불만이 그득한 몇 마디를 우물거리는데, 소천룡은 알아듣지 못하는 말이었다.

"끌끌, 너도 참 걱정이다. 나도 걱정이고."

위지백은 그 말에 공감하는 모양인지 맥없이 고개를 끄덕이며 중얼거렸다.

소천룡은 엄습하던 열기가 사그라지는 것을 느끼고, 은연중에 일으켰던 공력을 가라앉혔다. 이마에 두른 건 아래로 식은땀 한 방울이 맺혔다. 그러고는 곧 한쪽 입매를 가만히 끌어 올렸다. 어째서인지, 그린 듯한 그의 미소에는 씁쓸한 심경이 엿보였다.

화염산주는 솔직하게 소명을 걱정하였고, 같이 있지 못한다는 것에 분노했다. 위지백은 그런 소명을 단단히 믿고 있었고, 주변의 다른 이들은 그런 화염산주를 걱정했다.

그들에게 다른 사심은 없었다.

자신은 어떠한가.

의문이 떠오르기가 무섭게 차분하였던 눈동자가 크게 요동쳤다. 그는 슬며시 고개를 돌렸다. 가슴 아래가 답답하다.

천룡세가의 가주, 천룡대야.

가문에서도 포기하고만 그의 안위를 위해서 광동까지 달려갔다. 절박하게 소명에게 매달리기도 했다. 지금 소천룡은 아주 민감한 처지에 있었지만, 그는 자신의 유불리(有不利)를 생각하지 않았다.

공노의 말을 듣고서, 단 한 가닥에 불과하더라도 가능성이 있다면 나설 만하다고 여겼다. 하지만 그것이 과연 여기 있는 이들처럼 순수한 걱정에서였을까.

소천룡은 차마 자신할 수 없었다.

계속해서 상념은 깊어 갔다. 그는 조용히 입을 다물고서, 위지백과 화염산주를 가만히 지켜보았다. 둘은 계속 툭탁거렸지만, 처음처럼 기세를 드러내지는 않았다. 소천룡은 어색한 얼굴로 그들을 보다가, 퍼뜩 낯빛을 굳혔다.

문밖에서 다급한 발소리가 들렸다.

분명 방해하지 말라 일러 놓았건만.

잰걸음으로 다가온 이는 문 앞에서 퍼뜩 멈춰 섰다. 주저주저하는 기색이 읽혔다. 어차피 방 안의 모두가 문가를 빤히 보고 있다. 지금에 무얼 주저하는 건지.

"무슨 일인가?"

소천룡은 입매를 찌푸리고 짐짓 싸늘한 어조로 물었다.

"크, 큰일입니다."

"큰일?"

문밖에서 감히 들어서지는 못하고 문틈 사이로 떨리는 목소리가 들렸다. 소천룡 회는 잠시 고요한 눈으로 문밖을 지켜보다가, 곧 자리에서 일어났다.

"잠시 실례하겠습니다."

"아니, 굳이 그러실 것 없습니다. 소천룡."

갑작스럽게 새로운 목소리가 들렸다. 그러고는 문이 벌컥 열렸다. 전각의 한쪽을 차지하는 셋의 큰 문이 연이어 열리면서 바깥의 광경이 훤히 드러났다.

담일산 부부와 장관풍은 갑작스러운 일에 벌떡 일어났지만, 위지백과 아함은 별 신경 쓰는 기색이 아니었다. 둘은 여전한 모습으로 문밖을 멀뚱히 보았다.

먼저 보이는 것은 담 위에 밝힌 여러 불길이었다.

햇빛이 저물어가는 와중이었다. 활활 타오르는 불빛이 문밖을 한낮처럼 환하게 밝혔다. 어느 틈에 그리 많은 이들이 모였던가. 어지러운 그림자를 밟고서, 여러 인영이 분주하게 움직였다.

그들 뒤로 몇몇 사용인들이 당황한 모습으로 안절부절 못하고 있었다. 그들로서는 여기 있는 이들의 걸음을 차마 막아설 수가 없었다.

소천룡 회는 그들 모습을 보며 짧게 혀를 찼다.

"이런."

모여 있는 자들의 면면이 가볍지 않았다.

하나같이 정광(精光) 품은 눈으로 어깨를 한껏 폈다. 마치 무엇으로도 자신들을 막을 수 없다는 듯한 자신감을 드러냈다. 그들은 한 사내를 마치 호위하듯 지키고 섰다.

사내는 팔짱을 낀 채, 뉘엿거리며 저물어가는 서쪽 하늘을 바라보고 있었다. 회처럼 새하얀 백금의 비단 장삼을 늘어뜨리고 있었다. 등 복판에는 구름에 휩싸인 채 하늘을 향하는 천룡백영문이 화려하게 새겨져 있었다.

백룡을 그린 금사(金絲)가 불빛에 번뜩였다.

소천룡 회는 그의 모습을 보고는 고개를 가로저었다. 착잡한 얼굴이었다. 천룡백삼의 사내는 비스듬히 고개를 돌렸다. 그는 회를 보기가 무섭게 한쪽 입매를 비틀었다. 조소가 역력했다.

그는 눈을 얇게 뜨며, 새삼 싸늘한 어조로 말했다.

"이렇게 뒤통수를 칠 줄은 생각도 못 했소, 회 형님."

"그리 말할 것 있느냐."

다른 인사도 없다. 팔짱을 낀 채, 내뱉는 한 마디에는 날이 서 있다. 그러나 소천룡 회는 담담했다. 눈앞의 사내는 그에게 이리 말할 수 있는 유일한 사람이었다.

또 다른 소천룡. 그는 과(過)라고 했다.

소천룡 둘의 이름이 회과(悔過)라니. 언뜻 생각하기에도 남다른 사연이 있을 터였다.

둘은 한 핏줄이 분명하여서, 닮은 듯하면서도 달랐다. 지금 등장한 과라는 소천룡은 회보다 선이 가늘고, 낯빛은 더욱 하얘서, 마치 백옥을 빚은 듯했다. 자칫 여인으로 보일 수도 있을 만큼 멋들어진 미남자였다.

과는 솟은 검미를 날카롭게 찌푸리고, 한숨 삼킨 회를 노려보았다.

형제를 보는 눈이 아니었다. 그런 눈길에 회는 잠시 난처해할 뿐이었다.

"네가 어찌 여기에 있는 게냐? 외문을 다독인다고 하지 않았더냐?"

"그리했지. 그런데 영 희한한 소식이 들리더이다. 광동, 호남에서 소천룡이 등장하였다고 하니, 내 그냥 넘겨들을 수가 있어야지."

과는 쏘아붙이듯이 대꾸했다. 그러고는 내실로 들어와 아무 곳이나 한 자리를 차지하고 앉았다. 주변에 다른 이들이 있건만 전혀 눈길조차 주지 않았다.

위지백은 불편할 것도 없어서, 멀뚱한 눈으로 들어선 소천룡 과를 물끄러미 보았다. 그저, '이건 뭐야?'라는 눈빛이었다. 그는 따른 술 한 모금을 삼켰다.

'소천룡이 여기 있는데, 또 소천룡이시란 말이지.'

굳이 알고자 한 것은 아니었으나, 눈앞에서 일어나는 일이니 다른 도리가 없었다.

그러나 위지백이고, 아함이고, 그것이 뜻하는 바에 대해서는 크게 마음 쓰지 않았다. 장관풍도 마찬가지였다. 그는 그저 위지백과 아함이 얌전해진 것에 다행이라고 생각할 뿐이었다.

서천 사람 셋은 별생각이 없었지만, 담일산은 흠칫 당황한 얼굴이었다.

"아니, 또 다른 소천룡이라니."

자리에서 중원 강호의 사정에 밝다고 할 만한 사람은 담일산이었다. 천룡세가에 대해서도, 이래저래 들은 바가 상당했다. 그러나 지금의 일은 그로서도 영 금시초문이었다.

소천룡이라고 하면 다음의 천룡세가의 주인이자, 천하일세 무가련을 좌지우지할 수 있는 사람을 의미했다. 그런데 소천룡이라는 이름이 하나가 아닐 줄이야.

담일산은 황망한 심경을 감추지 못했다.

등장한 소천룡, 과는 고개를 비스듬히 기울이고서 원탁에 둘러앉은 이들을 스윽 둘러보았다. 무채색의 눈동자는 여기 누구에게도 큰 관심을 두지 않고 있다는 뜻이 분명했다.

"형님의 귀한 손님들이시라지. 소천룡 과라 하오."

무도하면서도 당당한 태도였다.

위지백은 영 아니꼬운 눈으로 혼자 당당한 과를 바라보았다. 저것을 어찌할까, 잠깐의 고민에 짙은 눈썹이 꿈틀거렸다. 그러나 위지백은 피식 실소를 흘리며 고개를 돌렸다.

듣자니 형제라는데, 자기 집에서 어찌 굴어 대든 알 바가 아니다. 그는 콧등을 찌푸리며 자리에서 일어났다.

"위지 선생!"

"뭐, 형제의 해후인 셈이니. 볼 것 없는 외인은 그만 자리를 피해드리지. 그게 낫지 않겠소."

회가 부랴부랴 돌아보자, 위지백은 손을 내저으며 대수롭지 않게 답했다. 심히 민망하여서 회의 눈 아래가 붉었다. 그러나 위지백은 돌아보지 않았다. 그가 앞서서 자리를 피하자, 아함과 장관풍은 물론, 담일산 부부도 자리에서 일어났다.

부랴부랴 일어난 그들에게 과는 전혀 눈길조차 주지 않

았다. 회는 이 상황이 못내 부담스러웠다. 외인이라지만, 그가 직접 청한 귀인들이건만, 어찌 이런 황망한 경우를 당하게 하였는지.

"하아."

"꽤 중요한 인간들인 모양이구려. 형님이 그런 얼굴을 하고 있는 걸 보니."

"알면서도 그리 무례하게 구는 게냐?"

"흐, 형님 손님이지, 어디 내 손님이라오."

"수삼 년 만에 얼굴을 보면서도 그 성질은 여전하구나."

"나야 태생이 그러한 것을."

과는 히죽 웃었다. 태생 운운하자, 회는 입을 굳게 다물고 전에 없이 뜨거운 눈초리로 과를 노려보았다.

"그리 노려볼 것 없소. 속이 뒤틀리기로는 내가 형보다는 더할 터이니. 자, 설명이나 해 보시구려. 이건 또 무슨 꿍꿍이속이오?"

"꿍꿍이?"

"꿍꿍이가 아니면? 광동, 호남에서 아주 제대로 판을 흔들어 대셨더군요. 육가와 황보가에서 따로 사람까지 보냈다고 하더이다."

"그것은 후계와는 관계없는 일이다."

"어허, 관계가 없으시다? 그럼 저 치들은 또 뭐고? 낙양에는 또 무슨 볼일로 오신 게요?"

도전적인 어투와 더불어 노려보는 눈빛 또한 살벌했다. 피를 나눈 형제지간이라 하기에는 드러내는 투기가 과하다.

회는 시린 빛이 맴도는 과의 험악한 눈매를 지켜보다가 짧은 숨을 끊어 냈다. 노하였던 심정은 잦아든 참이었다.

"그건 나에게 듣기보다는."

"이 사람에게 들으시구랴."

둘 사이에 카랑카랑한 목소리가 파고들었다. 과는 잘생긴 얼굴을 한껏 구기며 고개를 돌렸다. 활짝 열어 놓은 문가로 공노가 들어섰다.

"공노, 이 노인네가 지금."

가문의 후주를 가리는 자리에서 자신의 측에 섰다고 여긴 공노가 여기서 나타나다니.

과는 울컥 혈기가 치솟았다. 그러나 공노는 물론, 회 또한 다른 기색을 보이지 않았다.

"둘이서 무슨 작당질을 하는 거요. 여기 낙양 안가가 비록 중립지역이라고 하지만, 이런 식이라면 나 또한 가만히 있을 수는 없소."

"하, 그래. 그렇지."

겁박하듯 잔뜩 기세를 일으키며 하는 말이다. 회는 크게 불쾌해하지 않았다. 그는 느릿하게 고개를 끄덕였다. 과의 분노가 괜한 것이 아니다.

소천룡이 후계를 결정하기 전에 한자리에 모이는 것도 흔한 일은 아닐진대, 자신을 따르는 모양새를 취하던 공노가 여기서 회와 함께 있으니. 어찌 의심하지 않을 수 있을까.

회는 쓴웃음을 거두고 거리를 둔 과를 다시 보았다.

그는 이미 한바탕 손을 쓸 작정인지, 일어나는 기세가 심상치 않다. 공노는 주름 많은 얼굴을 찌푸린 채, 과를 지켜보았다. 과는 그냥 넘기지 않겠다는 뜻을 분명히 밝혔다. 공노는 잇새로 혀를 찼다.

'끌, 성과가 있을 때까지는 드러내지 않으려 했건만.'

자칫 더한 말썽이 일어날 듯하다. 공노는 어쩔 수 없다는 듯이 고개를 내저었다.

"그래, 더 감출 수야 없겠지. 말하리다. 그 전에."

노인은 흘깃 고개를 돌렸다. 과의 수하들이 문밖에 줄지어 있었다. 그들은 번뜩이는 눈으로 자리를 지켰다.

"여봐, 너희는 다 물러가거라."

그들은 눈살을 찌푸리고서 과를 바라보았다. 과의 명을 기다릴 뿐이었다. 과는 영 미심쩍은 눈으로 공노를 노려보다가, 가볍게 손을 흔들었다. 그제야 과의 수하들이 모습을 감추었다.

갑자기 비어 버린 마당은 을씨년스러웠다. 담 위로 밝힌 불빛만 여전히 타들어 가고 있었다.

"자, 이제 풀어 보시지."

"지금 가주를 소생시키고자 애를 쓰는 중이오."

"뭐, 뭣!"

전혀 뜻밖의 말이다. 모습을 감춘 세월이 한참 오래인 천룡대야였다. 그를 구하고자 하고 있다니. 과는 혼란한 심경을 굳이 감추지 않았다.

일그러진 얼굴에 크게 뜬 눈동자가 흔들렸다.

과는 찌푸린 공노를 보고, 바로 앞에 조용한 회를 다시 보았다. 두 사람은 더 말이 없다. 끝에 과는 헛웃음을 흘렸다.

"허!"

그는 고개를 내저었다.

서녘 하늘, 노을은 다 잦아들고서 어둠이 빠르게 밀려왔다.

화려한 내실에는 정적이 묵직했다. 밝힌 불빛으로 세 사람의 그림자는 어지러웠다.

두 소천룡과 노신(老臣) 공노였다. 할 말은 다 하였고, 들을 말은 다 들은 참이었다. 그 사이 저녁 하늘이 까맣게 잦아들었다.

소천룡 과는 문득 헛웃음을 흘리며 고개를 흔들었다.

과연, 꿍꿍이속이 있기는 하였다. 그러나 설마 부친, 천룡대야의 소생이라니. 생각지도 못했다.

수년, 천룡대야가 주화입마에 든 때까지 헤아리면 족히 십여 년 세월이다. 그간의 길고 긴 사연을 어찌 짧은 시간에 다 말할 수 있을까.

과는 그저 대강이나마 들었을 뿐이나, 그것으로 충분했다. 그는 일그러지려는 얼굴을 붙잡고 천천히 말했다.

"알겠소. 그 말인즉, 가주께서 본가의 영묘(靈廟)가 아니라, 여기 안가에 계시다는 말이구려."

"그렇지."

공노는 부정하지 않았다. 과는 불끈 턱 아래에 힘이 들어갔다.

"햐, 공 늙은이. 늙은이가 여기 낙양 안가를 맡겠다고 고집한 이유가 있었구만."

그는 새삼 이를 갈았다.

가문의 사람이라고 하지만, 워낙에 만사에 무관심하던 공노였다. 그런 사람이 무슨 영문으로 낙양 안가를 그리 고집하나 하였더니. 이제야 앞뒤 사정을 대충 짐작할 수가 있었다.

과는 이를 드러낸 채, 험한 눈길로 공노를 노려보았다. 그의 장단에 놀아났다는 생각에 짜증이 풀리지 않았다. 그

에 더하여서, 부친의 일을 자신만 생판 모르고 있었다는
것이 분하기 그지없었다.

과는 흘깃 고요한 회를 노려보았지만, 그것도 잠시 복잡
한 심경을 젖혀 두었다.

"알았으니, 그래서 일은 어찌 된 거요?"

"음."

회도 고개를 들었다. 그 또한 당장 알고 싶은 일이었다.

두 형제가 한 눈으로 공노를 바라보았다. 그러자 공노는
처음으로 평정을 잃고 말았다. 노인은 우는 것도, 웃는 것
도 아닌 기괴한 낯이었다.

"허, 그, 그게."

소명은 집중했다.

공노가 자리를 비웠지만, 아무래도 상관이 없었다. 그는
아예 옥관 안에 들어앉은 채, 시체 꼴인 중년 사내, 천룡대
야를 살폈다.

얼음덩이처럼 단단하게 굳어 버린 몸을 어찌 일으켜서 앉
혔다. 소명은 천룡대야의 등 뒤 명문과 머리 위 백회에 두
손을 바짝 밀어붙인 채, 공력을 집중했다. 어느 쪽이든 조심
할 수밖에 없는 위치였다. 그렇게 손을 쓰고 나서야 뭣 때문
에 노인이 자신을 그렇게 찾아 붙들었는지, 알 수 있었다.

'흡사하기는 하군.'

천룡대야의 내부는 공전무융의 이력에 당한 것과 상태가 크게 닮아 있었다. 내부에서 폭발한 기운으로 성한 곳이 없었다. 심지어 사람의 정신이 머무는 뇌문(腦門)에까지 손상이 있었다. 그러나 반대급부로 뒤엉킨 채 굳어 버린 기맥 덕분에 그나마 생기(生氣)를 지키고 있는 셈이었다.

지닌 본래의 공력이 말 그대로 천인합일(天人合一), 하늘에 닿아 있기에 가능한 일이었다.

산송장 꼴로 수년이 흘렀음에도 이 정도라면, 당년에 이루어 낸 경지가 어느 정도인지. 감히 짐작하기도 어려울 지경이었다.

천룡대야라는 이름을 또 다른 천하제일인이라고 일컫는 것이 괜한 말은 아니었다. 소명은 퍼뜩 입매를 찌푸리며 혀를 찼다.

'쯧, 이만한 경지를 이룬 사람이 대체 무슨 짓을 하다가 이 지경이 되었는지, 이거야 원.'

소천룡 회에게 듣기로는 모종의 연공을 행하다가 화를 당하였다고 하였으니, 주화입마라고도 할 수 있을 터였다.

소명이 할 수 있는 것은 굳은 기맥을 공전무융으로 풀어내고, 뒤엉킨 이종진기를 억지로 짓누르는 것 정도였다. 그것이 최선이었고, 다른 것은 그야말로 능력 밖의 일이었다.

'죽겠네.'

그렇지 않아도, 다스리는 것이 지난한 것이 공전무용의 공력이었다.

천룡대야인지, 무엇이든지.

굳은 내부를 돌보는 것도 힘겹지만, 내내 쌓인 냉기마저도 간단치 않아서, 가는 길이 우선 험난했다. 애초에 일조일석으로 뚝딱 끝낼 수 있으리라 생각하지는 않았지만, 막상 마주하고 있으려니, 소명은 뿌득뿌득 이가 갈렸다.

'누구냐.'

이를 갈아 대면서도 한참 집중할 새, 불현듯 뇌리 속으로 누군가의 목소리가 파고들었다. 자칫 환청처럼 여길 수도 있는 일이지만, 소명은 턱에 더욱 힘을 주었다.

'말 시키지 마시오. 이대로 황천 가기 싫다면 말이오.'

의념으로 답하는데, 어투가 곱게 나가지 않았다. 그러자 목소리는 어이없어하며 혀를 찼다.

'어허, 이런 방자한 놈을 보았나.'

'내가 지금 누구 몸을 살피고 있는 줄은 알고 그러는 거요?'

'아니, 그야.'

소명이 더욱 퉁명스럽게 대꾸하자, 목소리는 한층 풀이 죽었다.

거의 칠, 팔 할은 죽은 것이나 다름없는 몸이었다. 지고한 공력과 더불어 방술로서 겨우 숨을 붙잡아 놓았으니. 그런 몸을 다른 영향을 주지 않고서 살피는 것이 얼마나 힘든 일이겠는가. 소명은 이미 막대한 심력을 소진한 터여서, 일일이 떠드는 소리에 맞장구칠 여유가 조금도 없었다.

"에잇!"

소명은 퍼뜩 이를 갈아붙이면서 조심하던 공력을 대거 쏟아 냈다.

굳은 몸이 덜덜 요동치면서, 맺힌 얼음 조각이 후드득 떨어지기 시작했다. 서서히 일어나던 하얀 김이 이내 폭발적으로 솟구치면서, 삽시간에 동혈을 가득 메웠다.

우르르릉!

어디서 비롯하였는지, 흡사 뇌우가 쏟아지는 것처럼 묵직한 소리가 동혈을 뒤흔들었다.

＊　　　＊　　　＊

시간이 흐르고, 달빛이 저기 떠 있다.

터벅터벅 질질 끄는 듯한 지친 발소리가 동혈을 타고 울렸다. 이내 소명이 불쑥 모습을 드러냈다. 반쯤은 정신을 놓은 몰골이었다. 축 처진 어깨가 무거웠고, 걸음은 천근

만근이었다. 그는 구름 사이에 드러난 흐린 달빛을 슬쩍
보더니, 대뜸 험한 소리를 내뱉었다.

"이런 망할."

한참 고생하고 나왔지만, 공노의 모습이 어디에도 없다.

깊은 동혈 속에서 바깥 동정을 어찌 알았는지, 그것도
미심쩍은 일이건만, 소명이 내내 손을 쓰고 났음에도 모습
을 드러내지 않는 것이 참 고약스러웠다.

소명은 맺힌 굵은 땀방울을 틱 떨구어 내고는 새삼 허리
를 세웠다.

"흐으읍! 푸하!"

한껏 들이쉰 숨을 고대로 토해 냈다. 이리 기진한 것이
대관절 얼마 만인지. 공력을 소진한 것보다도 한참 신경을
쓴 것에 더욱 피로했다.

고개 들어 캄캄한 하늘을 확인했다. 찌푸린 입매는 풀어
지지 않았다. 시간이 얼마나 흘렀는지. 한참 밝은 때에 들
어가서는 지금은 달빛조차 없었다.

족히 하루 반나절은 흐른 듯하나, 확실하지는 않았다.

깊은 동혈 속에서 다 죽은 이의 몸을 살펴 가며 거듭 손
을 쓴 참이었다. 아무리 소명이라고 해도, 바깥까지 신경
을 쓸 수는 없었다.

그로서는 하는 데까지 한 셈.

이제 나머지는 천룡대야, 본인에게 달렸다. 자리를 털고 일어날지, 아니면 영영 깨어나지 못할지. 어느 쪽이 되었든 간에, 소명은 온 힘을 기울였다고 말할 수 있었다.

소명은 찌뿌둥한 어깨를 휘휘 돌리며 발걸음을 옮겼다. 공노의 뒤를 마냥 따라서 온 터라 어디가 어디인지 알지 못했지만, 크게 신경 쓰지 않았다.

"저쪽이구만."

한쪽을 바라보며 심드렁하게 중얼거렸다.

구중궁궐인 양 거대한 저택의 드높은 담 너머에서 굵직굵직한 기운이 존재를 잔뜩 드러내고 있었다. 소명은 기감을 어렵지 않게 읽어 냈다. 하나는 익숙하였고, 다른 하나는 그와 다르면서도 흡사했다.

마치 한 뿌리에서 갈라진 것처럼.

귀한 손님을 맞이하였던 중정, 그 자리에는 지금 기이한 열기가 뒤채고 있었다.

큼직한 원탁에는 세 사람이 앉아 있었고, 좌우로 각자 다른 처지의 무인들이 줄지어 있었다.

앉은 이는 소천룡 회와 과, 그리고 공노였다.

회의 뒤편에는 사마청과 이충도가 짐짓 어두운 기색으로 서 있었고, 또 과의 뒤편으로는 그의 수행 무사들이 자리를 지켰다.

공노는 가운데에 낀 형국으로, 서로 노려보는 소천룡 두 형제를 영 난처한 얼굴로 보았다. 동혈의 일이 무엇보다 신경 쓰였지만, 그렇다고 둘을 그대로 놓아둘 수도 없었다.

자칫 일이 허사로 돌아갈 수도 있었다.

물론 그 또한 소명이 어찌해 주느냐에 따라서 달라질 일이었다. 공노는 지그시 입술을 깨물었다. 아무래도 자리를 너무 오래 비웠다는 생각이 들었다. 노인은 계속 이리 있을 수가 없었다.

앉은 자리에서 천천히 몸을 일으키자, 회와 공연히 눈씨름 중이던 과가 홱 번뜩이는 눈빛을 돌렸다.

"공노, 어딜 가려는 거요?"

"가주의 안위를 살펴야 하지 않겠소."

"가주의 안위는 그 귀빈이라는 자가 살피고 있다면서요."

"그렇다고 마냥 손 놓고 있을 수야 없는 일이 아닌가!"

공노는 성내듯이 왈칵 언성을 높였다. 과가 하는 말이 마치 이제껏 한 것도 없는 사람이 가서 뭘 하겠느냐고 탓하는 것처럼 들렸기 때문이다. 노고수라고 어디 다 수양이 드높을까.

과 역시 헛말을 흘렸다는 생각에 괜히 헛기침을 흘렸다.

두 형제 간의 조용한 눈씨름으로, 아니 과의 일방적인

적의로 달구어졌던 내실이 급속도로 냉랭해졌다. 공노는 없는 이를 뿌득 갈아붙이고는 홱 고개를 돌렸다. 고대로 자리를 박찰 듯 노인은 앙상한 어깨를 들썩였다.

"오잉?"

당황한 소리에 회와 과도 고개를 들었다. 활짝 열어 놓은 대청의 문 앞에 한 사내가 우두커니 서 있었다. 어느 틈에 다가섰는지, 그의 바랜 남색 장삼 어깨 위로는 하얀 김이 송골송골 솟았다.

과는 먼저 눈매를 날카롭게 치떴다. 외인이 코앞에 올 때까지 대체 뭘 했단 말인가. 과의 성난 눈길에 그의 수행 무사들이 퍼뜩 정신을 차렸다. 그들도 당황하기는 마찬가지였다.

분명 눈을 뜨고 있건만, 사내는 갑작스럽게 모습을 드러냈다.

"웨, 웬 놈이냐!"

"소명 공!"

과의 수하가 발끈하기가 무섭게, 회가 자리에서 벌떡 일어났다. 공노도 마찬가지였다. 두 사람은 당혹스러운 얼굴을 감추지 못했다.

"어찌 되었나?"

"할 수 있는 데까지는 해 보았소."

"그, 그런가. 그럼 가주의 용태는."

"직접 살피는 게 낫지 않으시겠소?"

"응, 그렇지. 그렇지."

공노는 서둘러서 자리를 뛰쳐나갔다. 뭘 묻고 자시고 할 겨를이 없었다. 방에는 소천룡 두 사람과 문밖의 몇몇 수하들만 남았다.

회는 서두르는 공노의 모습을 물끄러미 보다가, 소명에게 물었다.

"소명 공, 가주께서는 어떠하실지?"

"말했다시피, 할 수 있는 데까지는 해 보았소. 나머지는 본인에게 달린 일이지."

"그게 무슨 소리냐!"

버럭 일갈이 터졌다. 소명은 입매를 비틀고서 소리친 이를 삐딱하게 바라보았다. 또 다른 소천룡, 과가 소리쳤다. 그는 두루뭉술한 소명의 답이 마음에 들지 않았다.

소명이야, 그 정체를 모르니, 소리치는 과를 영 못마땅한 기색으로 보았다.

'뭐야, 이건?'

치렁한 머리카락 사이로 찌푸린 눈길이 그렇게 묻는 듯했다. 과는 불길 이는 눈으로 소명을 노려보았다. 다탁 위에 올린 손이 꿈틀거렸다.

외인이 자신을 똑바로 보고 있는 것 또한 마뜩잖았다.

회는 한숨을 흘리며 고개를 흔들었다. 그는 한 걸음 나서며 말했다.

"여기는 과라고 합니다. 저처럼 또 다른 소천룡이지요."

"오, 소천룡 과이시라."

소명은 그제야 눈길을 거두고서 고개를 끄덕였다. 그렇다면야 물을 수도 있는 일이다. 부친의 일인 셈이지 않은가.

과는 뿌득 이를 악물고서 나직이 물었다. 허튼수작을 용납하지 않겠다는 태도가 분명했다.

"다시 묻겠다. 그게 무슨 소리냐?"

소명은 퉁명스럽게 답했다.

"무슨 소리기는, 말 그대로이지. 의지가 있고, 여력이 있다면 일어날 수 있을 것이고. 둘 중 하나라도 부족하면, 뭐 도리 없는 일 아니겠나."

"뭐가 어쩌고 어째! 도리가 없다니!"

"과! 그만하지 못하겠느냐!"

회가 분노하는 과를 꾸짖듯이 다그쳤다. 그 또한 괜한 소리가 아니라는 듯이 왈칵 기세를 드러냈다. 두 소천룡은 서로 기세를 일으키면서 노려보았다.

"알겠소. 나는 닥치고 있도록 하지."

과는 한 걸음 물러섰다. 여기서 외인 한 사람 때문에 회와 드잡이질을 할 수는 없었다.

"하지만 일이 잘못되기라도 하면……."

과는 일순 말을 끊었다. 섣불리 꺼낼 수 있는 말이 아니었다. 들끓는 노기에 한 마디를 내뱉었지만, 마지막 자제심이 있어서 신중했다. 과는 새삼 숨을 들이쉬면서 눈을 감았다.

눈꺼풀 아래로 눈동자가 이리저리 움직이는 것이 보였다.

무슨 생각일지.

소명은 비스듬히 고개를 기울인 채, 그들 형제가 하는 양을 묵묵히 지켜보았다. 저들이 어찌 나오든지, 소명은 딱히 꺼리는 바가 없었다.

'올 테면 오고, 말 테면 말고.'

아무래도 좋았다.

"후우!"

퍼뜩 소천룡 과는 긴 숨을 흘렸다. 옆에 있는 이복형제 회와는 또 다른 입장인 셈이었다.

자신이 조용한 천룡세가를 깨우고자 하였다면, 회는 부친인 천룡대야를 깨우고자 한 것이다. 이것이 후계에 어떤 영향을 미칠지는 모를 일이었다.

숨이 차오른다. 과는 한결 차분한 눈으로 태평한 소명을 지그시 노려보았다. 그리고 잠시 머뭇한 말을 한층 무겁게 꺼냈다.

"천룡의 진노를 마주하게 될 것이다."

"오, 천룡의 진노라."

소명은 새삼 진지하게 고개를 끄덕이며 그가 하는 말을 가만히 되뇌었다. 말 한번 거창도 하다.

소천룡이 다른 의도가 있어서 이리 겁박하려는 것은 아닐 터였다. 여하간에 부친의 안위가 걸린 일이니. 그러나 이리 막무가내로 사람을 붙잡아 두려 해서야 어디 될 일인가.

소명은 히죽 웃으며 말했다.

"부친을 생각하는 마음이야 아름답지만, 이리 나오시면 이 사람이 좀 곤란하지 않겠소. 안 그러오?"

"곤란하다?"

"아무렴 곤란하고말고. 이거야 마치, 천룡이라는 이름을 앞세워서 이 사람을 겁박하는 것 같지 않은가."

"하, 하하!"

과는 급작스럽게 웃어 젖혔다. 바짝 고개를 치켜들고, 하늘 향해 웃는 모습에는 언뜻 광기마저 어렸다.

무슨 속내인가. 옆에 있던 회는 의아함을 감추지 못했다.

광기 그득한 웃음이 한순간 뚝 그쳤다.

과는 천천히 고개를 내렸다. 짙은 검미가 날카롭게 솟구쳤고, 아래에는 잿빛의 안광이 무심하게 일렁였다. 엄습하는 살기는 날카롭다.

소명은 문가에서 팔짱을 낀 채, 소천룡 과를 삐딱하게 보았다.

"귀빈이라고 하나, 천룡세가를 너무 우습게 보는군."

감정 없는 목소리가 파고들었다. 말이 끝나기가 무섭게 중정 앞마당으로 불쑥불쑥 그림자가 솟구쳤다.

소명은 천천히 몸을 돌렸다.

바닥에 내려선 이들도 있었고, 중정을 에워싼 높은 담에 우뚝 선 자들도 있었다. 그 수가 서른을 헤아렸다. 밝혀 놓은 불빛에 모습을 드러낸 그들은 말없이 소명 한 사람을 노려보았다. 하나같이 서늘한 안광을 밝혔다. 적의가 분명했다. 소천룡 과는 준비하고 있었던 것이다.

처음부터 소명을 방관할 생각은 추호도 없었다.

저택의 누구도 생각지 못한 일이었다. 회조차 당혹감에 나선 이들을 바라보았다. 사마청과 이충도 두 당주도 당황하기는 매한가지였다.

기척도 없이 찾아든 저들은 단순한 수행 무인들이 아니었다. 천룡팔가의 영걸들이다.

회는 침묵했지만, 양 당주는 가만히 있을 수가 없었다.

"너희가 감히!"

천룡팔가는 이른바 외문이라, 후계의 어느 쪽을 지지할

수는 있어도, 이렇듯 직접 나서서 무력을 행사하는 것은 철저히 금하고 있었다.

이것은 명명백백한 월권이었고, 항명이었다.

천룡의 그늘에 있음에, 감히 천룡의 뿌리를 거스르려 하는 것이다.

양 당주는 우선 회의 앞을 막아섰다. 금령을 어기고 나섰으니, 이들이 또 무슨 짓을 저지를지 알 수가 없기 때문이다.

"백검, 흑권당은 어디에 있느냐!"

사마청과 이충도는 한목소리로 빽 소리쳤다. 가까이에 은신하게 둔 양당의 고수들이었다. 상황이 이 지경이 될 때까지 나타나지 않는다는 것은 뭔가 사달이 일어난 것이 분명하다.

"그렇게 언성을 높일 것 없네."

영걸들 사이에서 한 이가 차분한 목소리로 말했다. 그러자 둘의 눈초리가 그에게로 향했다. 두 당주와 연배 차이가 그리 크지 않은 유생 차림의 사내였다.

턱에 검은 수염을 뾰족하게 다듬고서, 입가에는 여유 그득한 미소를 머금었다. 그는 느긋한 손짓으로 검은 수염을 끝을 슬쩍 쓸어 올렸다. 그는 천룡팔가의 봉신가문 중 혁련가의 사람이었다.

"혁련 공자."

"하하, 그렇게 도끼눈을 하지 말게. 달리 해를 끼친 것은 아니니. 그저 잠시 자리를 비우게 하였을 뿐. 가문의 사람을 상대로 함부로 손을 쓰기야 하겠는가."

말인즉, 가문의 사람이 아닌 소명이나, 다른 이들은 상관이 없다고 하는 것과 다름이 없었다.

"혁련후, 이것은 너의 뜻이냐?"

"하하, 당연하지요. 봉신가는 결코 후계에 개입하지 않는다는 율령을 어길 수야 없지 않겠습니까, 대공자."

"그럼 너의 행동은 무엇이냐? 너희의 의도는 또 무엇이냐?"

"혁련가의 사람으로 여기에 있는 것이 아니라, 과 공자의 수족으로 여기에 있을 뿐입니다. 제 뜻으로 주군을 모실 뿐이니, 그것을 탓하시렵니까?"

"아니, 그럴 수야 없겠지."

회는 고개를 내저었다. 의중이야 어떻든, 가문이 아닌 한 사람으로 과를 따른다는 데에 뭐라고 하겠는가. 달리 책잡을 만한 일도 아니다.

회는 짧게나마 숨을 흘렸다.

과와 달리, 회는 가문의 인재를 거두고 세력을 일구는 일에 크게 힘을 쓰지 않았다. 그저 일신의 수양을 쌓고, 가내의 맡은 바에 집중하였을 뿐이었다. 그러한 행보가 이때에 발목을 잡을 줄이야.

"과, 너의 뜻은 대체 무엇이냐?"

"이 동생이 어지간히 불안하신 모양이오."

"소천룡의 이름으로 내가 직접 청한 귀한 손님이시다. 내 귀빈을 겁박하려는 것은 곧 나를 겁박하려 함이지. 아니라고 할 테냐?"

회는 와중에도 차분함을 잃지 않고, 천천히 한 마디 한 마디를 내뱉었다. 그러자 과는 말없이 입술만 벌렸다. 소리 없는 웃음이 입가에서 맴돌았다.

긍정도 부정도 없다.

기왕 일을 벌인 참에 끝을 볼 작정인가.

회는 숨을 참고서 고개를 내저었다. 분명 절묘한 일이었다.

과는 과감하게 일을 주도했고, 천룡팔가의 영걸들은 의심 없이 그를 따랐다. 그러나 회는 숨을 달랠 뿐이지, 당황하거나 난처해하는 기색은 추호도 없었다.

"그 한숨은 무엇이오?"

한 줄기의 한숨조차 과에게는 거슬리는 모양이다. 이맛살을 찌푸리면서 뾰족하게 묻는 모습이 신경질적이었다. 회는 불쾌할 것도 없었다. 그는 고개를 들고 높이 서서 그림자를 드리우는 팔가 영걸의 여러 면면을 눈에 담았다.
한 명, 한 명을 빠짐없이.

"과, 너는 뛰어난 아이다. 치밀할 뿐만 아니라, 과감하
지. 지장이면서도 용장이라 할 것이다."

"음? 새삼 무슨 칭찬이오?"

과는 불퉁하게 대꾸했지만, 그래도 싫지는 않아서 입꼬
리를 치켜들었다. 그러나 회의 말은 끝나지 않았다.

"참으로 뛰어나기에 상대를 알려고 하지 않아. 그것이
너의 한계인 셈이다."

"뭐라? 한계?"

과는 파랗게 눈을 치떴다. 상대를 알지 못하다니. 저기
있는 외인이 무슨 천하의 반열에 이른 고수라도 된다든가.
우스운 일이다.

과는 소명을 다시 보기보다는 그저 코웃음만 쳤다. 혁련
후를 비롯한 천룡팔가의 영걸들 모두 피식거리며 헛웃음을
흘렸다.

아무리 궁지에 몰렸다고 한들, 소천룡의 한 사람이 하는
말로는 너무도 궁핍하지 않은가.

"저 치가 서장에서 말하는 권야라는 것도 알겠고, 소림
의 속가라는 것도 알겠소. 그런데 또 모르는 무엇이 있기
라도 한다는 거요?"

회는 빈정거리는 과에게 대꾸하지 않았다. 그는 소명을 바라볼 뿐이었다. 소명은 이 상황에서 히죽 웃고만 있었다.

"이거 내가 어쩌면 좋겠소? 응?"

소명은 웃음 섞인 어조로 물었다. 회는 그에게 공손히 고개를 숙였다.

"감히 사정을 부탁합니다."

"사정이라. 당신도 참 얼굴이 두껍군."

"부끄러울 따름이지요."

소명은 고개를 내저었다. 그러나 딱히 성난 기색은 아니었다. 지금 상황은 그저 우스울 따름이었다. 자신을 두고 이렇게나 방만한 모습을 보이는 것도 실로 오랜만이었다.

"여하간에 좋아. 지금 너희가 하는 말인즉, 이 사람을 강제하겠다는 뜻이겠지."

"강제하다? 하하, 그리 볼 수도 있겠구려."

말을 받은 것은 혁련후였다. 그는 소명의 어조가 돌변한 것에 크게 신경 쓰지 않았다. 소명은 물론이거니와 또 다른 소천룡을 다잡았다고 여기는 까닭이었다.

다른 이들이라고 크게 다르지 않다.

소명은 입술을 삐죽이며 고개를 끄덕였다. 그렇다면 더 말을 꺼내고 자시고 할 것 없다. 소천룡 회는 그 모습에 슬쩍 뒤로 몸을 뺐다. 여기서는 그가 나설 것이 없다. 그러면서 좌우에서 그를 호위하는 양 당주에게도 손짓했다.

길게 말할 것은 없었다.

두 사람도 이미 소명의 진면목을 두 눈으로 목격한 사람들이었다. 그들은 기다렸다는 듯이 후다닥 물러섰다. 여기에 어이가 없는 것은 과와 그를 따르는 팔가의 영걸들이었다.

"아니, 지금 대체?"

소명은 웃었다. 심력과 더불어서 만만치 않은 공력을 다하였지만, 그렇다고 걸어오는 싸움을 마다할 것은 없었다. 맥없이 늘어뜨렸던 어깨를 가볍게 돌렸다. 이내 어깨 위로 솔솔 피어오르던 하얀 김이 씻은 듯이 사라졌다.

동혈의 냉기를 싹 지워 버린 것이다.

언제나 그렇듯이, 마음먹기가 무섭게 소명은 이미 모든 준비를 다한 참이었다. 그는 웃는 얼굴로 퍼뜩 한쪽 손을 펼쳤다. 그리고 보란 듯이 손가락 하나, 하나를 천천히 그러쥐었다.

소지, 약지, 중지, 검지 그리고 마지막으로 엄지를 쥐었다.

다섯 손가락을 군세게 다잡은 것을 권(拳)이라고 한다. 손가락 마디를 권면(拳面)이라 하고, 말아 쥔 엄지를 권안(拳眼)이라 하며, 손목에서 손등까지를 권배(拳背)라 한다.

사람이 날 때부터 지닌 원초적인 무기. 가장 오래된 무기라고도 할 수 있을 터였다. 돌을 쥐고, 칼을 쥐는 것 또한 주먹을 쥐는 것에서 비롯하였을 것이다.

소명은 그렇게 주먹을 쥐었다. 그는 주먹을 천천히 앞으로 뻗었다. 어이없어하는 소천룡 과를 향해서였다. 그 모습에 과는 눈살을 찌푸렸다.

뭐하자는 것인가.

그는 물러난 회와 차분한 소명을 이상한 눈으로 번갈아 보았다.

아무리 날고 기는 재주가 있다고 한들, 천룡의 젊은 힘이 한데 모여 있는 이 자리를 어찌할 수 있을 리가 만무하다.

"하, 이거야 원."

실소가 절로 흘렀다. 과는 고개를 흔들었다. 소명의 별 것 아닌 동작은 그저 거슬리기만 할 뿐이다.

"더는 못 봐주겠군."

그 한 마디로 충분했다.

늘어선 팔가의 영걸들이 소명을 향해 성큼성큼 다가섰다.

자세한 것을 몰라도, 여하간 눈앞의 사내가 부친을 소생시킬 수도 있다는 것은 알았다. 그런즉, 과는 불쾌하더라도 일단 소명을 제압할 생각이었다.

과를 따르는 팔가의 영걸들도 그리 여겼다. 그들은 하나같이 자신만만했다.

소림 속가 한 사람이라고만 알았다. 설사 본산의 나한이라 하여도 능히 제압할 수 있다고 자신하는 바이니, 어찌 눈에 찰까.

그러나 그것이 대단한 착각이라는 것을 깨닫는 데, 그리 오랜 시간이 필요하지도 않았다.

단 한 주먹이면 충분했다.

소명은 다가오는 그들은 아랑곳하지 않고, 문간에서 대뜸 발을 굴렀다. 동시에 과를 향했던 주먹을 먼 곳으로 힘차게 떨쳤다.

꽈릉!

급작스럽게 터지는 굉음과 더불어 지축이 뒤흔들리는 것처럼 높은 전각이 요동쳤다.

하늘을 찢고, 땅을 뒤흔드는 맹렬한 일권. 소림의 전설, 백보신권이 제대로 모습을 드러낸 것이다.

제6장

소천룡, 소천룡

　소명은 일단 소천룡이나, 그의 수하라고 하는 자들의 방약무인한 행태에 대해서 굳이 탓할 생각은 없었다. 그럴 만한 실력은 분명 있었다. 그렇다고 걸어오는 싸움을 마다할 정도로 속이 없지도 않았다.

　소명은 중정 문간을 밟고 서서, 자신을 보는 천룡팔가의 영걸들을 묵묵히 보았다.

　서른에 이르는 그들은 사뭇 신중했다. 여럿의 머릿수로 밀어붙이는 것이 아니었다. 소명을 큰 상대로 여기는 것은 아니었지만, 그렇다고 마냥 가볍게 보지도 않았다. 일부는 담 위에서 소명의 움직임을 관찰했고, 또 일부는 마당의 요소요소를 점했다. 그리고 나머지가 서서히 소명을 향해서 걸음을 옮겼다.

서서히 일어나는 기운은 제각각이었지만, 와중에도 계통이 있어서, 한 걸음마다 소명을 무겁게 압박했다. 일종의 진세를 이룬 격이다.

소명은 이와 닮은 진세를 한 번 경험한 적이 있었다.

일전에 개방 방주를 맞이할 적에 수백에 이르는 거지들이 절로 이루었던 진세와 흡사했다. 규모에서는 비할 것이 없으려나, 서로 공력이 상통하면서 더욱 큰 힘을 발휘한다는 점에서는 다를 바가 없다.

이기는 것은 당연하나, 얼마나 피해 없이 제압할까.

또 다른 소천룡은 물론, 팔가의 영걸들은 그것을 생각했다.

소명의 입꼬리가 슬며시 올라갔다. 그리고 다가오는 몇몇을 향해서가 아니라, 그 너머에 있는 이들을 향해서, 소명은 주먹을 내질렀다.

땅을 밟는 것과 함께 치미는 경력이 허리를 타고, 단 일푼의 낭비도 없이 내지르는 일권을 통해서 허공을 갈랐다.

꽈릉!

마른벼락이 떨어졌다.

꽝음과 더불어 중정을 에워싼 높은 담 한 곳이 포탄에라
도 맞은 것처럼 터져 나갔다. 아름답게 쌓아 올린 벽돌이
산산이 부서지면서 흩어졌고, 희뿌연 먼지구름이 치솟았다.

중정의 전각이 내려앉을 것처럼 무섭게 들썩였다. 울린
꽝음은 여력이 남아, 한 번에 그치지 않고 사방으로 메아
리쳐 울렸다.

위잉! 위이잉!

갑작스러운 일이었다.

자신만만한 기색의 영걸들이 주춤 굳었지만, 담 위에 있
던 천룡팔가의 영걸들은 능숙하게 몸을 피했다.

설마하니 이런 일이 벌어질 줄은 몰랐으려나, 한 명, 한
명이 이미 경지에 이른 고수들이다. 그들은 바로 반응하여서
비록 먼지를 담뿍 뒤집어쓸지언정 몸이 상한 이는 없었다.

"이, 이 무슨!"

짙어만 가는 먼지구름 속에서 당황한 목소리가 흘렀다.
강호에 패도적인 무공이 여럿 있다지만, 이만한 위력을 보
일 무공이 그리 흔할 리가 없다.

급한 와중에도 머리가 복잡하게 뒤엉켰다.

그때, 버럭 일성이 터지며 주저하는 영걸들을 뒤흔들었다.

"뭣들 하느냐! 놈이 움직인다!"

"흡!"

과의 다그침이다. 시야가 가린 와중에도 과는 상대를 놓치지 않았다.

혁련후가 빠르게 반응했다. 여기 영걸들 중에서도 발군인 그였다. 그는 두 손을 유려하게 흔들어 일진의 경풍을 일으켰다. 눈 가린 먼지구름이 손짓을 쫓아 휘돌았다. 그런데 드러난 것은 주변의 풍경이 아닌, 움켜쥔 주먹 하나였다.

미처 반응할 수 없었다.

혁련가의 비전이고 뭐고, 머릿속이 하얗게 돌변했다. 먼지 사이를 꿰뚫고 곧게 내지른 주먹은 느릿느릿하게 다가왔지만, 자신 또한 굳어 버렸다.

둔탁한 소리가 골을 뒤흔들었다. 고개가 홱 돌아가면서, 혁련후는 뭘 할 것도 없이 뒤로 나가떨어졌다. 소명은 그러고는 내처 앞으로 내달렸다. 이는 바람이 뒤늦게 소명의 자취를 쫓았다.

천하에 이름 높은 천룡세가였고, 그런 세가의 한 축을 이루는 외문팔가였다. 그들 중에서 다음 대를 이끌어 나가리라 기대를 받는 뭇 영걸들이 여기에 있었다.

은연중에 그들을 이끄는 혁련후가 너무도 손쉽게 당했지만, 그렇다고 넋 놓고 있을 이들이 아니었다.

"물러나!"

"거리를 주지 마라!"

그들은 바로 흩어지면서 소명이 있으리라 예상되는 곳을 경계했다. 바른 판단일지도 몰랐다. 아무리 먼지가 짙다고 하여도 그들은 이미 눈에 의지하지 않는 경지에 오른 자들, 큰 영향은 없었다. 다만 상대가 나빴을 뿐이었다.

소명의 일권에 이제야 제대로 경각심을 품었으나, 때는 늦었다. 이미 선수를 빼앗긴 참이었다.

소명은 중정을 그대로 가로질렀다. 다급하게 물러나 채비를 갖추려는 이들은 싹 무시했다. 처음 목표한 것은 나서서 떠들었던 혁련 씨, 그리고 다음은 무너진 담에서 내려선 이들이었다.

무슨 여덟 가문의 영걸들이라고 하지만, 굳이 궁금할 것도 없었다.

"으헉!"

못해도 십여 장에 이르는 마당의 끝에서 끝까지, 소명은 한달음에 가로질렀다. 그제야 먼지구름이 왈칵 흩어졌다.

백보신권의 여파에 잠시 정신을 차리지 못했던 후위의 사내들은 퍼뜩 고개를 치켜들었지만, 소명은 이미 그들 코앞에 있었다. 그는 단호했고, 정확했다.

제아무리 날고 기는 작자들이라고 하여도, 호되게 내지

르는 주먹 한 방에는 정신을 차릴 수가 없었다. 다른 손도 아니고, 곤음수를 이룬 주먹이었다. 완성경을 돌파한 소명의 곤음수는 신병이기에 버금갈 정도이니, 다가오는 것을 깨닫는 순간에 소명의 주먹은 어김없이 명치를 파고들거나, 턱을 날려 버렸다.

"끄윽!"

"꺼억!"

다른 소리는 없었다. 불과 두세 호흡 간에 벌어진 일이다. 후위를 지켰던 이들이 죄 나가떨어지고서, 소명은 툭툭 어깨에 앉은 먼지를 털어 냈다.

그들은 자신이 무슨 수에 당했는지도 전혀 알지 못했다. 그저 내지른 주먹이라고는 꿈에도 생각하지 못할 터였다. 그러나 중정에는 아직도 반수나 되는 이들이 남아 있었다. 그들은 이제 눈에 불을 켠 채, 소명을 노려보았다.

소명은 자신을 향한 뜨거운 눈길에 히죽 웃었다.

"오호, 눈매가 달라지셨네."

"당신, 정체가 뭐요?"

"소림 속가. 무슨 말이 더 필요한가?"

소명은 빙긋 웃었다. 그러면서 가볍게 손을 털었다. 얼마든지 어울려 주마. 그런 뜻이 분명했다. 그런데 중정에서 소천룡 과가 벌떡 일어나, 문가로 다가섰다.

"근자에 들은 바가 있지. 소림사에서 용문제자를 배출했다던가. 그리고 그는 신권을 복원해 냈다지."

"용문제자⋯⋯."

과는 차분하게 말했지만, 공력이 실린 목소리는 소란한 장내를 단번에 짓눌렀다. 천룡팔가 영걸들 또한 그 이름을 알았다. 불과 몇 달 전, 그들의 주군과 더불어서 하남 무림을 뒤흔들었던 이름이었다.

광동 무림을 한번 뒤집어 놓았다는 소식을 들은 것이 고작 며칠 전이었건만, 그 당사자가 여기 낙양에 있을 줄이야. 이를테면 정체를 밝힌 셈이었지만, 소명은 별반 신경 쓰는 기색이 아니었다.

어디 용문제자는 소림 속가가 아니라던가.

그는 턱을 치켜들고서 아직도 한참 남은 팔가의 영걸들을 둘러보았다.

"그래서, 그만하기라도 하겠다는 건가?"

"그럴 수야 없지!"

버럭 일갈과 함께 중정의 영걸들이 당장 뛰쳐나왔다. 뭐라 해도 아직 그들이 패배했다고는 할 수 없었다.

소명은 손가락 하나를 세우더니, 가볍게 까딱거렸다.

"오냐, 그럼 어서 오너라. 한번 어울려 주지."

"흐압!"

일갈과 더불어 영걸들은 땅을 박찼다.

중정에 고인 흙먼지가 사방으로 밀려났다. 소명은 마치 날개를 펼치듯이 두 손을 좌우로 뻗었다. 그리고 덮쳐드는 그림자를 향해서 손을 내저었다.

묵묵히 지켜보면서 자신을 붙잡고 있던 과가 더 참지 못했다.

"나한십팔수! 정말 나한십팔수란 말이냐!"

외친 목소리는 분노가 그득했다.

차라리 위명이 자자한 백보신권과 같이, 소림의 여러 신공절학이라면 그래도 좋았을 것이다. 지금 소명의 손끝이 펼치는 것은 나한십팔수, 소림무공의 근본이자 바탕이 되는 무공이다. 말하기로 모르는 사람은 없어도, 진체를 얻은 사람 또한 없다고 하는 무공이건만, 그것으로 천룡팔가의 영걸들을 상대하다니.

그러나 분노는 아무 의미가 없었다.

결국 상대가 누구이냐가 중요한 것이었다.

과는 더 말할 수 없었다. 그저 핏발 선 두 눈으로 중정에서 일어나는 일을 바라만 보았다. 그나마 그가 나서지 않는 것이 마지막 자존심이라면, 자존심이었다.

팔가의 무공은 화려하면서도 위험한 꽃을 활짝 피워 냈

지만, 나한십팔수의 손끝에서는 채 영글지 못했다. 소명이 그들보다 반 호흡 더 앞서 있기 때문이었다.

단 반 푼의 낭비도 없이, 소명의 나한십팔수는 연환의 고리를 끊어 냈고, 합격의 호흡을 빼앗았다. 그 결과는 참담할 정도였다.

대단한 위명에 비하면 싱거울 정도로 후딱 일이 끝난 셈이다. 뽀얗게 일어난 먼지가 절로 가라앉고서, 그제야 주변 모습이 일목요연해졌다.

숨결 하나 흐트러짐이 없는 소명은 중정 복판에 우뚝 섰다.

좌우로 팔가의 영걸들이 어떻게든 일어나려고 애를 쓰지만, 몸이 움직이지 않았다. '끄으!' '으으!' 악문 잇새로 질근 문 신음이 헛되이 흘렀다.

소명은 가볍게 손을 털었다.

크게 힘을 쓴 것 같지는 않았지만, 소명도 내심으로는 철렁했다. 영걸들의 재주가 생각 이상이었다. 먼저 선수를 취하였음에도 제법 능수능란하게 대처하지 않았던가. 그러나 딱 반촌의 차이가 상황을 이렇게 갈라놓았다.

소명은 이제 남은 소천룡 과를 향해서 고개를 돌렸다.

"자아, 이제 다시 말해 보자고. 천룡의 진노가 어떻다고?"

"이, 이이!"

과는 두 주먹을 불끈 움켜쥐었다. 그러자 희뿌연 연기가 흔들리는 어깨 뒤로 차츰차츰 일었다.

기이한 광경이다.

소명은 치렁한 머리카락을 긁적거렸다. 흙먼지가 부스스 떨어졌다. 그는 소천룡 과가 하는 양을 물끄러미 보았다. 한눈에도 심상치 않은 변화라는 것은 잘 알겠다. 그렇다고 마냥 지켜보고만 있을 생각은 추호도 없어서, 소명은 가볍게 손가락을 튕겼다.

일순 과를 에워싸던 희뿌연 운무가 꿰뚫렸다.

딱!

울리는 소리가 크다. 허공을 가르는 것보다 시원한 타격음이 먼저였다. 동시에 과의 고개가 뒤로 확 젖혀졌다. 꿰뚫린 운무는 서서히 흩어졌다.

과는 부들부들 몸을 떨면서 젖힌 고개를 세웠다. 굵직한 얼굴이 형편없이 일그러졌고, 미간 사이가 유독 붉었다. 치뜬 눈에 힘이 잔뜩 들어갔다.

이렇게 선수를 취할 줄이야. 그럼에도 과는 탄지의 일수를 감당해 냈다.

"얼씨구? 이걸 버티네?"

"크으!"

과는 으스러질 듯이 이를 악물었다. 빌어먹을, 치미는

욕설을 애써 혀 아래로 삼켜 냈다. 그는 세차게 고개를 흔들었다. 흔들리는 눈초리를 다잡으려 애썼다.

"제법, 제법이군. 이만한 위력에 아무런 기척도 감지하지 못했다. 이것이 소림의 탄지신통인가? 하지만 본가에도 그만한 공부는 있지."

그는 한 마디, 한 마디를 똑바로 짓씹었다. 그만큼 열이 올랐다는 뜻이다. 그러나 듣는 사람은 그렇지 않았다. 높은 곳에서 빤히 내려다보던 소명이 고개를 흔들었다.

"응? 뭐라고? 여봐, 지금 저 친구가 뭐라는 거야?"

"하, 하하."

소명은 한참 물러나 있는 회에게 외쳐 물었다. 그러자 회는 멋쩍음에 쓴웃음을 흘렸다. 놀리고자 하는 것이 아니다. 정말로 뭐라고 말하는지 알아들을 수가 없었다.

혀가 잔뜩 꼬여서 웅얼거리는 것으로밖에는 들리지 않았다.

과는 초점 잃은 눈을 끔뻑거렸다. 자신은 태연한 척하지만, 이미 큰 충격을 받은 후였다. 그는 등 뒤의 회를 돌아보려다가 휘청거렸다.

"그만 쉬어라. 여기는 내가 정리하도록 하마."

"쉬기는 무슨, 정리는 또 뭔."

과는 떠듬거리며 항거했으나, 조용히 다가와 부축하는

회의 손길을 밀어내지는 못했다. 까무룩할 사이에 시야가 흐려지고 몸이 뒤로 넘어가고 말았다.

소명은 가볍게 손을 털었다.

주변은 난장판이다. 높은 담은 허물어졌고, 사이사이마다 속한 바를 따질 것 없이 과를 따르는 이들이 죄 뻗어 있었다. 죽은 자는 없었다. 드러누운 자들의 가슴이 위아래로 기복을 보였다.

"그렇게 손이 과한 것 같지는 않은데. 한주먹에 황천 갈 정도의 약골은 없지 않겠소."

회는 과를 부축한 채, 쓴웃음을 지었다. 소명의 손 속이 너무도 무식했다. 설마 천룡의 영걸을 상대로 이렇듯 냅다 치고 들어갈 줄이야, 누가 생각했을까.

"이들에게도 큰 가르침이 되었을 겁니다. 사정을 두어 주셔서 가문을 대신해 감사드립니다."

"별 쓰잘데기 없는 소리를."

소명은 귀찮다는 듯이 대충 손을 내저었다. 그러면서 고개를 돌렸다. 뻥 뚫린 담장 너머에서 남은 저녁노을이 숨죽여가고 있었다.

"거, 길 나서기에는 늦은 듯하군. 염치 불고하고 신세 좀 집시다, 소천룡."

"여부가 있겠습니까."

소천룡 회는 흔쾌히 고개를 끄덕였다. 바라던 바가 아니던가. 이제까지 소명을 붙잡고자 하다가 이 사달이 일어난 터였으니. 그는 후딱 물러나 있는 양 당주에게 말하여서 주변을 정리토록 했다.

천룡세가의 역사에서 이만한 소동은 흔치 않았으리라.

두 당주는 부랴부랴 움직였다.

수하들은 어디로 가 버렸는지 찾을 길이 없고, 다른 사용인들도 간데없이 몸을 숨긴 터였다. 움직일 수 있는 사람이 둘뿐이었다. 그렇다고 어디 소천룡 두 사람이 나설까.

*   *   *

소명은 호화로운 방에 앉아서 높은 천장을 물끄러미 올려다보았다. 늘어뜨린 비단 천 너머로 밝힌 등불이 일렁였다. 드리운 그림자가 흔들거렸다.

살짝 열어 놓은 들창으로 가을 냄새를 품은 바람이 가만히 스며들었다.

다른 기척은 없었다. 그러나 방 한가운데 놓인 다탁에 앉은 소명은 어느 구석을 계속 보고 있었다. 그 눈초리에는 의구심이 가득했다. 한참 침묵 끝에, 소명은 입매를 찌푸렸다.

"거, 언제까지 그러고 있을 생각이요?"

참다못해 소명은 짜증스럽게 물었다. 사람 없는 곳을 보면서 하는 말이었다. 비단 천의 그림자가 조용히 흔들거린다. 침묵이 계속되자, 소명은 고개를 내저었다.

"원, 할 말이 없으면 있지를 마시든가."

소명은 툭 내뱉고는 주섬주섬 자리에서 일어났다. 그렇지 않아도 이래저래 일이 있었던지라, 적잖이 피로한 참이다. 먼지투성이 장삼을 걸친 채, 비단 금침의 침상에 냅다 드러누워 버렸다.

"아이고, 지친다."

아래에서 힘을 쓰고, 올라와서 한바탕 난리를 일으켰다. 공력이야 어떻든 간에 머리가 복잡했다. 소명은 두 팔로 목을 받치고서는 천장에 새겨진 금장의 문양을 물끄러미 보았다. 오채(五彩) 구름 사이로 노니는 용이다. 마치 실제로 요동치는 것처럼 화려하게 일렁이는 용의 비늘 하나하나를 헤아렸다.

어쩐지 낯설지가 않다.

소명은 그렇게 드러누워서 새겨진 용문을 한참이고 바라보았다. 그사이, 소명이 지켜보던 자리에서 한 가닥 그림자가 기척 없이 흩어졌다.

그림자의 기척이 다시 나타난 것은 소천룡이 머무는 전각이었다. 소천룡 회는 뒷짐을 진 채, 먼 달빛을 물끄러미 보았다.

불과 몇 각 전에 일어난 소란의 여파로 아직도 열기가 후끈하였지만, 회는 차분할 뿐이었다. 그는 문득 고개를 돌렸다. 전각의 그림자가 짙었다. 회는 확인하듯이 다시 물었다.

"잠이 들었다? 그것뿐이더냐?"

"예, 소주(少主). 다른 움직임은 보이지 않았습니다."

"그래, 잘 알았다."

그림자 아래에서 흘러나온 목소리에 회는 고개를 끄덕였다. 입가에는 힘없는 웃음이 머물러 있었다.

천룡세가를 얕잡아 보는 것은 아니지만, 그렇다고 어렵게 여기지도 않는다. 단지 소림의 용문제자이기 때문은 아닐 터였다. 회는 입가를 쓸어내리며 밝힌 심지를 물끄러미 보았다.

"모두 물리거라. 귀빈을 모신 용정당(龍井堂)은 지금부터 금지로 삼겠다. 다른 명이 있을 때까지는 가까이 다가가지도 말라."

답은 없었으나, 그림자 속의 기척이 잠시 흔들렸다. 회는 크게 신경 쓰지 않았다. 그는 말없이 몸을 돌렸다. 전각

안으로 들어서자, 대낮처럼 밝았다.

좌우는 물론이거니와 높은 천장에까지 황촉 수십 자루가 고운 불빛을 비추었다. 그리고 비단 침상 위에는 '과'가 누워 있었다.

"상대를 잘못 골랐구나."

"그런 말 마시구려."

과는 눈 감은 채, 싸늘하게 말했다. 그는 이내 쯧, 혀를 찼다. 두 손으로 얼굴을 뒤덮었다. 미간이 아직도 지끈거렸다. 속에서는 성질이 부글부글 끓었지만, 성질대로 움직일 수는 없었다.

당한 후유증으로 손발이 무겁고, 눈이 어질했다.

"그 작자는 대체 뭐요?"

"알고 있지 않으냐. 소림사의 용문제자. 당대에 소림제일인이라고 할 수 있는 사람이지."

"아아, 그래, 그렇구려. 낙양에서 일을 죄 망쳐 놓았던 것이 결국 소림이었단 말이구려."

그는 미간을 문지르던 손을 떼며 씁쓸하게 중얼거렸다. 후우, 한숨이 참 길었다. 잘난 소천룡이라지만, 어찌 패배를 모를까. 가문의 원로를 비롯한 여러 고수에게 호된 꼴을 당하면서, 비로소 알을 깨어 나가는 것이니. 그러나 결단코 이렇게 한 수에 당한 적은 단 한 번도 없었다.

갓 무공에 입문하였을 때에 이미 압도적인 재능을 보였던 소천룡이었다.

처참하다.

과는 잘 알았다.

'제기랄. 그 인간, 감히 나에게 사정을 두었어.'

턱 아래에 바짝 힘이 들어갔다. 악문 어금니가 부르르 떨렸다. 소명이라는 용문제자가 진정으로 작정했다면, 단 일수만에 절명이다. 궁 서생을 갈가리 찢어 버린 기이한 공력을 아직도 기억했다. 뜻밖이다 싶었으나, 이렇게 부지불식간에 일어날 정도라면.

천룡세가에서 전하는 무극류로는 감당할 수 없다. 과의 눈길이 문득 옆에 서 있는 회에게 향했다. 혼원류는 어떠냐 묻는 것이다.

회는 쓴웃음을 흘리며 고개를 가로저었다. 어찌 장담할 수가 없는 일이다.

무극과 혼원. 천룡세가에서 전하는 양대무맥이지만, 결국 극에 이르러서는 큰 차이가 없다.

"그만 쉬어라. 그리고 이번 일이 후계에 있어서 어떤 영향을 주지는 못할 것이다."

"그건 또 무슨 말이오? 아랫것들 앞에서 이렇게 개망신을 당한 마당인데."

"하하, 망신이랄 것 있더냐. 그만한 실력자가 있을 뿐이지. 너는 정녕 천 년 소림을 눈 아래로 두는 것이냐?"

"아니, 그, 그건 아니지만."

말 꺼내고 보니, 회의 말에 그만 궁색해졌다.

소림의 용문제자라는 것을 들었다. 당대의 소림 방장이 직접 나서서 천하에 알렸다는 것 또한 들었다. 그것은 곧 소림일문이 인정하는 사람이라는 뜻이다. 그런 이를 손쉽게 생각했다면, 그것이야말로 오만이고, 무지일 터.

"후우."

과는 결국 긴 숨을 흘리고서 비단 베개에 머리를 파묻었다. 새삼 당한 미간이 지끈거렸다. 회는 흐린 미소를 그린 채, 앓는 동생을 물끄러미 보았다. 이목구비나 얼굴 윤곽이 자신보다 가늘 뿐이지, 빼다 박았다고 할 만했다.

역시 한 핏줄이구나.

"그러고 보니, 우리가 이리 한방에 오붓이 있는 것도 실로 간만이군요."

"간만은, 처음 있는 일이 아니더냐. 너야 항상 주렁주렁 달고 다녔으니."

"내가 그랬던가?"

"네가 그랬다기보다는, 워낙에 사람들이 너를 잘 따르는 게지."

"거, 참. 듣자니 내가 어디 모자란 놈 같지 않소."

과는 얼굴 덮은 손을 떼고는 눈살을 찌푸렸다. 마치 제 앞가림도 못 하여서는 주변 걱정을 사는 듯하지 않은가. 불퉁한 얼굴에 회는 나직이 웃었다.

"하하, 모자라기는. 그만큼 너를 아끼고 아낀다는 뜻이 아니겠느냐."

"쳇, 포장은 좋소."

과는 혀를 차며, 고개를 돌렸다. 회가 웃음 짓는 모습을 더 보고 싶지 않았다. 회는 과가 누운 침상 옆에 우두커니 서 있다가, 조용히 불렀다.

"아우야. 우령아."

"으익, 새삼."

넌지시 부르는 한 마디에 과는 퍼뜩 고개를 세웠다. 치 뜬 눈가에는 당혹감이 역력했다. 그러나 회는 흔들거리는 불빛을 물끄러미 보고 있었다.

우령, 소천룡이 되기 전, 과의 이름이었다. 이제는 누구도 부르는 사람이 없는 그 이름을 굳이 지금 꺼내는 것은 무슨 의미일까.

과, 아니 우령은 새삼 눈매를 얇게 뜨고 상념에 젖어든 그를 물끄러미 보았다. 그는 잠시 머뭇거리더니 조심스럽게 입을 열었다.

"대관절 무슨 바람이 불어 그러시는 게요? 광휘 형."

"광휘, 그래. 내 이름이 광휘였지."

광휘와 우령.

"여하튼, 천룡세가는 다시 웅지를 펼쳐야 합니다. 그러기 위해서는 강한 자가 주인이 되어야지요."

"네가 강하더냐."

"강합니다. 적어도 형보다는요."

"……"

우령은 단호했다. 망설임 없이 말했다. 광휘의 입가에 언뜻 서늘한 미소가 스쳤다. 우령의 강함은 개인의 무공이 아니다. 그를 따르는 여러 영걸의 강함이다. 천룡의 이름 아래에 젊은것들은 모두 그를 좋아하고 따른다.

인품이랄까.

감정적이지만, 그만큼 솔직했다. 우령은 그런 것이 있는 아이였다. 그러나 사람이 따른다는 것은 곧 그 아래에 도당이 생기는 것이다.

도당을 이루면 소외된 자들 또한 도당을 이루게 될 것이고, 그것은 곧 분란을 예고한다. 그렇지 않아도 천룡세가는 워낙에 거대한 군체였다.

오늘 이 자리에서 용문제자에게 호된 꼴을 당한 외문 팔가의 영걸들, 그들이 속한 팔가는 일부에 불과했다.

천룡세가의 깃발 아래에 있는 이들은 무가련 전체에 비할 만했다. 오죽하면 천룡세가에서 깃발을 거두고 조용한 세월이 수년이건만, 그 이름에는 조금도 손상이 없을까.

천룡세가는 여전히 하늘 밖에 있었다.

거기에 후계를 쫓아서 또 다른 도당이 이루어진다면, 그 경쟁은 또 어떠할지.

광휘는 이내 쓴웃음을 그렸다.

그래, 아무리 도당을 이루어서 어지럽다고 해도, 체계라는 것이 있고, 어찌 조율하느냐에 따라서 더욱 발전해 나아갈 수도 있다.

우령은 광휘의 낯빛이 변하는 것을 물끄러미 보다가, 시큰둥하게 툭 내뱉었다.

"형은 너무 걱정이 많소. 걱정에 붙잡혀서 가만히 있기만 한다면 대체, 대체 뭣하러 산단 말이오!"

마치 꾸짖듯이 외쳤다.

광휘는 느릿느릿 고개를 끄덕였다.

"그래, 네 말도 옳다."

"하아."

우령은 고개를 내저었다. 알 듯 모를 듯, 미소 짓는 광휘의 모습에 더 할 말이 없었다. 그는 한숨을 삼키고, 아픈 이마만 짓눌렀다.

날이 밝았다.

전날에 있었던 한바탕의 소란은 이미 지난 일이고, 사방이 고즈넉하여서, 아침나절의 평온한 고요가 용정당의 화려한 내실을 가득 메웠다.

이내 들창 사이로 햇빛이 가만히 새어 들어와 소명의 눈가를 간질였다. 잠든 소명은 햇빛이 점점 따갑게 찔러도 미동이 없었다. 그 위로 누군가 불쑥 그림자를 드리웠다.

"흐, 흐흐."

흘리는 웃음소리가 음흉하다.

하얀 손이 잠든 소명의 얼굴로 향했다. 느릿느릿 손을 뻗어 갔다. 막 손끝이 얼굴에 닿을 듯한 순간, 비단 금침이 확 솟구쳤다.

"으헤!"

놀란 소리가 자연스럽게 터졌다. 솟구친 금침은 그물처럼 활짝 펼쳐지면서 대번에 상대를 감싸 버렸다. 갇힌 이는 마구 요동쳤지만, 허를 찔린 터라 어찌 벗어날 수가 없었다.

소명은 하품 한 번 하고는 던진 금침을 둘둘 말아 침상 아래로 던져 버렸다. 쿵! 떨어지는 소리가 묵직하다. 소명은 그리고 다시 누워 버렸다.

아래에서 끙끙거리면서 발버둥 치지만, 고개조차 돌리

지 않았다. 한참 만에야 에워싼 금침을 벗어 던지고, 아함
이 산발한 머리 꼴로 고개를 들었다.

"자는데, 귀찮게 뭐냐."

돌아누운 소명이 졸린 목소리로 물었다. 아함은 뿔이 난
표정으로 있다가, 배시시 웃었다.

"상공, 날이 환해요."

"그래, 날이 환하구나."

소명은 실눈을 뜨고 햇빛 드는 창가를 잠시 보았다. 날
이 밝기는 하다. 그는 느릿느릿 일어나 앉았다. 침상 아래
에서 아함은 냉큼 턱을 괴고서 소명을 빤히 바라보았다.
눈빛이 유독 초롱초롱하다.

"상공, 이제 어쩌실 건가요?"

"어째? 뭘 어째?"

"여기 확 불태워 버릴까요?"

아함은 퍼뜩 눈을 가늘게 뜨면서 한 손을 치켜들었다. 소
명의 눈이 절로 하얀 손으로 향했다. 당장 불길이 일지는
않았지만, 빠르게 열기가 일면서 아지랑이 치고 있었다.

괜히 하는 말이 아니다.

아함은 전날의 일이 못마땅한 것이다. 소명은 푹 한숨을
쉬고는 비척비척 일어나 앉았다.

"네가 그 난리를 치는 걸 수습한다고 그 고생을 했는데.

여기를 또 태우시겠다고?"

"헤헤헤."

아함은 배시시 웃으면서 치켜든 손을 거두었다. 그러자 일렁이던 열기가 당장 사그라졌다. 이제는 신화(神火)의 부림이 자유자재, 확실히 폐관의 성과가 있기는 하다.

"그래도 괜찮하잖아요. 상공께서 돕겠다고 와 준 건데."

아함은 바로 얼굴을 찌푸렸다. 소명도 그렇지만, 위지백의 강한 만류가 있어서 어제 조용했던 아함이었다. 아무리 담을 높이 세우고, 멀리 있다고 해도, 그 소란을 어찌 몰랐을까.

아함은 새삼 뾰족한 눈초리로 용정당 내실을 훑어보았다. 하고자 하면, 어디 여기 전각 하나만 태울까.

소명은 피식 웃었다.

"놔둬라. 뒷감당하기도 쉽지 않겠지만, 부친 생각에 난리를 친 건데, 그 정도는 이해해 줘야지 않겠냐."

천룡세가의 이름보다도 자식 된 도리 운운하는 소천룡 회의 말이 더 가슴에 남았다. 소명은 쓴웃음을 지으면서 침상에서 일어났다.

그러자 아함은 반색하면서 따라 일어났다.

아함은 소명의 수발을 들고자 했다. 세안 준비를 하고, 조반을 챙겼다. 화염산의 주인씩이나 되는 사람이 무슨 재주로 그런 시시콜콜한 것을 챙길까 하지만, 옛적 기억이 새록새록 떠올랐다.

소명은 그럭저럭 돕는 아함을 물끄러미 보았다.

"왜 그러세요, 상공?"

"너 안 가냐?"

"제가 가긴 어딜 가요."

아함은 잔뜩 주눅이 들어서, 입술을 잔뜩 내밀고 큰 눈망울을 깜빡거렸다. 절세의 가인이 이리 애처로운 눈으로 보고 있는데, 누가 모진 소리를 할 수 있을까마는.

"또 수 쓴다, 또."

소명은 퍼뜩 이를 드러내며 아함의 이마를 쿡 밀어냈다.

"으익!"

아함은 뒤로 넘어갈 뻔한 것을 부랴부랴 가누었다. 그녀는 이마를 감싸고 아주 울상이었다. 그래도 소명은 눈 하나 깜박하지 않았다.

"얼씨구? 그만 안 해?"

"피이."

아함은 손을 내리면서 바로 낯빛을 달리했다.

"상공은 제가 필요 없으세요?"

"이 녀석아, 사람과 사람 사이에 필요하고 말고가 어디 있냐."

새삼 진지한 아함이다. 소명은 이때만큼은 장난스럽게 대하기보다는 한숨으로 대꾸했다. 그러고는 내민 아함의 미간을 손끝으로 가볍게 건드렸다.

소명의 얼굴에는 온화함이 있다. 아함은 미간을 만지작거리면서 그의 얼굴을 빤히 바라보았다. 원하는 대답은 아니었지만, 이렇게 마주하고 있는 것도 좋았다.

아무런 소란도 없고, 아무런 다툼도 없다.

어제의 바깥 소란이 마냥 옛적처럼 느껴진다. 아함은 이내 탁자에 턱을 괴고서, 소명의 얼굴만 빤히 바라보았다. 소명도 그녀에게 뭐라 하지 않았다. 그는 한 잔의 차를 두 손으로 감싸 쥔 채, 여유를 즐기는 듯했다.

이 순간이 마냥 계속되기를. 아함은 어린 마음으로 그렇게 생각했다.

"이봐!"

하지만 쾅! 소리와 함께 위지백이 성큼 들어섰다. 뭐가 못마땅한 것인지 잔뜩 뿔이 난 기색이었다. 소명과 아함은 문을 박찬 위지백을 빤히 바라보았다.

소명은 무슨 일이냐고 묻는 눈이었지만, 아함은 달랐다. 치뜬 눈에서 새파란 불길이 일렁였다. 좋은 시간을 방해한 셈이 아닌가.

위지백은 그 기색에 움찔했지만, 그렇다고 물러나지는

않았다.

"대관절 어찌 된 거야?"

"느닷없이 들이닥쳐서는 또 뭘 얘기하는 거냐?"

"전날의 일 말이다. 왜 혼자 뚝딱 해치워 버리는 건데?"

위지백은 턱을 치켜들면서 욱한 성질을 그대로 드러냈다. 한마디로 한바탕 난리를 치는 데 끼워 주지 않았다고 마음 상한 것이다.

"젠장, 이네들하고 아주 끝장 볼일이라도 있냐! 너까지 끼어들게!"

소명은 빽 소리쳤다. 위지백은 잠시 주춤했지만, 그렇다고 물러나지는 않았다. 그는 어깨에 걸친 무광도를 턱 하니 내려놓고는 다른 의자에 털썩 앉았다.

"그래서, 이제 어쩔 테야?"

"그러게. 일단 이 녀석 먼저 돌려보내야겠지. 선자께서 아주 목이 빠지게 기다리고 있을 테니까."

"히잉!"

홍화선자 얘기가 나오자, 아함은 대뜸 우는 소리를 냈다. 두 사내는 흘깃 보기만 했을 뿐이다. 어차피 소식은 다 전해졌을 터였다.

"그러고는 개방에서 다른 언질이 올 때까지는 어디든 가 있어야겠지."

"음, 그래. 그래."

위지백은 고개를 끄덕였다. 적어도 한바탕 할 일은 아직 남은 셈이다. 그는 든든하여서 무광도를 탁탁 두드렸다.

"고놈 새끼들, 이번에는 은밀히 준비해 놓은 모양이던데."

"그러게 말이다. 아직 덜 여물었으니 망정이지. 아니면, 감당하기 어려울 뻔했어."

그렇다고 마음 놓을 때가 아니라는 것은 분명했다.

소명과 위지백은 그것들의 위험을 잘 알았다.

하남 등용문에 이어서, 산서의 흑선, 강시당. 그에 더하여서 호남 형산이라니. 또 어디에 손을 뻗었을지.

북쪽에서는 흑선당이, 그 외 지역에는 개방이 눈과 귀를 총동원한 마당이었다. 분명 성과는 있을 터이나, 그만큼 희생 또한 불가피할 것이다.

두 사람은 그것들의 지독함을 잘 알았다.

소명은 바로 고개를 돌렸다. 아함이 붉은 입술을 한껏 내밀고는 턱을 괸 채 여기를 빤히 노려보고 있다. 눈에서 불이 일 지경이다. 그러거나 말거나, 소명은 사뭇 진지한 어조로 말했다.

"그러니까 네가 빨리 가서 서북을 지켜 줘야 한단 말이다."

흐트러진 머리카락 사이로 잠시 드러난 눈빛은 진지했

다. 조금의 웃음기도 없어, 아함은 입술을 더 내밀었다. 잔뜩 부풀린 두 볼은 불만이 그득했다.

아함 자신도 알지 못하지만, 여하튼 듣고 싶은 말은 아니다.

"몰라요!"

빽 소리치고는 자리를 박차고 나가 버렸다. 발을 한껏 굴러서 쿵쾅거리는데, 지나간 발자국이 새카맣게 타들어 갔다. 멀쩡한 석판에 발자국 모양으로 불길이 일 정도이니.

소명과 위지백은 아함이 남긴 흔적을 잠시 지켜보았다.

"저거 지금 쫓아오라는 뜻 아니냐?"

"됐어, 뭘 굳이."

위지백이 넌지시 말을 건넸지만, 소명은 시큰둥하게 고개를 가로저었다.

공노는 지친 숨을 흘리면서 주름 가득 맺힌 땀방울을 훔쳐 냈다.

"아이고, 아이고. 내 말년에 이게 무슨 꼴이야, 이게."

한숨에 하얀 김이 길게도 흘렀다. 그러나 괜히 하는 앓는 소리가 아니었다. 노인은 앞으로 구부정한 채, 등허리를 툭툭 때렸다.

노구의 사지육신, 쑤시지 않는 데가 없었다.

노쇠한 몸이었다. 아무리 공력이 깊다고 하여도, 세월 앞에 체력이 달리는 것을 어쩔 수 있을까. 뼈마디가 절그럭거릴 지경이었다.

공노는 소명의 뒷수습을 한다고 밤을 하얗게 지새운 참이었다.

소명도 나름의 고생을 하였지만, 공노도 힘을 다하였다. 노인은 비척거리는 무거운 걸음으로 구석에 놓은 의자로 간신히 다가가 쓰러지듯 주저앉았다.

눈꺼풀이 천 근이었지만, 노인은 그래도 하얀 서리가 계속해서 일어나는 관을 물끄러미 바라보았다.

지금까지는 그의 생각대로였다.

"가주."

천룡대야의 몸을 다 헤집어 놓은 채, 굳어 버린 이종진기가 일단은 수습된 상황이었다. 공노는 천룡대야를 지키고자 펼친 온갖 술법과 시술을 조금씩 조금씩 거두어들였다.

그러나 갈 길이 아직도 구만리.

여러 문제가 산재하고 있으나, 그중에서도 제일 큰 것은 누구도 할 수 없는 일이었다. 바로 천룡대야 본인에게 걸린 것이었다.

이렇게 자리를 보전한 세월이 벌써 십수 년, 과연 버티어 내고 있을는지. 그것은 누구도 장담할 수가 없었다.

"하아, 어차피 이제 돌이킬 수 있는 것도 아니고."

공노는 주저앉은 의자에 등을 깊이 파묻으며 나직이 속삭였다.

분명 이제까지와는 달리 어떤 차도를 보인 것은 사실이었다. 자고로 진인사대천명(盡人事待天命)이라 하지 않던가.

사람의 일을 다 하고서 하늘의 뜻을 기다릴 뿐이다.

공노는 쓴웃음을 머금고는 피로에 지쳐, 우묵한 눈을 지그시 감았다. 나중을 위해서라도 숨 돌릴 때에 무조건 쉬어야 했다.

동혈을 가득 메우고 있는 술법의 냉기가 평소보다 한결 차갑다고 느꼈지만, 그뿐이었다.

그 탓인가.

공노는 굳게 닫힌 석관이 잠시 들썩이는 것을 미처 눈치채지 못했다.

＊　　　＊　　　＊

천하오대고수.

그 이름은 지난 삼십여 년간, 불변(不變)이었다.

검백(劍伯) 사마종(司馬倧)

만천옹(滿天翁) 허유(許惟)

월부대도(月斧大刀) 노장시(盧帳示)

증장천왕(增長天王) 무운(無雲)

철판관(鐵判官) 치외수(治嵬戍)

만천옹 허유는 본래 유명유자(幽冥儒者)라 하여서 이름
한 줄 남기기를 꺼려하는 위인이라, 종잡을 수가 없고, 증
장천왕 무운은 사천 아미의 호법승이라서 움직임이 없으
며, 철판관이라 불리는 치외수는 본시 관부의 인물로, 황
성에서 벗어나는 일이 없었다.

이중 검백과 월부대도는 특히 알려진 바가 없는 이들이
라서, 세인들은 둘의 이름을 항상 흠모하면서도, 종적을
찾을 수가 없었다.

무림의 호사가들은 오대고수의 뒤를 누가 이을 것인가를
두고 항시 떠들곤 했지만, 누구를 올려도 격차가 확연하여
서 결국 그만두고 말았다. 그러기를 삼십 년, 근자에 들어
서는 뭔가 변화가 있었다.

바로 소림의 당대 용문제자에 대한 것이었다.

젊은 나이에 소림의 금강동인방을 돌파한 것도 놀랄 일
이건만, 실전했다 알려진 소림 본산의 절기, 신권을 복원
하였다고 하지 않던가.

이내 소림 방장이 천하에 알리기를 당대의 용문제자 뒤에는 본산이 있음이라고 선포하기까지 했다.

소림제일인이 여기 있음을 본산에서 직접 보증한 것이나 다름없었다. 그런데 용문제자의 행보는 이후로 놀라울 정도였다.

등용문에 숨은 마도의 그림자를 거두어 냈으며, 그 이후에는 광동에서 일어난 광동참사를 감당해 냈다. 세인들은 용문제자 한 사람이 광동육가의 소가주를 비롯해 광동남칠문의 여러 문주를 압도하는 장면을 기억했다. 더욱이 개방 방주인 뇌공이 직접 걸음 하여서 용문제자와 어깨를 나란히 하였으니.

사람들은 이제야 오대고수에 한 사람을 더할 수 있게 되었다고 수군거렸다.

동해 바닷가의 어느 번화한 주점.

여기 사람들은 웅성거리면서 근자의 큰 소문인 소림사 용문제자에 대해서 떠들었다. 그 자리에는 광동참사에 잠시 참가하였다던 무인 한 사람이 있어서, 호기롭게 그날의 일을 떠들어 댔다.

"참말이라니까. 육가의 정예가 용문제자가 내지른 한주먹을 감당하지 못했다니까."

"에이, 거짓부렁이도 정도껏 해야지."

"그렇지, 그렇지. 아니 광동육가가 어디 그렇게 허술한 가문이라던가."

"바다 사내들도 한 허풍은 하지만, 그 정도는 아니다."

"아니, 이 사람들이!"

한껏 들떠서 떠들던 사내가 퍼뜩 검은 얼굴을 일그러뜨렸다. 주변에서 죄 허풍으로 몰아가니, 배알이 뒤틀려도 아주 단단히 뒤틀렸다.

뿌득 이를 악물고는 자리에 기대 놓은 칼자루를 덥석 움켜잡았다. 어디 칼부림이라도 할 모양새였지만, 마주 앉은 사내들은 실실 웃을 뿐이었다. 그네들이라고 어디 손 놓고 있을까.

"아, 참말이라니까!"

사내는 움켜쥔 칼을 차마 뽑아 들지는 못하고, 마구 흔들어 대면서 빽 소리쳤다. 그 순간, 불현듯 오한이 밀려왔다. 그는 퍼뜩 어깨를 움츠렸다. 기이한 느낌에 뒷목이 뻣뻣했다. 마치 칼날이 목덜미에 닿기라도 한 것 같았다.

한껏 성질을 돋우었던 사내들이 뭐라고 떠들면서 그를 비웃었지만, 그 소리가 닿지 않았다. 정말 한순간에 일어난 일이었다.

사내는 굳은 고개를 애써 돌렸다.

겨우 돌아보자, 멀찍이서 거지꼴을 한 노인 한 사람이 쭈그려 앉은 채, 이쪽을 빤히 보고 있었다.

노인은 실로 궁상이었다.

잔뜩 삭은 얼굴에는 주름이 그득했고, 축 처진 눈초리에는 빈한함이 솔직했다. 그 와중에 잔뜩 구겨진 통천관을 쓰고, 걸친 것은 때가 꼬질꼬질한 데다가 하도 덧대어서 원래 무슨 색인지 알 수 없는 도포 자락이었다. 그럼에도 지금 그를 굳게 만든 것은 저 노인이 분명했다.

구질구질한 모양새야 어떻든, 이쪽을 보는 노인의 두 눈에는 하얀빛이 또렷하게 머물러 있었다.

사내는 그래도 제법 담력 있는 무부라고 자부하는 터였지만, 저 노인에게는 하등 쓸모가 없었다. 노인의 하얀 안광을 마주한 순간부터, 그는 흡사 뱀 앞에 개구리 꼴인 양 바짝 움츠러들었다.

노인은 불현듯 히죽 웃었다. 빠진 누런 이가 훤히 보였다. 그제야 짓누르던 묘한 기세가 씻은 듯 사라졌다.

"으헉! 허윽, 허윽!"

사내는 의자에서 미끄러지듯 주저앉았다. 식은땀이 샘솟듯이 솟아오르면서 연신 헐떡였다. 그제야 주변 사내들도 뭔가 심상치 않음을 깨닫고는 입을 닫았다.

노인은 설렁설렁 사내들이 앉은 자리로 다가섰다. 걸음

마다 뽀얗게 먼지가 피어올랐지만, 누구도 감히 불평하지 못했다. 시끌벅적하던 주점이 거짓말처럼 조용해졌다.

노인이 오자, 같이 자리했던 사내들은 부랴부랴 일어나서는 뒤로 물러섰다. 주저앉은 사내만 꼼짝도 할 수 없었다. 노인은 그 앞에 마주 앉았다. 그리고 넌지시 물었다. 여전히 웃는 낯이었지만, 따라서 웃을 간담은 없었다.

"아이야, 너 그 말이 참이더냐?"

"예, 예?"

"네 말대로 한주먹에 육가 아이들이 날아갔느냐? 벼락 치는 소리가 울리고?"

"네에에……."

사내는 폐부를 한껏 쥐어짜 낸 것처럼 겨우 소리를 내었다.

강호의 진짜 기인이다. 평소라면 거들떠보지도 않을 거지 노인이었지만, 지금 사내는 뭐라 대들 수도 없었다.

노인은 곧 술병이나, 빈 그릇이 어지럽게 쌓인 술상을 손가락 끝으로 톡톡 두드렸다.

"홀홀홀, 신권이. 소림사에 신권이 다시 나타났단 말이지. 고거 참, 잠깐 중원을 떠나 있는 사이에 재밌는 일이 생겼고나."

노인은 가만히 웃더니, 구석에 세워 둔 깃발을 주섬주섬

챙겼다. 깃발에는 괴발개발, 악필 중 악필로 만박무불통지(萬博無不通知), 딱 여섯 글자를 휘갈겼다.

일어난 노인은 아직도 얼이 빠져 있는 사내를 보며 예의 이 빠진 웃음을 보였다.

"아이야, 그래 그놈은 어디에 있다더냐?"

"저, 저도 그건 잘?"

"잉? 몰라?"

노인이 축 늘어진 눈살을 치켜들자, 사내는 서둘러 외쳤다.

"저는 모르지만, 개방! 개방에서는 아주 잘 알고 있을 겁니다!"

"흐음, 개방이란 말이지. 그러고 보니 뇌공, 그 노친네는 여전하려나?"

노인은 중얼거리면서 훌쩍 주점 밖으로 걸음을 옮겼다. 노인의 그림자가 바닥에 드리워지기가 무섭게 확 사라져 버렸다. 그야말로 귀신이 곡할 노릇이다.

"흐으으."

사내는 맥이 풀려서 한층 어깨를 늘어뜨렸다. 힘없이 숨을 길게도 토해 냈다. 그제야 멀어졌던 사람들이 웅성거리며 모여들었다.

"여보쇼. 아까 그 노인네는 대체 누구라오?"

"글쎄, 그게. 그게 누구인지."

사내는 헐떡거리면서 고개를 갸웃거렸다. 세상에 기인 이사가 어디 하나둘일까마는.

당금 강호의 제일 큰 어른이라고 할 수 있는 개방 뇌공을 두고서 편히 노인네라고 부를 수 있는 간 큰 인사가 달리 누가 있을까. 더욱이 악필의 무불통지 깃대를 지닌 거지꼴이라면 다른 누구일 리가 없었다.

"히이익!"

퍼뜩 이름 하나가 떠오르기가 무섭게 질린 소리가 멋대로 튀어나왔다. 엉망인 통천관을 보고 어찌 바로 깨닫지 못했을까.

"마, 만천옹!"

이내 비명처럼 이름 하나를 내뱉었다.

천하를 아우르는 오대고수 중 만천옹 허유가 아까의 비루먹은 노인의 정체이다.

사내는 물론이고, 주변 모두도 넋을 놓고, 노인이 있던 자리만 뚫어질 듯이 바라보았다. 그네들로서는 범 아가리에 얼굴을 들이밀었다가 간신히 무사한 심정이었다.

천하에서 가장 제멋대로인 인사가 만천옹이다. 노인의 변덕 한 번에 강호의 당당한 일문이 폭삭 망해 버린 일이 한두 번이 아니었다.

숨이 괜히 급하여서, 사내들은 덜덜 떨리는 손으로 가슴을 쓸어내렸다. 앓는 소리가 툭툭 흘렀다.

"하이고, 아이고야."

바람 부는 동해바다. 멀고도 멀다.

바닷가의 짠내 섞인 바람에 드러누운 거지는 흐뭇한 미소를 지었다. 입가에 문 나뭇잎이 바르르 흔들거렸고, 옆에서 일어나는 하얀 연기가 콧가를 간질였다.

"흐흐흠!"

냄새가 좋아라, 거지는 콧노래 부르며 올린 다리를 까딱거렸다.

가까이에 피워 둔 불 위에서는 솥이 부글부글 끓고 있었다. 뚜껑 사이로 개 다리가 삐죽 나와 있다. 중년 거지는 잠시 실눈으로 끓는 솥을 보고는 새삼 입맛을 다셨다.

통통하니 실하게 살이 오른 들개 한 마리를 딱 잡아서, 먹기 좋게 삶는 중이다. 저것에다가 탁주 한 잔을 할 생각에 벌써 목구멍이 간질간질하다.

"흐히히히."

거지는 곧 일어나서, 솥을 살폈다. 얼추 익어 가는 모양이다. 여러 풀을 써서 잡내를·말끔하게 잡았고, 감춰 둔 육두, 소금까지 아낌없이 써서, 간 또한 그만이다. 굳이 맛볼 것도 없이 냄새만으로 알 수 있었다.

거지는 뚜껑을 단단히 닫고는 퍼뜩 몸을 돌렸다.

뒤편에서 졸졸 흐르는 개울물에 담가 놓은 술병을 챙길 참이다.

콧노래를 흥얼거리면서 건들건들 산길을 밟는다.

근자에 있어서 이렇게 발걸음이 가벼울 때가 또 있었을까. 그는 건들거리면서도 한달음에 개울물에 닿았다. 졸졸 물소리가 반갑다. 술병이 행여나 흘러갈까 단단히 매어둔 참이다. 거지는 줄을 찾아서 살살 끌어당겼다.

"자자, 나와라. 나와라. 으잉!"

줄 끝에는 아무것도 없다. 거지는 놀라 눈을 크게 떴다.

"아니, 아니, 아니아니, 이게 왜? 왜!"

마냥 좋았던 거지의 얼굴이 바로 울상이 되어 버렸다. 개울물이 그리 세차지도 않았건만, 끈이 탁 풀려 버린 모양이다. 거지는 줄의 끄트머리를 하염없이 매만지면서 발걸음을 돌렸다.

남은 개고기라도 잘 먹어야겠다는 생각이다.

"에효, 에효."

한 걸음마다 한숨이 흐른다. 느릿느릿 자리로 돌아갔다. 그런데 그 자리에 웬 노인네가 앉아서는 좋다고 고기를 뜯고, 술병을 기울이고 있었다.

"어, 아니. 이보쇼!"

고기도 제 것, 노인이 나발 부는 술도 딱 보니 제 것이다.

발끈한 거지는 한달음에 달려가서, 노인의 뒷덜미를 잡아챘다. 아니, 잡아채고자 했다. 거지의 손은 허공을 그러쥐었을 뿐이고, 무엇을 어찌하였는지 노인은 불가 반대쪽에 앉아서는 연신 뼈를 쭉쭉 빨았다. 마치 처음부터 그리 앉아 있었던 것처럼 자연스러웠다.

중년의 거지는 그 한 수에 정신이 번쩍 들었다.

찬물에 몸을 담근 것인 양 등허리가 지끈하다. 거지는 자세를 한층 낮추어서 으적으적, 게걸스럽게 고기를 씹는 노인을 유심히 보았다.

"뉘, 뉘슈?"

노인은 거지를 흘깃 보더니, 신경 쓰지 않고 고기를 계속 먹고, 술을 마셨다. 노인은 우물거리면서 한마디 건넸다.

"안 먹냐?"

"머, 먹어야지. 아무렴 내 고기인데, 먹어야지."

거지는 주춤주춤했지만, 곧 마음을 다잡았다. 오기로라도 먹어야겠다. 뜨거운 고깃점을 거침없이 맨손으로 집어먹었다. 꾸역꾸역 밀어 넣는데, 과연 신경 쓴 보람이 있어서, 맛이 참 좋다. 그러면서도 거지는 노인에게서 눈을 떼지 않았다.

노인은 배를 채우고는 술병을 시원하게 기울였다. 그 술이 어떤 술인가. 거지는 씹다 말고는 꿀떡거리는 노인의 목젖을 멍하니 보았다.

"휘유, 술 좋구먼. 이게 뭔 술이냐?"

"쩝, 휘찬루에 옥루몽이라고."

"오호, 옥루몽? 아쉽네. 더 없냐?"

"아니, 뭐. 맡겨 놨수!"

"그건 아니지."

노인은 잘 먹고, 잘 마시고는 슬쩍 드러누워서 거지 사내를 빤히 보았다. 히죽 웃는 눈매에 장난스러운 기색이 역력했다.

"너, 내가 누군 줄 알지?"

"크흠, 큼. 큼. 예, 뭐."

"아는데, 그러고 있어?"

거지 사내는 후다닥 무릎을 꿇고는 노인에게 공손히 손을 맞잡았다.

"후배, 여구가 만천옹 노선배를 뵙습니다."

"오냐."

만천옹은 여구라 밝힌 거지에게 손짓했다.

여구는 질끈 입술을 깨물었다. 정말로 만천옹일 줄이야. 행색은 그렇다 치지만, 부운신형(浮雲身形)의 보신경을 자유자재로 펼칠 수 있는 사람은 그리 많을 리가 없었다.

'젠장, 저 늙은 괴물이 대체 왜!'

소식 끊긴 세월이 수삼 년에 이르는 만천옹이었다. 갑자기 나타나서는 자신의 망중한을 파투 내어 놓았으니. 이것은 우연일 리가 없다.

"네가 여기 거지 놈들 이거라매?"

"아니, 그 정도까지는 아니구요."

거지 사내, 아니, 개방 남타의 총타주, 여구는 헛기침을 흘렸다.

개방은 개봉부 총타 아래로, 서남북의 삼대분타(三大分舵)가 있고, 그 아래로 무수한 소분타가 있었다. 개방의 남타라고 하면, 산동에서 안휘, 강서, 복건, 절강, 강소 일대를 전부 아우르는 대분타였다.

여구는 나이 마흔에 남타주 자리에 오른 기대주로, 그 사부가 바로 개방의 골칫덩이라는 오교룡이었다. 그런즉, 여구의 나이가 중년에 접어들었음에도 별호에 '소(少)' 자가 붙어 소교룡(少蛟龍)이었다.

만천옹은 여전히 히죽거리며 웃었다. 총타주라는 놈을 잡겠다고 진즉에 한동네의 거지 패를 죄 두들겨 놓은 참이었다. 어디서 같잖은 겸양일까.

"됐고, 좀 묻자. 소림사 용문제자란 놈. 어디 가면 볼 수 있어?"

"네?"

"용문제자 말이야. 요새 잘 나간담서. 너희 놈들이랑 광동에서 한바탕했다던데?"

"그, 그러기야 했지요. 근데, 그다음은 저도 잘."

"그러니까, 알아오라는 거 아니니, 아이야."

만천옹은 실실 웃으면서 허연 수염을 배배 꼬았다. 무슨 말을 달리할까. 여구는 영 내키지 않아 하면서도 마지못해 고개를 끄덕였다.

"네에."

속으로는 불평불만이 한 보따리였지만 차마 꺼낼 수는 없었다. 무슨 화를 또 당할라고, 만천옹 앞에서 입방정을 떨겠는가.

'끌끌, 용문제자가 고생 좀 하시겠고만.'

하필이면 만천옹에게 딱 걸렸던가. 괴이한 노인네. 제흥미가 한번 동하면 대소경중(大小輕重) 따위는 조금도 생각하지 않으니.

여구는 이 자리에 없는 용문제자의 처지가 안됐다는 생각을 하면서 나직이 혀를 찼다.

〈다음 권에 계속〉

DREAMBOOKS★